MOLÉRI

LE

MARQUIS DE MONCLAR

ÉDITION ORNÉE DE BOIS GRAVÉS PAR DELAVILLE
SUR LES DESSINS DE J.-A. BEAUCÉ

Prix : 70 centimes

PARIS
CHARLIEU ET HUILLERY, ÉDITEURS
RUE GIT-LE-COEUR, 10

1863

Je tiens une idée! s'écria Lansac. (Page 4.

LE MARQUIS DE MONCLAR

Par MOLÉRI.

I. — La grande occupation des gentilshommes de ce temps-là.

C'était la première fois, depuis la mort de Louis XIV, que Toulouse se livrait aux joyeux divertissements de son carnaval.

Aussi la voyait-on secouer avec empressement le manteau de glace sous lequel la vieillesse dévote du grand roi avait engourdi les plaisirs durant les dernières années de son règne.

Jamais peut-être les mascarades si renommées de la reine des cités languedociennes n'avaient réuni tant de luxe et de variété, tant de folie et d'entraînement.

Dès le matin, une foule immense et bariolée circulait, chantait, dansait, chatoyait et tournoyait dans les rues et dans les faubourgs.

Les boutiques étaient fermées comme aux jours de grande solennité.

Si quelques rares fenêtres s'ouvraient çà et là, c'était pour livrer passage aux regards curieux de jeunes et jolies filles retenues à la maison par la prudence maternelle, ou de vieilles prudes enchantées de pouvoir, par la contemplation des folies mondaines, raviver dans leur cœur les élans d'une sainte et vertueuse indignation.

Toutes les classes semblaient s'être confondues en une seule, et s'efforçaient à l'envi de contribuer à la joie commune; nobles et magistrats, bourgeois et artisans se heurtaient et se coudoyaient; ils avaient abdiqué pour quelques jours, les uns leur morgue, les autres leurs soucis; on ne voyait que physionomies riantes et animées; il n'y avait pas jusqu'aux domestiques qui ne prissent part à la fête, dispensés qu'ils étaient de tout service et de toute obéissance pendant ces trop courts instants de folle égalité.

Au milieu de cette foule serpentaient de longues files de carrosses, aux portières dorées desquels apparaissaient les plus gracieuses figures de femmes, de cavalcades formées par les jeunes gens, d'immenses voitures sur lesquelles se traduisait en groupes pittoresques la science mythologique ou la malicieuse ironie du peuple.

Ici, l'on voyait le groupe des saisons distribuant aux curieux des fruits, du raisin et de la neige en sucreries; là, c'étaient Mars et Vénus surpris dans les filets de Vulcain; plus loin, les promeneurs s'égayaient et battaient des mains en reconnaissant certaines notabilités de la ville, dont un groupe de masques, représentant les sept péchés capitaux, copiait fidèlement les manières et le costume; et afin que personne ne se méprît, toutes ces images, toutes ces allusions se trouvaient expliquées dans une multitude de devises, de madrigaux et d'épigrammes galamment imprimés et lancés adroitement jusque dans l'intérieur des carrosses.

Mais ce qui donnait au carnaval toulousain son caractère original et particulier, c'était surtout l'épisode du *massepain*. De distance en distance, sur une charrette ornée de banderoles et de rubans, on apercevait une cassette couverte d'une étoffe d'or assez ample pour faire un vêtement et semée de rubans d'or en quantité suffisante pour former une garniture. Ces cassettes, nommées massepains, et dont la dimension et la richesse devenaient un sujet d'émulation, renfermaient une quantité considérable de confitures de toute espèce.

Hommage secret d'un fiancé ou d'un simple soupirant, chaque massepain était promené par toute la ville, accompagné d'une pluie de petits vers, jusqu'à ce que, enfin arrivé à sa destination, il fût déposé par des hommes masqués aux pieds de la jeune fille objet de cette galanterie.

Ce fut avec une vive surprise que les voisins du vieux conseiller Rouvière virent s'arrêter devant la porte de ce digne magistrat la plus rubannée de toutes ces charrettes; deux Arméniens en descendirent un massepain d'une magnifique apparence, frappèrent à la porte du conseiller, ne laissèrent pas à la vieille gouvernante qui vint ouvrir le temps de leur adresser une seule question, déposèrent sur le seuil leur précieux fardeau, et disparurent aussitôt confondus dans la foule.

La gouvernante jeta un cri d'étonnement; une pareille exclamation se fit entendre derrière une persienne du premier étage que venait d'entr'ouvrir une main blanche et mignonne. Mais comme les promeneurs, attirés par cet incident, commençaient à s'attrouper, la vieille attira la cassette dans l'intérieur de la maison, et la porte ainsi que la persienne se fermèrent au même instant, ne laissant aux curieux que la ressource des conjectures.

Un observateur, en dirigeant son regard vers l'un des angles de la rue, aurait pu remarquer un jeune seigneur à cheval et deviner, à son air inquiet remplacé bientôt par un sourire de satisfaction, qu'il n'était pas étranger à la scène qui venait de se passer.

Ce jeune seigneur, aussitôt que la porte du conseiller Rouvière se fut refermée, et qu'il eut vu disparaître l'adorable petite main qui tenait la persienne entr'ouverte, tourna bride et courut reprendre son rang dans une joyeuse cavalcade dont il n'était ni le moins bien fait ni le moins élégant cavalier.

Nous ne l'accompagnerons point dans la rue et les faubourgs de Toulouse, où les éloges ne tarissaient pas sur sa bonne mine et sa dextérité; nous ne le suivrons point au bal, où plus d'un œil féminin fut heureux de s'abriter sous le masque pour admirer à son aise la distinction de ses manières et la mâle beauté de ses traits; mais nous le rejoindrons chez lui, au moment de sa rentrée, qui n'eut pas lieu avant trois heures du matin.

Encore ne rentrait-il point avec l'intention de se livrer à un repos dont pourtant il semblait avoir suffisamment acheté le droit; deux jeunes capitaines de ses amis le suivaient, et à peine les eut-il introduits dans son appartement que, se tournant vers son domestique à moitié endormi :

— Joseph! — lui cria-t-il d'une voix qui n'accusait aucunement la fatigue, — vous nous donnerez des cartes, puis vous descendrez à la cave, où gisent encore, si je ne me trompe, cinq ou six bouteilles d'un certain vin de Xérès qui ne mérite pas qu'on le mette en oubli.

— Bien parlé, Monclar, — dit l'un des deux capitaines, — point de sommeil pour cette nuit.

— Ni pour les suivantes, — ajouta l'autre, — au moins tant que durera le carnaval.

Ici, un profond soupir souleva la poitrine de celui qu'on avait nommé Monclar.

— Ah! de grâce, mes amis, dans votre intérêt comme dans le mien, n'ayons même pas l'air de nous douter que ce carnaval puisse avoir une fin.

Joseph plaça des bouteilles, des verres et des cartes sur une petite table autour de laquelle s'assirent les trois amis.

— A toi, Pontbriand, la charge d'échanson, — reprit Monclar; — verse discrètement, mais reviens souvent à la charge; c'est ainsi que le xérès demande à être bu par les véritables gourmets. Toi, Lansac, mêle les cartes, et nargue des soucis entre ces deux gais compagnons qu'on nomme le vin et le jeu!

— Ne dirait-on pas, à t'entendre, — fit Lansac avec un bruyant éclat de rire, — que tu es intérieurement l'homme du monde le plus triste et le plus malheureux?

— Ce serait donc pour avoir eu trop de bonheur et goûté trop de plaisir, — dit Pontbriand.

Et en faisant cette judicieuse remarque, il laissa tomber successivement dans chaque verre un mince filet de xérès, avec la lenteur et la gravité d'un homme qui sent toute l'importance de ce qu'il fait.

— Dis plutôt, — répliqua Monclar, — que, pour détruire le charme et jusqu'au souvenir des bonheurs et des plaisirs obtenus, il suffit d'un plaisir, d'un bonheur qu'on ne peut obtenir.

— Voilà, pardieu! — reprit Pontbriand, — un langage qui, dans ta bouche, a lieu de nous surprendre. L'étoile du marquis de Monclar a donc pâli bien subitement que nous le voyons tomber tout à coup en défiance de lui-même au point d'admettre l'existence d'une impossibilité?

Monclar se hâta de rectifier une expression qui blessait son amour-propre et le compromettait aux yeux de ses amis.

— Impossibilité n'est pas précisément le mot; je voulais parler d'un obstacle, voilà tout; encore dépend-il de ma volonté que cet obstacle existe ou n'existe pas; car enfin c'est uniquement dans un intérêt d'ambition que je pars mercredi pour Paris, et, s'il me plaît d'envoyer mon ambition au diable, je redeviens libre de demeurer à Toulouse tant que cela me conviendra.

Lansac prit la main de Monclar et la serra entre les deux siennes avec un attendrissement auquel le xérès n'était pas étranger.

— Excellent ami! crois bien que notre blessure n'est pas moins saignante que la tienne. Mais tu resterais à Toulouse que nous n'en serions pas moins toujours sous le coup d'une séparation ; je ne verrais qu'un seul moyen de l'éviter : ce serait que tu fisses vœu de nous suivre dans toutes les villes où il prendra fantaisie au régent de nous envoyer en garnison.

— Sans doute, — reprit Monclar, — il m'en coûtera de m'éloigner de mes deux fidèles compagnons de plaisir; mais, je dois vous l'avouer, mon départ me cause un dommage plus cruel encore et contre lequel ma philosophie aura plus de peine à lutter.

— J'y suis, — interrompit Pontbriand; — il s'agit de quelque tendre liaison, et ton cœur saigne à la pensée d'une rupture douloureuse.

— Hé quoi! mon pauvre marquis, il serait possible! — dit Lansac; — tu en tiendrais à ce point pour ta petite greffière?

Monclar répondit à cette exclamation de Lansac par un geste de superbe dédain.

— Tu n'as pas toujours affecté cet air de mépris, — dit Pontbriand, — et, si j'ai bonne mémoire, tu passas le mois dernier plus d'une nuit sans sommeil, dans l'attente d'une si précieuse conquête.

— Nous sommes tous sujets à erreur, — dit modestement le marquis.

— Cependant, — insista Pontbriand, — tu nous la dépeignais comme une femme charmante.

— Bah! — fit Lansac, — c'est ainsi que paraissent tous les objets vus à travers le prisme du désir.

— Le fait est, — reprit Monclar, — qu'elle doit en grande partie son éclat au blanc dont elle couvre son front, ses mains et ses épaules et que tout son esprit consiste à parler sans cesse de la magnifique maison de plaisance que son mari fait bâtir aux portes de Toulouse. Je veux, pardieu! vous réciter à ce sujet quelques vers que je glissai adroitement sur sa toilette, le jour de notre rupture; ce sont les seuls qu'elle m'ait jamais inspirés.

Pontbriand déboucha une seconde bouteille; nos trois amis choquèrent leurs verres pour la cinquième ou sixième fois; puis Monclar livra à l'admiration de ses auditeurs attentifs cet échantillon de sa verve épigrammatique :

Il ne vous est pas difficile
De bien bâtir aux champs de même qu'à la ville
Tout cède au gré de vos désirs ;
Vous vivez de nos déplaisirs,
La fortune vous idolâtre ;
Hélas ! qui peut bâtir plus aisément que vous ?
Le bois croît sur le chef de monsieur votre époux,
Et vous ne manquez pas de plâtre.

— Bravo! bravo! — s'écrièrent à la fois Pontbriand et Lansac.

— Voilà qui est frappé de main de maître, — ajouta ce dernier; — marquis, tu me permettras de prendre une copie de ces vers; j'en veux régaler une intime amie de ta greffière dont j'ai, depuis quelques jours, entrepris le siége, et qui sera, j'en suis sûr, enchantée de les répandre.

— L'épigramme est piquante, — reprit Pontbriand, — et nous aurions tort, je le reconnais, d'attribuer à la dame qui a si bien aiguisé ta verve l'honneur d'être pour quoi que ce soit dans ta mélancolie. Mais alors de tout ce que tu nous as dit il résulterait que tu as fait une conquête récente dont tu n'as pas jugé convenable de nous entretenir; c'est une discrétion d'autant plus offensante pour tes amis que tu ne les y as point habitués.

— D'abord ce n'est pas encore une conquête, — répondit Monclar; — et puis que vous apprendrais-je? Son nom? Cela ne vous servirait à rien; vous ne la connaissez pas.

— Il nous suffira de la voir; indique-nous sa demeure.

— Vous n'en seriez guère plus avancés; moi qui ai mon domicile dans sa rue, qui passe tous les jours devant sa maison et à des heures différentes, il n'y a pas un mois que le hasard m'a fait découvrir son existence. Attirée par les cris d'une pauvre femme qu'un propriétaire impitoyable faisait jeter dans la rue avec une demi-douzaine d'enfants affamés, elle parut un moment à sa fenêtre pour envoyer à la malheureuse quelque menue monnaie. Mais cette fenêtre, que jusqu'alors je n'avais jamais vue s'ouvrir, se referma aussitôt; une seule fois depuis, elle s'est rouverte, ce fut dans la matinée d'hier; et mon regard avide put seulement entrevoir une main que j'aurais voulu couvrir de baisers.

— Et il a suffi de cette unique apparition pour te rendre amoureux?

— Oui, mon cher Pontbriand, et amoureux comme je ne l'ai jamais été.

— Il faut décidément que ce soit une bien belle personne.

— Si belle, mon cher Lansac, que je ne voudrais pas la comparer à Vénus ou aux Grâces; je craindrais de lui faire injure.

— Quel âge lui supposes-tu?

— Dix-sept ans à peine.

— Elle est femme? Elle est veuve?

— Ni l'une ni l'autre.

— Corbleu! c'est un morceau de roi! — s'écria Lansac enthousiasmé.

— Buvons, messieurs, — dit Pontbriand, — buvons à cette reine de beauté!

— Buvons, — ajouta Lansac, — au prochain triomphe de notre ami Monclar!

Celui-ci secoua la tête, et ne tendit point son verre.

— Qu'est-ce à dire? — s'écria Pontbriand d'un air profondément surpris; — de l'hésitation? du découragement? Voilà, parbleu! du nouveau.

— Je voudrais te voir une pareille intrigue à filer, avec trois jours seulement pour la mener à bien.

— Trois jours! — dit Lansac, — mais je t'ai cent fois entendu poser en principe qu'en présence d'un capitaine habile il n'y avait point d'ennemi qui ne se rendît au bout de vingt-quatre heures.

— Sans doute; mais encore faut-il, comme tu viens de le dire, que l'ennemi et le capitaine soient en présence l'un de l'autre.

— Cela te regarde.

— Qu'y puis-je faire? Elle ne sort jamais.

— Ménage-toi des intelligences dans la place.

— Avec qui? toute la garnison se compose d'un oncle, d'un cousin et d'une gouvernante. L'oncle est un vieux conseiller au parlement, très-riche et très-sévère; le cousin est un jeune avocat destiné à devenir le mari de la belle recluse; et la gouvernante a pour ce dernier, qu'elle a vu grandir sous ses yeux, une tendresse si vive que toutes les tentatives de séduction échoueraient infailliblement à son endroit.

— Comment! ton imagination, ordinairement si fertile, ne t'offre pas le plus petit expédient?

— J'avoue mon impuissance.

— Et tu reculeras devant les obstacles?

— Ils sont insurmontables.

— Et tu te résigneras à emporter la honte d'une défaite?

— C'est là justement ce qui me désespère et m'irrite.

— Mordieu! — fit Lansac, — si j'étais à ta place, je ne partirais pas que je ne fusse venu à bout de l'entreprise.

— C'est-à-dire qu'après avoir mis en avant toutes mes protections pour obtenir un poste honorable dans les chasses du roi, je refuserais, au moment où on me l'accorde, une faveur d'où dépend tout mon avenir?

— Eh bien! moi, — dit Pontbriand, — je partirais au jour fixé, parce que je ne voudrais pas que mon amour causât le moindre préjudice à mon avancement; mais, ventrebleu! je mettrais le feu, s'il le fallait, à la maison du conseiller plutôt que de subir, à mon départ de Toulouse, un échec dont l'influence ne manquerait pas de me poursuivre à Paris et de m'y porter malheur.

— Je ne brûlerai point la maison du conseiller, — répliqua le marquis; — mais je jure sur mon âme que tout ce qui est humainement possible je le ferai! je ne perdrai pas un seul des moments qui me restent, et je tenterai résolûment toutes les voies convenables que pourra me fournir le hasard ou me suggérer mon esprit.

— A la bonne heure, et nous t'y aiderons, — dit Lansac.

— Notre honneur s'y trouve engagé, — fit Pontbriand; — que deviendrait notre réputation si nous laissions entamer celle de l'homme que nous avons reconnu pour notre chef?

— Merci, mes bons amis, merci, — répondit Monclar en leur serrant les mains avec effusion; — l'assistance que vous m'offrez me serait agréable en tout temps; dans cette circonstance elle m'est précieuse, je l'accepte avec reconnaissance.

— Puisqu'il en est ainsi, messieurs, — s'écria Lansac, — je fais une proposition!

— Laquelle? — demandèrent Monclar et Pontbriand.

— C'est d'envoyer pour cette fois les cartes au diable, et de nous occuper immédiatement, attendu l'urgence, d'une affaire qui réclame l'emploi de toutes nos facultés et de tout notre temps.

— Adopté!

— Trêve donc aux propos et aux pensées futiles, le conseil est réuni, la séance est ouverte.

— Délibérons, — fit Monclar.

— Buvons d'abord, — dit Pontbriand, — cela ouvre l'esprit.

— Te vient-il quelque idée? — demanda Monclar à Lansac, après avoir vidé son verre.

— Pas davantage; et à toi, Pontbriand?

— Attendez... non, ce n'est pas cela... Buvons encore!

Et tous les trois, après cette seconde libation, demeurèrent quelques instants silencieux.

Monclar, la tête inclinée sur une main, se grattait le front pour stimuler la puissance inventive de son imagination.

Lansac, le menton appuyé sur ses deux poings et les yeux en l'air semblait chercher au plafond l'inspiration de quelque ruse aussi tortueuse que les arabesques dont il suivait du regard les capricieux contours.

Pontbriand, au contraire, coiffant de ses mains ses deux oreilles, avait les yeux abaissés sur son verre, au fond duquel il paraissait se mettre à la poursuite d'un expédient.

Pendant qu'ils se livrent à cette grave et importante méditation, nous ferons plus ample connaissance avec le principal de ces trois personnages; quant aux deux autres, il nous serait parfaitement inutile d'en savoir davantage sur leur compte, eu égard au rôle très-court et très-secondaire qu'ils ont à jouer dans cette histoire.

Le marquis de Monclar a vingt-cinq ans: sa taille est moyenne, mais admirablement dessinée; il a la jambe fine, la main très-blanche et d'une grande délicatesse; sa longue chevelure bouclée et ses petites moustaches relevées en pointe sont d'un noir d'ébène qui fait ressortir vivement l'éclat et la pureté de son teint. Un gracieux sourire épanouit d'ordinaire ses lèvres vermeilles, comme pour laisser entrevoir deux magnifiques rangées de perles; et sa noire prunelle ne semble s'abriter derrière de longs cils qu'afin de décocher avec plus de sûreté ses œillades tantôt douces et tendres, tantôt fières et passionnées.

Sa toilette mettrait au défi l'inspection du critique le plus chagrin; elle témoigne par son ensemble du goût et de l'élégance de celui qui a su en assortir les diverses parties. Le tact le plus fin préside constamment à la disposition de ses plumes, à la nuance de ses rubans, au choix de ses dentelles; nul dans Toulouse ne sait se coiffer de si bon air ni répandre sur tout son ajustement un tel parfum de distinction et de grâce; nul ne possède à ce point l'art de se faire valoir par les apparences extérieures.

Quant à son origine, elle ne fait point disparate avec ses manières; il descend d'une bonne et ancienne famille dont il est le dernier représentant mâle. Sa tante, la vieille comtesse de Beaulieu, l'unique parente qui lui reste à Toulouse, a figuré avec honneur à la cour de Louis XIV, et, par les relations qu'elle a entretenues du fond de sa retraite avec quelques éminents personnages, elle s'est conservé un certain crédit à la nouvelle cour du régent.

L'éducation morale du marquis de Monclar a été celle de tous les jeunes seigneurs de l'époque; c'est-à-dire qu'on lui a appris à faire des armes, à monter à cheval, à boire, à jouer et à tenir peu de compte de l'honneur des femmes.

Il est juste d'ajouter que, doué naturellement d'une merveilleuse aptitude, il excelle dans chacune de ces branches qui constituent la science du parfait gentilhomme; aussi est-il devenu l'idole et le modèle de la jeunesse toulousaine en général, et en particulier des deux officiers qui viennent de s'offrir à lui pour être les complices d'une nouvelle infamie.

Tout à coup Lansac se lève et s'écrie :

— Je tiens une idée!

— Moi aussi, — dit Pontbriand.

— Et moi, — dit Monclar, — je crois en entrevoir une. Mais tu as parlé le premier, Lansac, c'est à toi de commencer; voyons, expose-nous ton plan.

— Le voici : nous louons pour ce soir une douzaine de musiciens, nous les menons donner une sérénade à ta belle, sous ses fenêtres; l'oncle et le cousin sortent furieux et se mettent en devoir de rosser les musiciens. Pontbriand et moi, nous nous jetons dans la mêlée et nous rossons l'oncle et le cousin, tandis que toi tu te glisses adroitement dans la maison, à la faveur du tumulte...

— Et sans doute je compléterai le tableau en enfonçant, comme un voleur, la porte de la chambre où se sera barricadée la jeune fille à demi morte de frayeur? Joli début, ma foi! pour une première entrevue d'amour. Passons à l'idée de Pontbriand.

— Elle est plus simple et surtout plus pacifique que celle de Lansac. Nous allons, Monclar et moi, demander audience au conseiller en qualité de solliciteurs; il est question, bien entendu, d'un procès considérable d'où il devra résulter pour notre homme d'immenses avantages; l'affaire est longue à expliquer, et nous avons si bien allumé la cupidité du vieillard qu'il ne peut se dispenser de nous retenir à dîner. Alors je grise l'oncle, je grise le neveu, et, s'il le faut, je grise la gouvernante, ce qui te donne toute facilité d'entamer le roman avec la nièce et de le pousser aussi loin qu'il te conviendra.

— A merveille, — répondit Monclar; — mais tu penses bien que je n'ai pas été sans prendre quelques renseignements dans le voisinage; or la rigidité du conseiller Rouvière n'est pas un vain mot; il pousse même si loin le scrupule à cet égard qu'il s'est fait une règle de ne jamais dîner hors de chez lui, et, par réciprocité, de n'admettre à sa table aucun plaideur, fût-il son meilleur et son plus ancien ami. Tout bien considéré, il n'existe point dans cette affaire de moyens praticables pour une attaque à l'intérieur.

— C'est donc au dehors que nous devons dresser nos batteries, — reprend Lansac; — du moment que le galant ne peut entrer dans la maison, c'est la belle qu'il faut tâcher d'en faire sortir.

— Voilà précisément à quoi je songe, — interrompt le marquis, — et il se pourrait que mon idée ne fût pas la plus mauvaise des trois.

— Voyons, voyons l'idée de Monclar.

— Vous savez, mes amis, que, pour clore dignement les fêtes du carnaval, M. l'intendant de la province donne mardi un grand bal masqué qui doit se prolonger jusqu'au matin, et dont les apprêts mettent en mouvement toutes les langues des commères de la bonne ville de Toulouse?

— Je le sais d'autant mieux, — dit Lansac, — que j'ai ma lettre d'invitation dans ma poche.

— Voici la mienne, — dit Pontbriand.

— Moi, j'en ai deux, — reprend Monclar, — deux qui m'ont été envoyées l'une dans l'autre, par une erreur sans doute des personnes chargées de les plier, et c'est cette circonstance qui, en se représentant tout à l'heure à ma mémoire, m'a suggéré l'idée que je vais vous soumettre.

— Je la devine, — interrompt Lansac; — sur celle des deux lettres qui n'a point d'adresse, tu vas écrire le nom de mademoiselle de Rouvière.

— Et celui de son cousin, — poursuit le marquis; — tu ne supposes pas, je pense, qu'elle se décide à venir seule à ce bal?

— Mais comment feras-tu pour te débarrasser de cet incommode surveillant?

— C'est en effet là le point difficile.

— Je m'en charge, — s'écrie Pontbriand; — je viens de concevoir un plan magnifique; il ne t'en coûtera, mon cher Monclar, que la peine de t'intéresser, lorsque tu seras à Paris, à un pauvre diable de maître d'armes qui a la prétention d'aller y faire fortune, et auquel je remettrai une lettre de recommandation à ton adresse.

— Tu peux l'assurer que je m'empresserai de faire honneur à ta signature.

— O mon Dieu! c'est moi qui fais cette stipulation en sa faveur; le pauvre homme ne se doutera même pas du rôle que je prétends lui faire jouer, ce qui rendra l'aventure encore plus divertissante et jolie à raconter. Veuillez maintenant me prêter toute votre attention...

Mais, en ce moment, un grand bruit de pas, mêlé de joyeuses exclamations, se fit entendre dans l'antichambre. C'étaient les jeunes gens de la cavalcade qui venaient, suivant une convention de la veille, prendre nos trois amis pour aller déjeuner dans la meilleure auberge du faubourg Saint-Sernin.

II. — Ce que fille veut, Dieu le veut, et le diable en profite.

L'éloge que le marquis de Monclar avait fait de la beauté de la nièce du conseiller Rouvière n'était point entaché d'hyperbole languedocienne. Charlotte offrait dans sa physionomie plusieurs contrastes qui en augmentaient le charme et le piquant; de grands sourcils dessinaient leur courbe hardie au-dessus de ses longues paupières, derrière lesquelles se dérobaient timidement des yeux bleus d'une limpidité admirable.

Ses longs cheveux noirs retombaient sur ses épaules en boucles abondantes, comme indice d'une riche et forte nature, tandis que la finesse de ses traits, la transparence de sa peau présentaient, au contraire, tous les signes d'une complexion délicate.

Les mêmes oppositions se montraient dans l'expression de son visage : c'étaient tour à tour et presque à la fois la langueur et la vivacité, la douceur candide d'une madone et l'air de mutinerie d'un enfant volontaire.

Orpheline dès l'âge de dix ans, Charlotte avait été recueillie par M. de Rouvière, qui avait promis à son frère mourant de corriger les torts de la fortune à l'égard de la jeune fille en lui donnant un jour pour époux son fils Guillaume, plus âgé qu'elle de cinq ans et qui était son unique héritier.

Depuis ce jour, Charlotte avait vécu d'une véritable vie de couvent dans la maison du conseiller : un jardin pour jouer ou rêver, selon la disposition de son esprit; pour compagnie, une vieille gouvernante, mademoselle Marianne, la bonté personnifiée, qui avait autrefois refusé des partis très-sortables afin de ne point quitter la maison de ses maîtres où elle était née; pour précepteur, son cousin qu'elle aimait de franche amitié; qu'elle accablait, selon le vent, de prévenances ou de taquineries, et qui se pliait à tous ses caprices avec une résignation exemplaire. Jamais de visites : on n'en recevait point et partant on n'en rendait point chez le conseiller Rouvière; point de promenades : la pauvre Marianne avait trop à faire dans l'intérieur du ménage pour trouver le temps de sortir; en sorte que Charlotte, n'ayant jamais subi le contact du monde, avait une grande pureté de cœur, une ingénuité d'esprit ravissante, mais en même temps une curiosité vivement éveillée, et il était aisé de prévoir à plus d'un symptôme que le moment ne tarderait pas où elle demanderait à la satisfaire. Une seule chose avait pu la retenir jusqu'alors, la peur de son oncle qui était pour elle un véritable épouvantail; et ce n'était pas tout à fait sans raison.

Le conseiller Rouvière n'avait jamais su ce que c'était qu'une passion, et, dans sa longue carrière, il n'avait pas eu un instant de faiblesse à se reprocher. Plongé dans l'étude des lois lorsqu'il n'était pas occupé à les appliquer, il partageait son temps entre les séances du parlement et les travaux du cabinet; il ne se montrait à sa famille qu'aux heures des repas, dont il abrégeait le plus possible la durée, et c'était avec un visage sérieux, une sobriété de paroles qui provoquaient le silence plutôt que l'épanchement, la crainte plutôt que la tendresse.

Mais, comme nous l'avons dit, les repas étaient courts, et c'était un moment de contrainte bientôt passé; une fois à ses travaux, M. de Rouvière devenait complétement étranger à tout ce qui se faisait hors de son cabinet.

Pour compléter ce tableau d'intérieur, il nous reste à peindre une figure, celle de Guillaume, le héros principal de notre histoire.

C'était un grand jeune homme, d'un beau visage et d'une belle tournure, dont les avantages physiques eussent fait l'orgueil de madame de Rouvière si elle avait vécu, aussi bien que, sous le rapport moral, il justifiait la fierté du vieux conseiller.

Son front large et développé annonçait une intelligence dont les premiers succès, dans un barreau riche en célébrités, avaient donné déjà un témoignage éclatant.

Ses traits étaient d'une beauté sévère; il avait les yeux noirs et le teint légèrement basané; cependant il régnait sur toute sa physionomie un air de simplicité et de bonté qui charmait et inspirait la confiance.

On reconnaissait en lui tous les caractères de l'austérité paternelle tempérée par une heureuse fusion avec l'indulgente bienveillance, la sensibilité et le dévouement qui avaient été les vertus de sa mère. Faible et sans volonté près des personnes qu'il aimait, il savait partout ailleurs se montrer ferme et persévérant, et si les intérêts des objets de son affection étaient en cause, il était même susceptible d'aller jusqu'à l'énergie et à l'opiniâtreté. Dans le calme intérieur de la maison, Guillaume était, avec Marianne qui le gourmandait, un enfant docile, avec la folâtre Charlotte, un compagnon de jeux complaisant, et en présence de l'imposante figure du conseiller, un fils respectueux et modeste; mais il était aisé de voir qu'au premier orage fondant sur les siens les rôles seraient intervertis, et qu'en lui se manifesterait le guide, l'appui, le protecteur, en un mot, le véritable chef de la famille.

Il était neuf heures du matin; M. de Rouvière s'était retiré, selon son habitude, aussitôt après le déjeuner; Charlotte et Marianne avaient pris possession de la petite salle où elles se tenaient ordinairement pour travailler; quant à Guillaume, il n'avait pas encore paru; invité la veille à un grand repas où figuraient tous les membres du barreau de Toulouse, il était rentré à une heure où reposaient déjà son père et sa cousine; la seule Marianne avait veillé pour l'attendre. N'ayant dans ces jours de plaisir aucune affaire qui stimulât son zèle, il avait fait volontiers le sacrifice du déjeuner pour accorder quelques instants de plus au sommeil.

Marianne, assise près d'une fenêtre qui ouvrait sur le jardin, le nez armé de besicles, la tête inclinée sur son travail, faisait manœuvrer sur une fine toile de lin une aiguille que, malgré son âge, elle maniait encore avec dextérité.

Charlotte, debout auprès d'une table, procédait à l'ouverture du massepain qui lui avait été adressé la veille; elle en tirait des confitures de toutes sortes, ayant soin de goûter à chaque espèce, invitant Marianne à suivre son exemple, et lui introduisant elle-même les morceaux dans la bouche, pour vaincre l'opiniâtreté de ses refus.

— Mais je vous assure, chère enfant, — disait la bonne vieille, — que vous avez mis à ouvrir cette cassette une précipitation qui n'est pas excusable; je crains que vous n'ayez bientôt à vous en repentir.

— Dis-moi, ma bonne Marianne, as-tu jamais mangé de meilleures friandises?

— Sans doute, sans doute, elles sont excellentes, — avoua la digne gouvernante, en savourant avec un plaisir qu'elle ne put dissimuler le cédrat que Charlotte venait de glisser entre ses lèvres; — mais, encore une fois, je vous en conjure, attendez que votre cousin soit venu éclairer nos doutes.

— Dis les tiens, Marianne, car pour moi je n'en ai point. Qui donc, si ce n'est mon cousin, aurait pensé à moi qui ne suis connue de personne? Et puis, ne m'as-tu pas conté mille fois que cette sorte de présent n'était ordinairement fait que par un fiancé à sa fiancée?

— Ou par quelque amoureux réduit à employer ce moyen pour déclarer sa flamme.

— Eh bien! justement, je prends l'envoi de ce cadeau pour une déclaration de Guillaume, qui ne m'en a jamais fait, et, je ne te le dissimule pas, je trouve la déclaration d'un goût charmant.

En parlant ainsi elle dépliait dans toute sa longueur l'étoffe d'or qui avait enveloppé la cassette, la fixait avec ses mains autour de sa jolie taille, et la laissait retomber jusque sur son petit pied, qu'elle levait et baissait alternativement afin de faire chatoyer le riche tissu et d'en admirer les éclatants reflets.

Cependant la bonne Marianne hochait la tête et, tout en accordant son suffrage à la beauté de l'étoffe, elle marmottait entre ses dents:

— Une déclaration de Guillaume! je n'y crois guère; il a certainement beaucoup d'affection pour elle... autant qu'elle en ressent pour lui; mais il me semble que cette affection-là ne répond pas à l'idée que je me faisais de l'amour quand j'étais jeune... Enfin ils seraient frère et sœur qu'ils ne s'aimeraient pas d'une autre manière...

— Que dis-tu donc là, ma bonne?

— Je dis que j'entends le pas de M. Guillaume qui se dirige de notre côté, et que nous allons bientôt savoir qui de nous deux a raison.

En effet, Marianne achevait à peine de parler que Guillaume entrait dans la salle:

— Bonjour, ma cousine, — dit-il en effleurant chastement du bout de ses lèvres le front que lui présentait Charlotte en inclinant légèrement la tête; — bonjour, Marianne; je compte que tu ne me gronderas pas, j'ai fidèlement suivi tes prescriptions en reprenant sur la matinée les deux heures de sommeil perdues dans ma soirée d'hier.

— A la bonne heure, — répondit Marianne, — vous voilà frais et dispos, comme si vous n'aviez point manqué hier à la régularité habituelle de votre vie.

— C'est vrai, — interrompit Charlotte; — mais aussi, Guillaume, vous avez retardé de deux heures le plaisir d'entendre le joli remercîment que je vous destine.

— Un remercîment à moi, Charlotte! Qu'ai-je donc fait pour le mériter?

— N'allez-vous pas faire l'ignorant, dissimulé que vous êtes?

— Je vous jure...

— Ne jurez point; ce serait en pure perte; jouissez plutôt de votre succès; vous avez voulu me causer une surprise et me faire un plaisir: jamais surprise n'a été plus vive que la mienne; quant au plaisir, vous en pouvez juger, puisque je n'ai pas eu la patience de vous attendre pour déplier, étaler, goûter et essayer toutes ces belles et bonnes choses.

Les regards de Guillaume tombèrent alors sur la cassette.

— Que signifie ceci? — s'écria-t-il; — je comprends moins que jamais.

— Vous voyez bien, mon enfant, — dit Marianne, — que ma prudence n'était pas hors de saison lorsque je vous recommandais de ne pas tant vous presser.

— Quoi, mon cousin, — fit Charlotte avec tous les signes du plus grand étonnement, — ce n'est pas à vous que je dois l'attention d'un pareil envoi?

— Je regrette, — répondit ingénument Guillaume, — que la pensée ne m'en soit point venue; mais enfin je dois avant tout rendre hommage à la vérité.

Charlotte, effrayée, regarda tour à tour Guillaume et Marianne, rejeta sur la table avec dépit l'étoffe et les rubans qu'elle tenait encore entre les mains, et s'écria:

— O mon Dieu! mais alors qui donc a pu se permettre cette hardiesse?

— Nous ne recevons personne et vous ne sortez jamais, — reprit Guillaume; — rassurez-vous, Charlotte; il ne faut voir dans tout cela rien autre chose qu'une méprise. Qui a reçu cette cassette?

— C'est moi, — répondit Marianne; — elle a été apportée par deux hommes masqués qui, après m'avoir fait ouvrir notre porte, l'ont déposée à l'entrée du couloir.

— Et que t'ont dit ces deux hommes?

— Rien; avant même que j'eusse eu le temps de les interroger, ils avaient disparu.

— C'est une méprise, je le répète; les porteurs se seront trompés d'adresse.

— Mais, — demanda Charlotte, — comment faire à présent pour s'assurer de l'erreur et pour la réparer?

— Rien de plus simple; une explication ne saurait manquer d'avoir lieu entre la personne qui a envoyé le présent et celle qui devrait l'avoir reçu; on interrogera les maladroits qui ont commis le quiproquo; le massepain vous sera réclamé et vous en ferez la restitution.

— Ah! mon Dieu! — s'écria Charlotte, — et les confitures que nous avons mangées!

— Le mal n'est pas irréparable, — dit en riant Guillaume; — nous les remplacerons, ma cousine.

— C'est égal, — fit Charlotte avec un léger mouvement de dépit, — c'est une attention bien délicate que l'envoi d'un massepain, et je regretterai longtemps que mon illusion n'ait pas duré plus d'une journée.

Guillaume baissa les yeux avec confusion; il comprenait parfaitement, au regard et au ton de sa cousine, le reproche indirect qui lui était adressé.

Quant à Charlotte, après avoir refermé la cassette et renoué les rubans qui l'attachaient, elle alla s'asseoir auprès de Marianne, et se mit à coudre avec une ardeur qui cette fois ne prenait pas positivement sa source dans l'amour du travail.

Il se fit alors un beau moment de silencieuse bouderie qu'interrompit enfin un coup de marteau frappé à la porte de la rue.

Marianne courut ouvrir et rentra bientôt avec une lettre qu'elle remit à Guillaume.

Celui-ci la présenta à Charlotte, après en avoir pris connaissance:

— Lisez, ma cousine, c'est une invitation qui vous concerne aussi bien que moi.

— Une invitation! — fit Charlotte avec surprise; — que vois-je? un bal masqué chez M. l'intendant, et madame l'intendante nous fait l'honneur de nous inviter tous les deux!

— Est-il possible? — s'écria Marianne; — depuis la mort de ma chère maîtresse, c'est la première fois que pareille chose arrive dans la maison de M. le conseiller Rouvière.

— Et ce sera probablement aussi la dernière, — reprit Guillaume.

— Pourquoi donc? — demanda Charlotte.

— Parce qu'il n'est point d'usage qu'on envoie une seconde invitation à ceux qui n'ont pas accepté la première.

Nouveau moment de silence durant lequel Charlotte ne cessa d'avoir les yeux baissés sur son ouvrage; mais il est juste d'ajouter que, cette fois, grâce aux pensées que la lettre de madame l'intendante faisait fermenter dans son cerveau, son aiguille demeura d'une immobilité parfaite entre ses doigts.

— Ce doit être un beau coup d'œil que celui d'un bal masqué! — dit-elle enfin avec un soupir beaucoup plus significatif que ses paroles.

— O mon Dieu! — dit Marianne, — je suppose que c'est absolument l'image de notre rue lorsqu'elle est, comme ces jours-ci, encombrée de masques de toutes les couleurs.

— Fi, ma bonne! oses-tu bien comparer des choses qui ont entre elles si peu de rapport? Et comment entre-t-il dans ton esprit qu'on puisse rencontrer dans les rues les belles manières et les brillants costumes qui feront l'ornement du bal de M. l'intendant?

— Bah! bah! L'imagination embellit toujours les objets qu'on ne connaît pas.

— Tu as beau dire, Marianne, je soutiens qu'un bal, et surtout un bal masqué, doit être un spectacle ravissant; il y a bien longtemps que je souhaite d'assister à une pareille fête, et tu conçois sans peine que cette lettre d'invitation n'est pas faite pour éteindre la vivacité de mon désir. Songez-y donc : un bal chez M. l'intendant, c'est-à dire la réunion de toutes les personnes distinguées, polies d'une des premières villes du royaume... oh! que je remercierais avec reconnaissance celui qui m'aimerait assez pour satisfaire ma curiosité!

— Y pensez-vous, ma cousine? — fit Guillaume tout stupéfait de l'entendre former un semblable vœu.

— Je ne vous demande pas de m'y conduire, mon cousin, — répliqua-t-elle avec des lèvres pincées dont Guillaume traduisait facilement l'expression.

— Charlotte, vous êtes à mon égard d'une injustice qui m'afflige profondément; tout à l'heure vous m'avez fait, à propos de cette cassette, un crime de n'avoir pas eu pour vous une attention dont j'avoue que la pensée ne m'est pas venue...

— Je ne crois pas vous avoir dit un mot de cela.

— A défaut de votre bouche, votre physionomie a parlé d'une manière assez significative.

— Je ne suis pas responsable de vos interprétations.

— Maintenant, il s'agit d'un bal pour lequel nous recevons une invitation que vous n'attendiez certainement pas plus que moi, et vous semblez m'adresser le reproche de ne pas vouloir vous y conduire, comme si vous ignoriez que l'obstacle serait bien plus dans la volonté de mon père que dans la mienne!...

— Seigneur Dieu! — fit Marianne, — ce serait une belle affaire si monsieur avait seulement connaissance de la lettre qui vous invite!

— Oh! oui, — reprit Charlotte, et l'on pouvait voir perler sous sa paupière des larmes qu'elle s'efforçait en vain de retenir, — je sais qu'il me faut vivre ici comme dans un couvent, que toute pensée de plaisir ou de distraction m'y est interdite, qu'on ne m'y permet pas de faire connaissance avec ce monde dans lequel il faudra pourtant bien que je sache un jour me conduire... Je ne vous en fais pas un reproche, à vous, Guillaume, qui n'y pouvez rien; je n'en fais pas un reproche à mon oncle, qui exerce à mon égard sa bienfaisance comme il l'entend et suivant ses principes; mais mon cœur froissé ne s'en révolte pas moins contre une captivité qui pèse si cruellement sur mon existence.

Et, la digue une fois rompue, elle se mit à pleurer si fort que, toute honteuse, elle essaya d'étouffer ses larmes en appuyant sa tête sur l'épaule de Marianne.

Guillaume la regardait d'un air tout contristé.

— Allons, allons, ma chère enfant, — disait Marianne dont le cœur saignait, — pourquoi vous faire ainsi du chagrin? Vous voyez bien que vous affligez notre bon Guillaume, et que moi-même je ne sais qui me retient de pleurer avec vous. Voyons, calmez-vous et ne fermez pas l'oreille à la voix de la raison.

— Suis-je donc si déraisonnable? — répliqua Charlotte, en relevant la tête après avoir essuyé ses yeux, — quel mal ferais-je en assistant à ce bal? La maison de madame l'intendante n'est-elle pas une maison honorable?

— Sans doute, — répondit Guillaume.

— Et les personnes qui la fréquentent en sont-elles moins dignes d'estime?

— Au contraire.

— Donc mon désir n'a rien de blâmable.

— Je suis d'accord avec vous sur ce point, ma cousine.

— Et cependant vous vous garderiez bien de rien tenter pour le satisfaire.

— Mais, encore une fois, Charlotte, que voulez-vous qu je fasse?

— Et dans le fait, — dit Marianne, — soyons justes : supposons que M. Guillaume ait le courage d'aller trouver son père et de lui demander son consentement, savez-vous ce qu'il en résultera? un refus bien sec d'abord, et puis une verte remontrance par-dessus le marché.

Charlotte se remit à travailler et cassa trois aiguilles en moins de deux minutes, pendant que Guillaume battait avec ses doigts, sur la table, la marche des mousquetaires.

Marianne redressait de temps en temps sa tête et portait de l'un à l'autre son regard visiblement attendri; tout à coup il lui vint une inspiration, et elle s'écria :

— Plus de bouderie ni de tristesse, mes enfants; un peu de complaisance de la part de Guillaume, pas trop d'exigence de la part de Charlotte, et, Dieu aidant, l'affaire pourra s'arranger.

— Que veux-tu dire, Marianne? — demanda Guillaume.

— Je me charge, en allant faire mes provisions, de procurer à Charlotte un costume sous lequel elle ne sera pas reconnue; nous attendrons que monsieur soit couché; alors vous partirez tous les deux pour le bal; moi, je veillerai jusqu'au moment de votre retour, et, pourvu que vous soyez rentrés avant l'heure à laquelle monsieur a l'habitude de se lever, tout se passera le mieux du monde.

Guillaume s'apprêtait à élever des objections; mais il n'en eut pas la force lorsqu'il vit avec quelle effusion de joie Charlotte se jeta au cou de Marianne :

— Oui, oui, — disait celle-ci, — vous pouvez me remercier, car, soyez-en sûre, c'est la première tromperie qu'il m'arrive de commettre, et pour m'y déterminer il ne m'a fallu rien moins que voir couler vos larmes.

III. — Maître Babylas.

Le mardi gras touchait à sa fin; les rues de Toulouse, après avoir retenti toute la journée des cris joyeux d'une multitude déguisée et masquée, étaient ébranlées le soir par le roulement de nombreuses voitures parties de tous les points de la ville pour se rejoindre à un centre commun, l'hôtel de l'intendance.

C'était le carnaval qui accourait prendre ses derniers ébats dans les salons du premier magistrat de la province.

Chaque carrosse, à mesure qu'il arrivait, s'arrêtait devant la porte principale somptueusement illuminée, déposait son contingent de masques, et allait ensuite continuer l'une des deux longues files qui se formaient de chaque côté de l'hôtel.

Les invités franchissaient un escalier couvert de tapis moelleux, entre deux haies d'arbustes qu'on avait sortis de leurs serres, traversaient une galerie resplendissante de lumière, et pénétraient dans le premier salon par une porte à laquelle se tenait un huissier.

Ce personnage, dont le maintien grave et la physionomie sérieuse n'étaient pas ce qu'il y avait de moins curieux dans une fête dédiée à la folie, était chargé de veiller à ce qu'il ne s'introduisît dans le bal aucune autre personne que celles qui avaient le droit d'y figurer; mais il s'acquittait avec discrétion de l'emploi qui lui avait été confié; au lieu d'exiger qu'on se démasquât pour se faire reconnaître, il se bornait à prier chaque nouvel arrivant de lui remettre sa lettre d'invitation.

A l'entrée de ce premier salon se groupaient une douzaine de jeunes gentilshommes n'ayant ni masque ni déguisement, qui s'empressaient de remplir à l'égard des dames l'office de maîtres de cérémonies et s'offraient galamment à leur servir d'introducteurs.

Parmi ces gentilshommes se trouvait le marquis de Monclar, un peu en arrière de l'huissier, mais assez près de lui pour pouvoir lire par-dessus son épaule le nom inscrit sur chacune des lettres qu'il recevait.

Maître de ce poste dont il s'était emparé depuis l'ouverture de la porte, le marquis n'avait cependant encore avancé la main vers celle d'aucune dame; il y avait déjà plus d'une heure qu'il se tenait immobile à la même place; l'impatience commençait même à se manifester sur sa physionomie; chaque lettre remise à l'huissier creusait davantage les plis de son front et rendait plus prononcé le froncement de ses sourcils; il était évidemment sous l'influence de quelque fâcheux mécompte.

L'affluence des invités diminuait sensiblement; bientôt il ne se présenta plus, et à de longs intervalles, que des retardataires.

Le marquis, resté seul près de l'huissier, faisait une mine tout à fait piteuse; dans la crainte de provoquer quelque remarque désobligeante pour son amour-propre, il allait définitivement se retirer, lorsque tout à coup le nuage qui obscurcissait sa physionomie se dissipa pour faire place au rayonnement du bonheur et de la joie : deux personnes masquées venaient de remettre à l'huissier une lettre sur laquelle était le nom si longtemps attendu.

Monclar, s'emparant aussitôt de la main de la dame, l'entraîna dans le salon, tandis que le cavalier se trouvait retenu dans la galerie par un valet en livrée qui l'avait saisi par le bras à l'instant même où s'exécutait le mouvement de Monclar.

— Monsieur, — dit le valet en s'inclinant respectueusement, — veuillez avoir la bonté de me suivre.

Le masque parut hésiter; mais il fit sans doute la réflexion que les choses devaient se passer ainsi et qu'on avait agi de la même manière avec tous les autres cavaliers, car il se résigna, non sans jeter un regard inquiet du côté du salon, traversa de nouveau la galerie, redescendit l'escalier, et se retrouva, précédé de son conducteur, dans la cour par où il était arrivé.

Le valet parut alors se raviser et s'arrêta pour lui dire :

— Avant d'aller plus loin, je dois cependant m'assurer que je n'ai pas commis une méprise; ai-je en effet l'honneur de parler à M. de Rouvière, avocat, fils de M de Rouvière, conseiller au parlement?

— Vous ne vous êtes point trompé, — répondit le masque; — je suis la personne que vous venez de nommer.

— Hâtons-nous donc, monsieur; la chose est pressante et nous n'avons pas une minute à perdre.

— Où me conduisez-vous et que veut-on de moi? — demanda Guillaume qui commençait à s'étonner de cet étrange procédé.

— Ce qu'on veut de vous, une autre personne vous l'apprendra, et c'est vers elle que je vous conduis, — répondit le valet d'un ton mystérieux.

— J'en suis désolé, mais il m'est impossible de vous suivre en ce moment; vous avez dû voir que j'accompagnais une dame.

— N'ayez pour elle aucune crainte; quel frère ou quel mari, sachant sa sœur ou sa femme dans une maison aussi respectable que celle de monseigneur l'intendant, oserait concevoir à son sujet la moindre inquiétude?

— Aucun, assurément, — s'empressa de répondre Guillaume tout confus d'avoir pu donner lieu à une pareille interprétation.

— Votre retour d'ailleurs, — poursuivit le valet, — ne se fera pas attendre assez longtemps pour que cette dame elle-même songe à s'alarmer de votre absence.

— Fort bien; mais, — objecta Guillaume, — je ne vous connais point, vous qui m'invitez à vous suivre.

— Il me semble, monsieur, — répliqua le valet avec une imperturbable assurance, — que la livrée dont je suis revêtu et l'endroit où vous m'avez rencontré devraient suffire pour rendre cette question au moins inutile.

— C'est juste, — pensa Guillaume convaincu que cet homme appartenait en effet à la maison de l'intendant.

Ses idées prirent alors un autre cours; il s'imagina que l'invitation qui lui avait été adressée se rattachait précisément à l'affaire pour laquelle on réclamait sa présence; c'était donc un devoir pour lui d'obéir. Cessant toute objection, il prit place dans un carrosse que fit avancer son guide; celui-ci ferma la portière, indiqua une adresse au cocher, et monta derrière la voiture.

Au bout d'un quart d'heure, on arrêta devant une maison de chétive apparence, à l'extrémité du faubourg Saint-Cyprien; le valet descendit, ouvrit la portière et abaissa le marchepied; Guillaume, après s'être débarrassé de son masque, s'élança lestement à terre; il avait hâte d arriver au dénoûment de cette aventure.

Son guide l'introduisit alors dans une allée sombre, au bout de laquelle il le fit entrer dans une petite pièce médiocrement éclairée, dont tout l'ornement consistait en quelques faisceaux de fleurets, de gants et de masques de fer appendus à la muraille; là il le présenta à un homme assis auprès d'une table, en disant simplement :

— Voici la personne en question.

Et aussitôt il se retira.

Presque au même instant, Guillaume entendit avec surprise le bruit de la voiture qui s'éloignait. Ce début n'avait rien de rassurant à une pareille heure et dans un pareil lieu; mais Guillaume, naturellement brave, n'était pas facile à intimider; seulement, un premier mouvement bien excusable lui fit jeter un rapide regard tout autour de lui; puis il se mit à examiner le personnage auquel on venait de le présenter avec si peu de cérémonie.

C'était un homme entre quarante et cinquante ans, haut de taille, mince de corps, roide de maintien; sa figure, démesurément longue et étroite, ornée de deux yeux à la chinoise, d'un nez saillant, effilé et pointu, d'une bouche largement fendue dont les coins se relevaient dans la direction des yeux, et d'une paire de moustaches grisonnantes, redressées à leur extrémité dans le sens des yeux et de la bouche, offrait un type original, unique et d'un aspect d'autant plus réjouissant que celui qui en était doué affectait dans sa parole, dans son geste et dans sa démarche la gravité d'un capitoul ou d'un président au parlement.

Après quelques minutes d'un examen mutuel, car le personnage que nous venons de décrire avait, de son côté, considéré attentivement le jeune Rouvière, celui-ci, impatienté, jugea à propos de rompre un silence qui menaçait de se prolonger indéfiniment :

— Que souhaitez-vous de moi, monsieur?

Rappelé à lui par cette question, l'homme à la longue figure se leva, offrit un siége à Guillaume, se rassit, toussa deux ou trois fois, et commença ainsi d'une voix grave et solennelle :

— Monsieur, je n'ai point l'honneur de vous connaître, et je ne pense pas avoir davantage celui d'être connu de vous... je me nomme Babylas.

Guillaume inclina poliment la tête, mais d'un air qui semblait dire : — Que vous vous nommiez du nom de Babylas ou de tout autre, je n'en suis pas plus avancé et cela m'est parfaitement indifférent.

— Monsieur, — poursuivit Babylas, — si j'ai acquis quelque réputation, il y a vingt-cinq ans que j'y travaille, et vous comprendrez aisément que j'y tienne, en raison des efforts qu'elle m'a coûtés.

— Je n'ai garde, monsieur, de m'étonner d'une susceptibilité toute naturelle.

— Ce qui ne l'est pas moins, vous en conviendrez, monsieur, c'est qu'étant sur le point de quitter une ville où je ne trouve pas mon zèle suffisamment récompensé, il me soit pénible de laisser après moi l'idée que je me suis éloigné comme un vaincu qui avoue sa défaite... Ma défaite! — continua-t-il en s'animant. — Eh! qui donc oserait s'en vanter! Savez-vous bien, monsieur, que, dans un voyage que je fis à Paris, il y a huit ans, j'eus l'honneur de voir, après une épreuve courtoise, comme cela doit être entre gens de mérite, l'illustre Berthelot (1) lui-même s'incliner devant moi, en présence des premières autorités de la cour?

— Je suis loin de mettre en doute la vérité de vos assertions, monsieur; mais afin que j'en puisse mieux saisir le but et la portée, veuillez avoir la bonté de m'expliquer un peu plus clairement ce dont il s'agit, et de m'apprendre d'abord ce que c'est que l'illustre Berthelot dont vous me parlez.

Babylas se leva et regarda Guillaume d'un air d'indicible étonnement.

— Vous demandez ce que c'est que Berthelot, monsieur! Berthelot, le plus célèbre, le plus grand de nos maîtres!

— Fût-il un Barthole ou un Cujas, je vous avoue humblement que ce Berthelot m'est tout à fait inconnu.

— Vous ne connaissez pas Berthelot, jeune homme, et vous osez venir exercer dans une des premières villes du royaume une profession aussi noble, aussi difficile que celle à laquelle vous vous êtes voué!

— Je fais, monsieur, ce que je puis pour l'exercer avec honneur.

— Et vous vous recommandez d'un Cujas, d'un Barthole! Qu'est-ce que M. Barthole et M. Cujas? Voilà une question qu'il est permis de faire, à la bonne heure! Quelques cuistres! quelques misérables coureurs de cachets qui auront abusé de la crédulité de vos parents! Le monde aujourd'hui n'est rempli que de charlatans, et, formé par eux, vous employez pour réussir les moyens qu'ils vous ont enseignés? Chacun sa méthode, monsieur; si la vôtre est de parler, la mienne est d'agir... Permettez que je vous conduise.

Et, se faisant suivre de Guillaume qui cherchait en vain le mot de toute cette énigme, il s'engagea, un flambeau à la main, dans un étroit couloir aboutissant à une salle assez spacieuse où étaient réunis une douzaine de jeunes gens qui paraissaient attendre avec impatience.

Après une entrée vraiment théâtrale, Babylas, droit et roide comme un piquet, fit un geste d'une main pour inviter les jeunes gens à prendre place sur des banquettes rangées le long des murailles; puis de l'autre main désignant Guillaume, dont la surprise allait toujours croissant :

— Mes chers élèves, — dit-il d'une voix sonore, — voici le rival dont j'ai eu l'honneur de vous entretenir; un autre à ma place se fût contenté de dénigrer le talent de monsieur, comme il m'a été affirmé qu'il dénigrait le mien; décidé à quitter cette ville, j'aurais

(1) Fameux professeur d'escrime de ce temps-là.

Je lui jurai que, s'il faisait un pas, je me précipterais... (Page 11.)

même pu faire la sourde oreille et céder sans mot dire la place à monsieur qui arrive... mais, en agissant ainsi, j'aurais tenu la conduite d'un pleutre et je n'aurais point justifié la confiance que vous m'avez accordée; mon honneur, et j'ose dire le vôtre, exigeaient une épreuve solennelle; cette épreuve aura lieu à l'instant même en votre présence, et je compte sur vous pour en proclamer hautement et partout le résultat.

— Bravo! bravo! — firent les jeunes gens en battant des mains.

— Si je suis vaincu, — reprit Babylas, — je subirai sans murmure une humiliation méritée; vainqueur, je prendrai congé de vous la tête haute, heureux de vous laisser un souvenir honorable; et fier d'emporter à défaut de fortune une réputation intacte.

Les applaudissements redoublèrent.

Guillaume avait beau faire appel à toutes ses facultés, plus la scène se prolongeait et moins il comprenait.

Babylas décrocha deux fleurets, s'avança majestueusement vers le fils du conseiller, lui présenta l'une des deux armes et tomba en garde avec l'autre en poussant un petit cri provocateur.

La stupéfaction de Guillaume était à son comble.

— Que voulez-vous que je fasse de cette arme? — dit-il en laissant tomber le fleuret à ses pieds.

Babylas continuait ses appels avec un imperturbable sang-froid.

Les jeunes gens riaient et chuchotaient.

Guillaume s'impatienta :

— Me direz-vous à la fin, monsieur, ce que signifie cette étrange plaisanterie?

Mais Babylas, se redressant de toute sa hauteur :

— Messieurs, — s'écria-t-il, — je vous prends tous à témoin que monsieur a refusé un combat offert loyalement et à plusieurs reprises!

Et jetant de haut en bas sur Guillaume un regard qu'il jugea être foudroyant :

— J'aime à croire, jeune homme, que cette leçon vous suffira, et qu'à l'avenir vous ne vous passerez pas si légèrement la fantaisie d'attacher l'épithète de mazette au nom d'un homme dont vous venez de reconnaître authentiquement la supériorité.

— Eh! monsieur, — fit Guillaume dont l'impatience commençait à se changer en irritation, — je ne sais quelle comédie vous jouez ici, ni quel intérêt vous pouvez y trouver; mais je déclare, en ce qui me concerne, qu'elle ne m'amuse pas le moins du monde et que vous auriez pu vous dispenser de m'y attribuer un rôle. Je n'ai pu accoler à votre nom, que j'ai entendu prononcer ce soir pour la première fois, aucune épithète bien ou malsonnante, et je ne vois pas quelle sorte de rivalité peut exister entre vous, qui êtes, autant que je puis en juger, professeur d'escrime, et moi qui suis avocat et n'ai manié de ma vie un fleuret.

Ce fut au tour de Babylas de tomber dans l'ébahissement.

Quant à Rouvière, impatient de retourner à l'hôtel de l'intendance, il s'empara d'une lumière et, sans attendre qu'on le reconduisît, il se retira d'assez mauvaise humeur par le couloir qu'on lui avait déjà fait traverser. Comme il sortait de la maison, de bruyants éclats de rire vinrent frapper son oreille; c'étaient ceux des élèves du pauvre Babylas qui s'exerçaient aux dépens de la mine piteuse de leur professeur mystifié.

Guillaume avait fait à peine cinquante pas dans la rue que, se sentant saisir par la basque de son habit, il se retourna et se retrouva encore une fois en face de Babylas.

— Monsieur, — lui dit le professeur essoufflé, un dernier mot d'explication, s'il vous plaît? Je vois bien que j'ai été victime d'une mauvaise plaisanterie; mais il me reste un point à éclaircir : Avons-

La barque se rapprochait mais avec une lenteur désespérante. (Page 14.)

nous été joués tous les deux? Étiez-vous d'accord avec les auteurs de cette mystification? Dans cette dernière hypothèse, je me verrais forcé de vous indiquer un lieu et une heure convenables, afin que cette affaire fût vidée entre nous comme il est d'usage entre gens bien nés et qui ont le sentiment de leur dignité personnelle.

— Monsieur, — répondit Guillaume, — je ne connais point les auteurs d'un jeu dont je suis victime peut-être plus que vous; je n'ai donc pu m'entendre avec eux, et je vous prie en conséquence de me laisser poursuivre tranquillement mon chemin.

Babylas, ne trouvant rien à répliquer, suivit un moment du regard Guillaume, qui se perdit bientôt dans l'ombre en s'éloignant, puis il retourna lentement ses pas du côté de sa maison, marmottant entre ses dents :

— Toulouse maudite, ville ingrate, dès demain, je te fuis! tu n'es pas digne de posséder dans ton sein un homme qui a touché Berthelot.

Cependant Guillaume, vivement contrarié d'une scène qui l'avait occupé si longtemps et à laquelle il cherchait vainement une explication, se hâta de regagner l'hôtel de l'intendance. Ses regards, en traversant la galerie, essayèrent mais inutilement de reconnaître le valet qui avait été le premier instrument de la mystification.

Arrivé à la porte du salon, il lui fallut subir une longue discussion avec l'huissier; celui-ci exigeait une lettre d'invitation; Guillaume ne pouvait parvenir à lui faire comprendre comment cette lettre avait été remise par lui sans qu'il pût en profiter; enfin Guillaume ayant décliné son nom, et la lettre ayant été retrouvée, l'huissier consentit à le laisser entrer.

Bien que Guillaume eût dû naturellement être ébloui par l'éclat d'un spectacle auquel il assistait pour la première fois, ce fut à peine s'il y prit garde, tant il était impatient de se retrouver auprès de sa cousine.

Il passait d'un salon dans l'autre, se glissant dans la foule, coudoyant les danseurs, se frayant un chemin vers chaque personne dont le déguisement lui rappelait celui de Charlotte. Il y en avait un si grand nombre qu'il ne sut bientôt plus où donner de la tête.

— Le mieux est de choisir une place apparente et d'y rester immobile, — se dit il après un moment de réflexion; — comme je suis sans masque, elle ne peut tarder à m'apercevoir, tandis que moi je ne parviendrai jamais à la découvrir.

Mais ce second moyen ne lui réussit pas mieux que le premier; pas un masque n'eut l'air de le remarquer; pas un ne vint à lui.

— Au milieu d'une pareille foule, — pensa-t-il, — c'est une folie de croire que nous puissions nous rejoindre.

Et il alla se placer près de l'huissier, à l'entrée du premier salon.

— J'attendrai jusqu'à ce que tout le monde se soit retiré; il faudra bien qu'elle m'aperçoive en sortant.

Il attendit en effet; mais tous les masques se retirèrent l'un après l'autre sans qu'un seul parût prendre garde qu'il était là. Ce ne fut qu'au moment où il se vit absolument seul qu'il se frappa tout à coup le front en s'écriant :

— Que d'heures perdues! Je devais penser tout d'abord que, ne me voyant pas revenir et alarmée de se trouver isolée au milieu de tout ce monde, elle avait pris nécessairement le parti de se faire reconduire à la maison.

Guillaume, rassuré par cette réflexion, se retira à son tour, confus d'avoir attendu si longtemps pour faire un raisonnement si simple.

Arrivé devant la maison de son père, il donna le signal convenu. Marianne vint lui ouvrir; mais, en l'apercevant, elle recula;

— Vous êtes seul! — s'écria-t-elle; — qu'avez-vous fait de mademoiselle Charlotte?

— Charlotte! Est-ce qu'elle n'est pas rentrée?

— Non sans doute; devait-elle donc rentrer sans vous?

— O mon Dieu! — fit Guillaume effrayé, — quel malheur faut-il prévoir au fond de tout ce mystère?

Dans le même instant, une jeune fille, les yeux égarés, les cheveux en désordre, courant comme si elle était poursuivie, franchissait le seuil, poussait un cri à la vue de Marianne et de Guillaume, et tombait évanouie dans les bras de la gouvernante.

IV. — Le mauvais et le bon ange.

Marianne et Guillaume, en reconnaissant Charlotte, furent saisis d'un tel effroi qu'ils semblèrent d'abord avoir perdu l'usage de toutes leurs facultés; immobiles, muets et pâles comme la jeune fille inanimée que soutenaient leurs bras, ils regardaient sans voir et n'osaient respirer; on eût dit un groupe frappé par la foudre.

Revenus enfin de ce premier mouvement de stupeur, ils transportèrent Charlotte dans sa chambre, l'étendirent sur son lit et lui firent respirer des sels.

Lorsqu'elle eut repris ses sens, son regard étant tombé d'abord sur Marianne assise auprès d'elle, elle jeta ses bras autour du cou de la vieille gouvernante et se mit à sangloter.

Mais bientôt elle aperçut Guillaume qui se tenait debout, silencieux au pied de son lit; alors ses larmes s'arrêtèrent; une sorte de terreur effara ses yeux; elle laissa retomber sa tête sur l'oreiller, et sa voix affaiblie eut beaucoup de peine à prononcer ce peu de mots :

— Laissez-moi... laissez-moi seule... je vous en conjure... j'ai besoin de repos... Guillaume, ne m'interrogez pas maintenant... plus tard, ce soir, vous saurez tout... accordez-moi le temps de me recueillir.

Et comme elle vit que Marianne ne faisait aucun mouvement pour s'éloigner :

— Toi aussi, ma bonne, — dit-elle en lui serrant la main, — tu sauras ce fatal secret qu'il faudra laisser mourir dans ton sein... mais tu as veillé, tu dois être fatiguée, souffrante.. va reposer un peu.

— Moi, reposer! Eh! bon Dieu! qui vous donnera des soins?

— Va... va, te dis-je, — insista Charlotte; — pour me calmer et me remettre, ce ne sont pas des soins qu'il me faut, c'est de la solitude.

Guillaume et Marianne se retirèrent, l'esprit agité d'une inquiétude que les paroles de la jeune fille avaient été loin de diminuer.

Tout cela heureusement se passait avant le réveil du conseiller, qui n'entendit rien. Seulement, au déjeuner, il s'étonna de l'absence de Charlotte et en demanda la cause; Marianne lui ayant répondu qu'un mouvement de fièvre l'avait obligée de garder le lit, il se borna à recommander d'appeler un médecin si la fièvre persistait, et rentra dans son cabinet sans concevoir le moindre soupçon.

La journée fut pour Guillaume d'une longueur désespérante; ni le tableau animé que présentait le palais après plusieurs jours de vacances, ni l'étude des affaires importantes confiées à son éloquence et à son talent, ne purent un seul instant distraire sa pensée de l'unique objet dont elle était occupée.

Le soir vint enfin; Guillaume, enfermé dans sa chambre, l'esprit en proie à l'anxiété la plus vive, essayant de combattre les sombres pressentiments qui assiégeaient son cœur, attendait avec impatience le moment où sa cousine jugerait à propos de le recevoir.

Tout à coup sa porte s'ouvrit, et Charlotte elle-même parut à ses yeux.

Elle avait la figure pâle et défaite, le regard abattu, la démarche lente; mais au désordre du délire avait succédé une expression de calme et de resignation Cependant lorsqu'elle entra, ses forces furent sur le point de l'abandonner; elle chancela.

Guillaume courut à elle, la soutint sous ses bras et la conduisit à un fauteuil où elle se laissa tomber plutôt qu'elle ne s'assit.

Enfin elle se remit et leva sur Guillaume des yeux tristes et suppliants.

— Quelle imprudence, Charlotte! ne pouviez-vous me faire appeler au lieu de venir vous-même?

— On amène le coupable devant son juge, et c'est le faible qui va trouver le fort, — répondit Charlotte; — je suis donc venue à vous, Guillaume, car j'ai besoin de votre indulgence et de votre appui.

— Mon indulgence? quand je croyais avoir à solliciter la vôtre! Mon appui? ne le dois-je pas en tout temps, en tout lieu, à l'amie de mon enfance, à ma fiancée, à celle qui doit être ma femme?...

Charlotte l'interrompit :

— Ne vous souvenez, Guillaume, que de l'amie d'enfance; soyez pour moi ce que vous seriez pour une sœur... Quant à la fiancée, elle n'a rien à demander de vous, si ce n'est votre pitié.

— Parlez, ma cousine, parlez, je vous en conjure; mettez fin au trouble où me jettent vos paroles, et surtout ne doutez plus de mon affection et de mon dévouement.

Charlotte prit la main de Guillaume et la serra dans les siennes.

— Merci, mon cousin, merci!... cette assurance m'était nécessaire pour soutenir mon courage... hélas! je ne m'étais jamais figuré qu'il pût se présenter des circonstances où le devoir était si pénible et si difficile... Et pourtant il faut que j'accomplisse le mien... dussé-je en mourir de douleur et de honte!... oui, Guillaume, je vous dirai tout... me taire ce serait vous tromper... et ce serait peut-être aussi m'enlever une consolation, car vous seul tendrez une main protectrice à la pauvre délaissée, quand tous les autres se seront éloignés d'elle en l'accablant de leurs mépris.

Il se fit un moment de silence pendant lequel Charlotte parut recueillir ses souvenirs; puis elle commença d'une voix émue le récit suivant :

« Vous avez remarqué sans doute, Guillaume, qu'au moment où nous nous présentâmes à la porte du bal, un jeune homme richement vêtu et d'une figure distinguée s'empara de ma main, et, sans me donner le temps de me reconnaître, m'entraîna dans le salon où il m'ouvrit un passage à travers une foule innombrable de personnes masquées.

« Comme je remarquai autour de moi plusieurs dames introduites de la même manière, je me figurai que l'usage le voulait ainsi, et je n'en conçus d'abord aucune alarme.

« J'avais déjà traversé plusieurs pièces encombrées de danseurs et de curieux, lorsque je m'aperçus en me retournant que vous ne nous aviez point suivis; je commençai à m'inquiéter, et je demandai à revenir sur mes pas; mais mon conducteur me fit observer que, séparé de moi par quelque mouvement de la foule, vous me cherchiez probablement de votre côté, et, selon toute apparence, dans l'intérieur du bal plutôt que dans le premier salon; il m'offrit avec instance de me guider dans ma recherche et de ne me point quitter jusqu'au moment où je vous aurais retrouvé.

« Le son de sa voix était affectueux et doux; ses manières prévenantes et respectueuses m'inspiraient de la confiance; j'acceptai son bras.

« La nouveauté, la magnificence du spectacle que j'avais devant les yeux, occupèrent quelques instants toute mon attention; cette multitude de lumières, cette variété de costumes, cette musique, ce mouvement, ce bruit, tout cela m'étonnait; m'exaltait; me causait une sorte de vertige.

« Si je souhaitais vivement de vous rencontrer, c'était moins par un sentiment de crainte que par le désir de vous voir partager mon bonheur et mon admiration.

« Cependant il s'était écoulé plus d'une heure et vous n'aviez point encore reparu; réveillée de mon extase, je ne songeai plus qu'à la nécessité de vous rejoindre; je parcourus vingt fois tous les salons, mes regards allèrent vous chercher dans tous les groupes; ce fut inutilement; alors la pensée me vint qu'au moment de notre séparation il vous était survenu quelque accident; cette fois, l'inquiétude entra sérieusement dans mon esprit; je tremblai pour vous, car, dans l'incertitude de ce qui pouvait vous être arrivé, je me laissais aller aux plus funestes appréhensions; je tremblai pour moi qui me trouvais, à l'insu de mon oncle, dans une maison où je ne connaissais personne, obligée de regagner seule et pendant la nuit ma demeure, vers laquelle je n'aurais pas su me diriger pendant le jour.

« J'avouai franchement à mon guide mes craintes et mon embarras; il parut y prendre un intérêt réel, m'engagea à réfléchir sur ce qu'il conviendrait le mieux de faire dans une pareille circonstance, et se mit avec empressement à ma disposition pour tous les services qu'il serait en son pouvoir de me rendre.

« Comme j'hésitais sur le parti auquel je devais m'arrêter, il me conseilla de quitter immédiatement le bal et offrit de me reconduire chez moi.

« C'était certainement un sage conseil, n'est-il pas vrai, Guillaume? Je ne devais point balancer à le suivre, et toute autre eût fait de même à ma place...

« Eh bien! c'était un piége odieux tendu à ma crédulité, à ma bonne foi... un piége froidement préparé à l'avance...

« Oui, mon cousin, j'y ai beaucoup réfléchi depuis ce matin, et rien à présent ne m'ôterait la croyance que tout ce qui me semblait hier l'effet du hasard avait été prévu, combiné; je ne sais ce que vous faisiez, où vous étiez, pendant que je me trouvais à la merci de cet officieux inconnu; mais, j'en ai la conviction, c'était par lui que nous avions été séparés l'un de l'autre, c'était lui qui vous avait aît entraîner et retenir ailleurs, afin que je restasse en sa puissance, privée de défenseur et de soutien.

— Vous avez raison, Charlotte, — dit Guillaume, — et vous commencez à me faire comprendre ce que, jusqu'à ce moment, je n'avais pu réussir à m'expliquer.

Charlotte poursuivit :

« Dans ces salles où s'agitait une foule immense, il faisait une chaleur étouffante; mon guide me demanda si je n'en étais pas incommodée; je l'étais en effet; avant de sortir, il alla chercher lui-même un rafraîchissement qu'il me fit prendre; puis nous descendîmes, et il fit avancer un carrosse. Je me plaçai dans le fond; il s'assit sur le devant.

« Jusque-là, dans ses discours comme dans ses manières, il avait mis tant de respect et d'urbanité que j'aurais été honteuse du moindre soupçon s'il avait pu s'en glisser un dans mon esprit. Je me laissai donc conduire avec une entière confiance; je n'aurais pas su d'ailleurs reconnaître si la voiture se dirigeait réellement vers le lieu que j'avais indiqué, et je l'aurais su que cela m'eût encore été complétement inutile.

« A peine le carrosse eut-il commencé à rouler que je sentis mes membres alourdis par une lassitude extraordinaire; bientôt un engourdissement général s'empara de mon corps; quelques efforts que je fisse pour me tenir éveillée, mes paupières appesanties se fermaient malgré moi. Ma pensée, luttant toujours, était comme enveloppée d'un nuage qui s'épaississait à chaque instant; mes idées, de plus en plus vagues, finirent par se transformer en une lourde rêverie; je perdis tout à fait la conscience de moi-même et de ce qui se passait autour de moi; il me serait impossible de dire combien de temps nous demeurâmes en voiture, ni comment on m'en a descendue... »

— C'est étrange! — fit Guillaume.

— Oh! oui, bien étrange, en effet; car, vous devez vous en souvenir, mon cousin, je vous ai dit souvent qu'il suffisait pour m'éveiller du bruit le plus léger, du mouvement le plus insensible. Non, ce n'était pas un sommeil naturel que le sommeil où j'étais plongée!

Charlotte, la tête inclinée sur sa poitrine, garda un moment le silence. Était-ce hésitation ou fatigue? répugnait il à sa fierté de poursuivre son récit? attendait-elle pour l'achever qu'il se fût rétabli un peu de calme dans son esprit?

Guillaume avait les yeux fixés sur elle avec une inexprimable anxiété; mais, dans la prévision d'un grand malheur, dont il tremblait d'acquérir la certitude, il n'osait ni la presser de continuer, ni lui adresser une seule question.

Tout à coup elle se redressa convulsivement; l'indignation empourpra ses joues auparavant si pâles; le feu de la colère étincela dans son regard; elle reprit d'une voix frémissante : — Lorsque je revins à moi, Guillaume, je me trouvai couchée sur un lit qui n'était pas le mien, dans une chambre que je ne connaissais pas... à côté de moi, il y avait un homme... cet homme, c'était celui qui m'avait accompagnée!

— Le misérable! — s'écria Guillaume qui se leva, les yeux ardents et les poings serrés, comme si le coupable avait été devant lui et qu'il se fût apprêté à le terrasser.

— Alors, — poursuivit Charlotte, — l'horrible vérité se révéla soudain à mon esprit; je m'abandonnai au désespoir, à la fureur; je sentis ma raison s'égarer; je m'arrachai violemment des bras du traître et je me jetai sur une épée dont je vis briller la poignée sur une table... mais, lui, il se prit à sourire et me désarma aussi facilement qu'il eût fait d'un faible enfant...

« Hors de moi, je l'accablai d'imprécations, je l'appelai des noms les plus odieux, je l'injuriai et je lui dis qu'il était un lâche... j'espérais qu'il s'irriterait, qu'il lèverait enfin sur moi ce fer qu'il m'avait arraché, qu'il me tuerait peut-être et ensevelirait ainsi ma honte dans le silence d'une mort cachée... Rien ne put l'émouvoir. On estime donc bien peu les femmes, mon Dieu! que leurs insultes les plus graves glissent impuissantes sur le même homme qui, pour un mot, percerait le cœur de son meilleur ami! ..

« Pendant que je me livrais aux transports d'une rage inutile, il me regardait, lui, impassible et toujours avec le même sourire sur les lèvres; il voulait, disait il, laisser le temps à ma colère de se calmer, persuadé que, revenue à la raison, je ne tarderais pas à mieux comprendre ma position et mes véritables intérêts...

« Épuisée, je me laissai tomber anéantie sur un siége... alors il se mit à mes genoux, il essaya de combattre ma douleur à l'aide de mille raisonnements impies, il me conjura d'accepter pour réparation la honte d'une vie infâme et criminelle...

« L'horreur d'une telle perversité fit renaître mes forces; je le repoussai; je m'élançai vers la fenêtre que j'ouvris, je posai un pied sur l'appui; je lui jurai que, s'il faisait un pas pour approcher de moi, je me précipiterais...

« Il eut peur enfin, et je le vis aussitôt reprendre ce ton respectueux et poli qui m'avait tant abusée quelques heures auparavant. J'exigeai qu'il me laissât sortir... il employa pour me retenir les prières les plus éloquentes... mais je n'avais point quitté l'attitude que j'avais prise à la fenêtre... il promit tout ce que je voulus.

« Un moment après, j'errais dans les rues de Toulouse, me glissant dans l'ombre afin de n'être pas aperçue, car je rencontrais à chaque pas quelque groupe de personnes masquées qui revenaient du bal; enfin une pauvre femme à qui je m'adressai offrit de me conduire, et je parvins à gagner la maison de mon oncle. »

Charlotte avait cessé de parler; Guillaume, le front appuyé sur ses deux mains, ne songea point d'abord à relever par quelques mots consolateurs le courage de sa cousine; son esprit, absorbé par la réflexion, cherchait, au milieu de tout ce dédale de faits, un fil qui pût diriger sa raison.

Il lui était impossible de méconnaître, dans les détails de cette déplorable affaire, les signes d'une trame habilement ourdie, d'un crime prémédité; les preuves en étaient dans la lettre d'invitation dans la présence à la porte du bal de ce jeune homme qui s'était emparé de la main de Charlotte, dans la manière étrange et brusque dont il avait été séparé de sa cousine, dans la farce ridicule employée pour prolonger suffisamment son absence.

Mais, ce point éclairci, combien il lui restait encore de difficultés à résoudre! Les seules circonstances propres à jeter quelque lumière au milieu de ces ténèbres, Charlotte, soit ignorance, soit ménagement, les avait omises dans son récit; le premier soin de Guillaume fut de l'interroger :

— Ma cousine, pour nous mettre sur la voie de la vérité, il suffit de la moindre lueur : essayez, je vous en conjure, de rappeler tous vos souvenirs, et répondez-moi avec une franchise entière et sans restriction.

— Ce que je sais je vous l'ai dit, Guillaume; j'ai cherché comme vous à expliquer ce qui m'est arrivé, mes efforts ont été vains : c'est un abîme au fond duquel se perd ma pensée. Cependant, parlez, je suis prête à vous répondre comme je répondrais à Dieu lui-même.

— Saviez-vous qu'il dût nous être envoyé une lettre d'invitation pour le bal de M. l'intendant?

— Je vous le jure par la mémoire de ma mère! Guillaume, je l'ignorais.

— Ce jeune homme, ne l'aviez-vous point vu déjà quelque part, avant le bal?

— Jamais.

— Vous ne vous rappelez point qu'aucun messager vous ait entretenue de lui, ni qu'on vous ait mystérieusement remis quelque lettre que vous puissiez lui attribuer?

— Je n'ai point reçu de lettre; je n'ai vu aucun messager... Mais, j'y songe, — s'écria-t-elle subitement frappée d'un trait de lumière, — cette cassette remise ici il y a quatre jours!...

— Plus de doute, c'est par lui qu'elle était envoyée, — fit Guillaume; — malheureusement nous n'y avons rien découvert qui soit de nature à nous mettre sur ses traces.

— J'ignore tout de lui, — reprit Charlotte avec tristesse, — tout, jusqu'à son nom, qui ne lui a pas échappé une seule fois, et que je n'ai entendu prononcer par personne dans le bal.

— Reconnaîtriez-vous la maison dans laquelle il vous a conduite?

— J'étais si émue, si troublée en m'éloignant, que mes yeux n'ont pas remarqué ni la maison ni la rue.

— Mais lui, du moins, lui, Charlotte, il n'est pas possible que vous l'ayez oublié; s'il était mis en votre présence, vous pourriez, n'est-ce pas? vous rappeler ses traits et dire avec certitude : « Le voici? »

— Fût-il au milieu de cent autres, je n'hésiterais pas un instant. Mais, hélas! qu'importe, Guillaume, puisqu'il n'est plus à Toulouse?

— Que dites-vous?

— Lorsque, suppliant à mes genoux, il essayait de m'éblouir par le tableau d'une vie qui me faisait horreur, il m'annonça qu'il partait ce matin même pour Paris, et il m'offrit de m'emmener avec lui.

— Paris, — s'écria Guillaume, dont l'exaltation croissait avec les obstacles, — Paris ne le soustraira pas à ma poursuite! Un nom, un mot, un renseignement si faible qu'il soit, je l'atteindrai, fût-ce au bout du monde!

Tout à coup ses yeux surpris s'arrêtèrent sur un magnifique brillant qui étincelait à l'un des doigts de Charlotte : — Que signifie ceci, ma cousine? Je ne vous connaissais pas ce joyau.

Charlotte regarda sa main et jeta un cri d'indignation :

— Oh! c'en est trop!... Ce diamant, Guillaume, il ne m'a jamais appartenu... C'est de lui, de lui seul qu'il peut venir; pendant mon sommeil, il aura cru devoir mettre ce prix à ma honte... Suis-je assez humiliée, mon Dieu!

Et arrachant l'anneau de son doigt, elle allait le lancer à terre pour le broyer sous ses pieds; Guillaume l'en empêcha :

— Qu'allez-vous faire? Détruire la seule preuve qui soit entre nos mains, le seul indice auquel puisse se rattacher notre espoir de retrouver le coupable!

Charlotte remit le brillant à Guillaume, qui le tourna et l'examina sous tous les sens; mais ses investigations n'eurent d'autre résultat que de lui faire découvrir deux lettres, G. M., gravées, la première à gauche, la seconde à droite du chaton.

Fallait-il voir dans ces lettres une simple marque du joaillier qui avait monté le brillant ou les initiales du nom qu'il était si important de connaître? Dans cette dernière supposition même, combien était insuffisant un renseignement aussi vague!

— Hélas! — fit Charlotte en levant au ciel ses yeux baignés de pleurs, — Dieu veut que le châtiment du crime retombe sur moi seule; pourquoi chercher à lutter contre sa volonté?

Guillaume, vivement ému, lui prit une main qu'il serra affectueusement entre les siennes :

— Que parlez-vous, ma cousine, de crime et de châtiment? Je ne connais de criminel que l'auteur infâme du piége auquel vous ne pouviez échapper; c'est sur lui que doit éclater le courroux céleste, et, croyez-le bien, il n'est point de lieu assez éloigné, de voile assez impénétrable pour le soustraire à la justice de celui qui veut que toute mauvaise action soit punie ou réparée. Ne vous laissez pas aller au découragement, Charlotte; ayez confiance en moi; Dieu me conduira.

Il étendit alors une main vers le crucifix placé à la tête de son lit :

— Recevez ici, ma cousine, le serment que je fais par le Christ de poursuivre par tous les moyens la réparation de l'outrage fait à votre honneur, et de consacrer à l'accomplissement de cette noble mission tous mes instants, toutes mes forces, toute mon énergie!

Charlotte quitta Guillaume, plus calme, plus soulagée qu'au moment où elle était venue le trouver; non que les paroles de son cousin eussent fait luire à son âme quelque espérance capable d'adoucir sa douleur; mais elle avait la confiance d'avoir rempli son devoir, et la consolante certitude de s'être conservé un cœur où elle pourrait se réfugier contre les chagrins de l'avenir.

Dès le lendemain, Guillaume, fidèle à l'engagement solennel qu'il avait contracté, se mit à faire des recherches dans toute la ville.

Ses souvenirs le conduisirent aisément à la demeure de Babylas; mais il était trop tard : le digne professeur, parti de la veille, avait secoué la poussière de ses souliers sur l'ingrate cité où l'on n'avait pas su apprécier l'homme qui avait eu l'honneur de toucher Berthelot.

Les voisins ne purent donner aucun éclaircissement ni sur la durée, ni sur le but de son voyage.

Ce contre-temps n'inspira pas d'ailleurs de bien vifs regrets à Guillaume; dans la scène dont il avait été le héros, Babylas avait montré tant de naïveté, tant de bonne foi, que le soupçon de complicité ne pouvait raisonnablement l'atteindre

Cependant le cerveau de Guillaume fermentait : il imaginait et rejetait tour à tour mille moyens; il s'impatientait et se désespérait; il appelait à son secours une inspiration d'en haut; dans sa marche tantôt précipitée, tantôt lente et sans but au milieu des rues de Toulouse, il ne ressemblait pas mal à un homme qui a perdu la raison.

Tout à coup il se met à pousser un cri de joie, à la vue d'un passant qu'il arrête aussitôt en le saisissant par le bras; il regarde, hésite, regarde encore; il ne s'est point trompé, c'est bien le valet qui l'a conduit chez Babylas.

— Me reconnaissez-vous? — dit-il en se plaçant en face de cet homme tout stupéfait d'une pareille incartade.

— Je cherche vainement dans mon souvenir : je ne crois pas vous avoir jamais vu.

Guillaume se rappela qu'il avait gardé son masque jusqu'au moment d'entrer chez Babylas.

— Votre mémoire au moins ne sera pas rebelle aux circonstances que je vais vous retracer... Vous étiez avant-hier à la porte du bal de M. l'intendant?

— C'est vrai.

— Vous vous êtes emparé d'une personne masquée que, sous le prétexte d'une grave affaire, vous avez conduite au faubourg Saint-Cyprien, dans la maison d'un maître d'escrime nommé Babylas?

— C'est encore vrai.

— Cette personne, c'est moi.

— Je n'y vois point d'objection.

— Dix louis si vous répondez à mes questions sans détour.

— J'ai plus d'une fois servi aux gens, selon leur goût, le mensonge ou la vérité pour moins que cela.

— Vous acceptez?

— Ce serait la première fois de ma vie que je refuserais.

— Savez-vous dans quel but vous avez été chargé de m'éloigner du bal de l'intendant?

— Franchement, non; j'en avais reçu l'ordre de mon maître, qui n'avait pas jugé à propos de me faire entrer plus avant dans sa confidence. Je me suis borné à exécuter strictement mes instructions.

— Lorsque vous m'avez quitté, qu'a fait votre maître?

— Je n'en sais rien.

— Prétendez-vous me faire croire que vous ignorez ce qui s'est passé dans sa maison?

— Cela est pourtant, et rien de plus simple : je n'y étais point; mon maître m'avait accordé la libre disposition du reste de la nuit; mais je ne suppose pas que, pendant qu'il se divertissait au bal, il se soit passé chez lui rien de bien remarquable.

— Et le lendemain, à votre retour, vous n'avez rien vu, rien entendu qui vous ait donné lieu de soupçonner qu'il se fût passé quelque événement extraordinaire?

— Rien absolument. Quand je rentrai, mon maître dormait; je me mis à préparer sa valise, selon l'ordre qu'il m'en avait donné la veille; puis il me sonna; j'allai l'habiller; il déjeuna, me paya mes gages, monta à cheval et partit. Depuis ce moment je bats le pavé de Toulouse afin de trouver une condition.

Guillaume commençait à respirer.

— Il résulte de ce que vous venez de me dire que votre maître a quitté la ville.

— Hier, à une heure de l'après-midi.

— Où se rend-il?

— A Paris.

— Quel quartier, quelle rue, quelle maison doit-il habiter? — poursuivit Guillaume qui précipitait ses questions.

— Je l'ignore.

— Le nom de votre maître?

— Le marquis Gaétan de Monclar.

— Vous jurez sur votre salut éternel que vous m'avez dit tout ce qui est à votre connaissance?

— Je le jure.

— Voici les dix louis que je vous ai promis.

— Monsieur! monsieur! — cria le valet saisi d'admiration à la vue des pièces d'or qui venaient de sonner dans sa main, — quand vous aurez besoin de renseignements, n'oubliez pas que je me nomme Joseph, et que je loge place des Carmes, à l'hôtellerie du *Chat qui pêche*.

Mais Guillaume ne l'entendait pas; il était déjà bien loin.

— Gaëtan de Monclar! — se disait-il en se dirigeant du côté du palais de justice, — ces noms répondent bien aux deux lettres gravées sur l'anneau; et d'ailleurs ce départ pour Paris, ce valet qui était le sien... Non, le doute n'est plus permis; celui que je cherche est le marquis de Monclar, et c'est à Paris que je le trouverai, dussé-je en visiter toutes les maisons l'une après l'autre.

Plusieurs démarches relatives à la résolution qu'il venait de prendre de quitter Toulouse le retinrent au palais le reste de la journée. Le soir, après le souper, au moment où le conseiller Rouvière se disposait à se retirer dans son appartement, Guillaume prit la parole :

— Mon père, les avocats de Toulouse ont décidé qu'ils enverraient un représentant auprès du barreau de Paris pour suivre l'importante discussion qui va s'ouvrir sur les priviléges de l'ordre.

— Je le sais, mon fils.

— L'élection de ce représentant a eu lieu aujourd'hui; j'ai réuni l'unanimité des suffrages.

— Vous êtes bien jeune encore, Guillaume; cependant j'espère que, le zèle suppléant chez vous l'expérience, vous ne vous montrerez pas indigne du choix de vos collègues.

— Je dois être prêt à partir demain au point du jour; avant de vous retirer, bénissez moi, mon père.

— Vous êtes un bon fils, Guillaume; vos succès font l'orgueil de ma vieillesse; je vous bénis avec joie; plaise à Dieu vous diriger et vous seconder dans tout ce que vous entreprendrez de juste et d'honorable!

Le vieillard, plus ému qu'il n'eût voulu le témoigner, se hâta de sortir, laissant Guillaume encore à genoux et les yeux rayonnants; dans le dernier souhait de son père il lui avait semblé entendre une prophétie.

— Vous nous quittez, Guillaume? — fit Charlotte qui ne cherchait point à dissimuler ses larmes.

Guillaume se releva.

— Ne m'avez vous pas dit qu'il était à Paris?

— Oh! restez, restez auprès de nous, mon cousin. Pourquoi vous mettre à la recherche de cet homme qui se rira de vos efforts comme il s'est raillé de mes pleurs et de mon désespoir? Vous n'obtiendrez rien de lui qui puisse laver ma honte et me défendre du mépris.

— La honte et le mépris, Charlotte, ne sont point faits pour vous; votre âme est chaste et pure devant Dieu. Si j'échoue dans la tâche sainte que je me suis imposée, vous n'en pourrez pas moins porter la tête haute; l'épouse de Guillaume de Rouvière sera toujours honorée et respectée de tous.

V. — Impressions de voyage : le mouchoir perdu, le pont tombé dans l'eau et le cheval crevé.

Le trajet de Toulouse à Gien n'offrit à Guillaume aucun événement bien remarquable. Il voyageait à petites journées, à cause du peu de sûreté des routes; il maudissait le mauvais état des chemins, défoncés par les pluies et les neiges de plus d'un hiver, ce qui témoignait du peu de soin qu'on apportait à leur réparation; il passait les nuits dans de méchantes hôtelleries dont les propriétaires s'empressaient de lui faire à son arrivée une longue et fastueuse énumération de mets, commodités et avantages qui n'existaient que dans leurs discours; mais, en ce temps-là, c'était ainsi partout et toujours, et il fallait bien que les voyageurs en prissent leur parti. Ce n'est pas qu'aujourd'hui les grandes routes soient beaucoup mieux partagées, surtout sous le rapport des auberges; mais, comme on voyage tout d'une haleine, l'inconvénient est de moindre importance.

Cependant, en notre qualité de fidèle historien, nous ne voulons pas omettre un incident qui, très-insignifiant en lui-même, mérite néanmoins par ses conséquences d'obtenir une place dans notre récit.

Un matin que Guillaume, dont les idées prenaient une teinte un peu moins sombre sous l'influence des premiers rayons d'un soleil de mars, considérait avec intérêt, tout en pressant sa monture, le vaste et riant panorama qui se déroulait autour de lui, il remarqua sur la route une voiture qui le précédait de quelques centaines de pas.

Cette voiture n'avait rien de plus extraordinaire que toutes celles qu'il avait déjà rencontrées et sur lesquelles il n'avait pas jugé à propos d'arrêter son attention; il ressentit pourtant, dès qu'il l'eut aperçue, un désir singulier de l'atteindre et de l'examiner de plus près.

Obéissant d'abord à cette sorte d'impulsion instinctive, il piqua son cheval et le mit au galop. Bientôt la réflexion vint; il eut honte de son enfantillage et reprit son allure ordinaire. Mais il avait beau raisonner et occuper son esprit de pensées plus sérieuses, ses yeux revenaient plus involontairement sur l'objet qui avait excité sa curiosité.

Tout à coup Guillaume vit quelque chose de blanc s'échapper par la portière et tomber au milieu de la route; cette circonstance lui fournit un prétexte plausible de céder au désir qu'il venait de réprimer; aussi recommença-t-il à tenir l'éperon dans le flanc de son cheval. Au bout de quelques instants, il ramassait un mouchoir qui devait être celui d'une femme, à en juger par sa finesse et sa riche broderie.

La voiture allait toujours; Guillaume la gagna de vitesse, fit signe au cocher d'arrêter, et vint à la portière présenter le mouchoir aux personnes qui étaient dans l'intérieur.

Un compliment en trois ou quatre mots, un remerciment non moins succinct, accompagné d'un gracieux sourire, suivirent tout naturellement la restitution du mouchoir; il y en eut bien pour une minute, après quoi la voiture se remit à rouler comme auparavant. Mais, durant cette minute, que de choses Guillaume entrevit dont le souvenir allait désormais prendre place dans son esprit à côté de la pensée dominante de son voyage!

Deux personnes étaient dans la voiture : un homme d'une cinquantaine d'années environ et une jeune fille de dix-sept à dix-huit ans. Mais celle-ci avait des yeux noirs si expressifs, un front si pur, un ensemble de physionomie si parfait, si ravissant, si céleste, que Guillaume ne vit qu'elle et ne parut même pas se douter de l'existence du second personnage.

Cependant cette tête, plus belle qu'une tête d'ange, ne l'étonna point comme une chose offerte à ses regards pour la première fois : il lui sembla au contraire qu'elle ne lui était pas inconnue, et en effet il l'avait vue déjà ou plutôt devinée dans les rêves de son imagination.

Nous avons tous une sorte de prescience de la femme que nous devons aimer; nos sens peuvent bien parler quelquefois avant que nous l'ayons rencontrée, notre cœur, jamais.

Depuis ce moment, Guillaume, sans chercher à se rendre compte de la nouvelle direction donnée à ses idées, s'abandonnant sans résistance au charme d'un sentiment encore vague et qu'il n'essayait point de définir, se trouva constamment à la suite de la voiture qui emportait sa fantastique apparition. Ce n'était point de dessein prémédité; c'est encore moins par un effet du hasard; il obéissait tout simplement à la puissance de l'attraction. Si la voiture roulait lentement, il tenait son cheval au pas; si elle doublait de vitesse, il mettait son cheval au galop; il s'arrêtait en même temps qu'elle, dans les mêmes endroits, et repartait aux mêmes heures.

Ce fut ainsi qu'après avoir passé la nuit à Gien il s'éloigna de cette ville ayant toujours la voiture à deux ou trois cents pas devant lui.

Sur la route se trouvait un petit village dont l'unique rue aboutissait à un pont qu'il fallait traverser pour atteindre l'autre côté de la Loire. Ce pont, d'une construction déjà ancienne, et dont les piles ne se composaient que de poutres à demi vermoulues, donnait une idée peu satisfaisante de la richesse du pays et de la sollicitude des autorités. Depuis dix ans, on en regardait le passage comme très-dangereux; chacun le disait dans le village; on s'avertissait mutuellement de la nécessité d'y prendre garde; on était d'accord sur l'urgence d'une prompte restauration; habitants et autorités exprimaient les mêmes craintes et les mêmes désirs; mais ceux-ci ne donnaient point d'ordres, ceux-là ne donnaient point d'argent, et, à moins d'un écroulement complet, il n'y avait pas de raison pour qu'on ne se plaignît pas dix ans encore avec tout aussi peu d'efficacité.

Le mois précédent, la Loire avait débordé; les eaux, montées jusqu'au sommet des arches, avaient miné les culées et achevé de pourrir les piles; les arches fléchissaient en plusieurs endroits; de sourds craquements se faisaient entendre sous le poids des voitures les moins chargées; la ruine était imminente. Aussi les paysans commençaient-ils à abandonner une voie de communication devenue trop dangereuse; ils préféraient, pour se rendre à la rive opposée, de suivre les bords du fleuve jusqu'à un autre pont situé une lieue plus bas; mais doués alors comme aujourd'hui, et dans ce village comme dans tous les autres, d'une profonde insouciance pour tout ce qui ne touchait pas à leur intérêt personnel, ils se contentaient d'éviter le danger et se seraient bien donné de garde d'engager les voyageurs à en faire autant.

La voiture traversa donc le village sans que personne ne songeât à l'en détourner. Guillaume, les yeux incessamment fixés sur elle, la suivait à une petite distance, lorsque tout à coup il la vit s'enfoncer et disparaître, en même temps qu'un horrible craquement retentissait à ses oreilles, semblable à une décharge d artillerie.

Guillaume courut à bride abattue vers le pont; un spectacle effrayant s'offrit à ses regards : l'arche du milieu était entièrement écroulée, et la voiture, précipitée dans la Loire, se trouvait engagée au milieu des débris des piles, dont quelques grosses poutres, enchevêtrées dans leur chute, la soutenaient heureusement sur l'eau, quoique fortement inclinée sur le côté. Mais la position des voyageurs n'en était pas moins critique; les chevaux, qui se débattaient violemment, embarrassés dans les rênes et dans les harnais, menaçaient à chaque instant d'entraîner et d'engloutir la voiture.

On n'entendait ni ne voyait la jeune fille, qui était probablement évanouie ou blessée; quant à l'homme qui l'accompagnait, il avait la moitié du corps passé hors de la portière, et criait au secours d'une voix déchirante.

Le cocher, lancé de son siége au milieu du fleuve, était entièrement absorbé par le sentiment de son propre danger, et il faisait des efforts inouïs pour gagner la rive en nageant.

C'était l'heure des travaux; le bruit de l'écroulement attira une centaine d'enfants et de femmes, pas un homme : ils étaient tous aux champs ou au marché de la ville voisine; si bien que toute l'intervention de ces inutiles spectateurs consistait à remplir l'air de lamentations et de cris; Guillaume seul agissait.

Eperdu à l'aspect du péril imminent où était sa belle inconnue, il s'était jeté à bas de son cheval et avait couru s'emparer d'une barque de pêcheur amarrée à la berge; il essayait de se diriger, à l'aide d'un aviron, au milieu des débris flottants qui obstruaient les abords de la voiture; vingt fois arrêté ou repoussé, loin de perdre courage il semblait redoubler de force et d'énergie. Le succès récompensa enfin sa persévérance; il put toucher de la main la caisse de la voiture toujours soutenue par les poutres, mais rudement secouée par les chevaux; la violence des secousses était même si grande qu'elles rendaient impraticable toute manœuvre qui aurait eu pour but de faire sortir les voyageurs par la portière.

Dans cette perplexité, Guillaume, éclairé par une inspiration subite, demanda à grands cris qu'on lui jetât une faucille emmanchée à l'extrémité d'une perche; mais les paysannes continuaient sans l'écouter leurs lamentations et les récits qu'elles faisaient entre elles d'événements semblables à celui dont elles étaient témoins; ce furent deux enfants qui eurent assez de raison pour aller chercher et jeter à Guillaume l'instrument dont il avait besoin.

Pouvant alors atteindre les chevaux dont il n'eût pas été prudent d'approcher, il coupa l'un après l'autre les harnais qui les retenaient à la voiture, dont il assura ainsi l'immobilité, du moins pour tout le temps que durerait l'enchevêtrure fortuite qui lui servait d'appui.

— Ma fille... c'est ma fille qu'il faut sauver! — criait le voyageur dont les yeux effarés suivaient avec anxiété tous les mouvements de Guillaume;—ma pauvre fille!... Elle est là... au fond de la voiture... sans connaissance... De l'or! tout l'or que je possède à qui sauvera ma fille!

— Hâtez-vous de sortir le premier, — fit Guillaume; — nous n'avons pas un instant à perdre.

Le voyageur obéit et descendit non sans peine dans la barque; à peine y eut-il mis le pied que Guillaume s'élança, en s'aidant de la roue, sur le flanc supérieur de la voiture qui était, ainsi que nous l'avons dit, presque renversée sur le côté; il ouvrit alors la portière dans toute sa longueur; mais la plus grande difficulté n'était pas vaincue; pour assurer le succès du mouvement qu'il se préparait à exécuter, un point d'appui était indispensable; la Providence en avait heureusement placé un tout près de lui : c'était un anneau de fer scellé à l'angle d'une pile dont la tête seulement s'était affaissée. Guillaume passa un bras dans l'anneau, plongea l'autre dans l'intérieur de la caisse, saisit la jeune fille par le milieu du corps, et parvint à l'enlever hors de la voiture.

Mais, au même instant, la voiture et les poutres qui l'avaient jusque-là garantie de l'immersion, cédant aux efforts longtemps contenus du courant, se séparèrent avec fracas et se dispersèrent au loin, ballottés par l'onde furieuse, qui entraînait en même temps la barque où était le malheureux père.

Guillaume resta donc suspendu à la pile avec son précieux fardeau, n'ayant sous ses pieds que le fleuve et ne sachant pas nager. Sa position était affreuse; chaque minute qui s'écoulait la rendait intolérable. Le bras au moyen duquel il se tenait accroché à la pile, coupé par l'anneau et roidi par la contraction, lui faisait subir d'atroces douleurs, tandis qu'il sentait que celui qui soutenait la jeune fille, gagné par un engourdissement profond, allait manquer de force au premier moment; et comme si les angoisses d'une pareille torture n'avaient pas été suffisantes, la pauvre enfant, rappelée à la vie par la secousse qu'avait occasionnée l'affaissement de la voiture, venait de rouvrir les yeux, et, par la terreur qui pâlissait et crispait ses traits, ajoutait à la souffrance physique de son sauveur une souffrance morale non moins vive.

Cependant, atterré d'abord par cette nouvelle complication d'un péril déjà si grand, le père s'était rendu maître de son trouble : il essayait de lutter contre le courant, et, les yeux attachés sur sa fille, il semblait puiser dans la vue de sa détresse une force surnaturelle.

La barque se rapprochait, mais avec une lenteur désespérante; vingt fois elle fut sur le point de chavirer au milieu des débris et des ruines dont le fleuve était encombré; enfin elle atteignit la pile.

Il était temps; Guillaume, épuisé, se sentait défaillir; quelques instants encore et il se laissait tomber dans l'abîme.

Bientôt après la barque aborda à la berge, aux acclamations de cette population stupide qui, en présence d'un tel drame, n'avait eu que des yeux pour regarder et des cris pour exprimer sa frayeur, sa surprise ou son admiration.

Dans cette centaine de créatures dites humaines, il ne s'en était trouvé que deux qui eussent montré une intelligence supérieure à celle de la brute; c'étaient les deux enfants qui avaient donné la faucille.

La scène qui se passa sur le rivage ne fut pas moins attendrissante que l'autre avait été terrible; le père et la fille, se tenant embrassés, pleuraient de joie, s'accablaient de marques de tendresse et ne pouvaient se résoudre à se séparer.

Guillaume les contemplait avec bonheur; sa fatigue, ses douleurs, ses angoisses, il avait tout oublié, tant le plaisir qu'il éprouvait lui semblait au-dessus de ce qu'il avait souffert! La nature avait réclamé le premier moment; le second devait appartenir à la reconnaissance; la jeune fille tendit la main à Guillaume et lui dit d'une voix si douce qu'il en sentit tressaillir les fibres de son cœur :

— Merci, monsieur, merci! moins encore de m'avoir sauvé la vie que d'avoir épargné à mon père la douleur de me voir mourir sous ses yeux.

— C'est mon orgueil et ma joie, — dit à son tour le père en montrant sa fille que d'un bras il tenait pressée contre sa poitrine, — c'est l'espoir et l'amour de ma vieillesse, c'est toute ma félicité! Jugez, monsieur, quelle dette je viens de contracter envers vous! Mettez-moi, de grâce, à l'épreuve; mon crédit, ma fortune, mon sang, vous ne pouvez rien me demander qui ne soit au-dessous de votre belle et généreuse action.

— Puisque vous me le permettez, — répondit Guillaume, — je réclamerai la récompense la plus précieuse pour moi...

— Laquelle? — demanda vivement le vieillard.

— Votre amitié.

— Mais pour vous la donner, mon cœur n'a pas attendu que vous en exprimiez le vœu, et je me sens déjà tout porté à vous aimer comme un fils.

— Et moi comme un frère, — ajouta la jeune fille.

Guillaume n'osait en croire ses oreilles; il se figurait qu'il était le jouet d'un rêve.

Cependant, après tant d'émotions, les voyageurs avaient besoin de prendre un peu de repos; ils se firent conduire dans une ferme, à défaut d'auberge, tandis que le cocher, sain et sauf ainsi que ses chevaux, se rendait à la ville plus voisine afin de s'y procurer une voiture; Guillaume, dont le secours n'était plus nécessaire, se préparait à remonter à cheval.

— Eh quoi! monsieur, — fit la jeune fille, — vous penseriez sitôt à nous quitter?

— Mademoiselle, — répondit-il avec un soupir, — je me rends à Paris, appelé par un devoir impérieux et qui ne souffre aucun délai.

— A Paris! — s'écria le père; — Dieu soit loué! nous ne tarderons pas à vous y rejoindre... Votre nom, mon jeune ami?

— Guillaume de Rouvière, avocat.

— Et moi, je suis Jacques de Montenai, fermier général; mon hôtel est rue des Fossés-Saint-Germain; faites-moi la promesse que vous ne l'oublierez pas.

Mademoiselle de Montenai joignit ses instances à celles de son père; il n'en fallait pas tant pour faire accepter avec transport une invitation qui comblait le plus ardent des désirs du jeune homme.

Guillaume, dont le visage s'était assombri aux approches d'une séparation à laquelle il ne prévoyait pas de terme, sentit donc sa tristesse se dissiper comme par enchantement : il sauta, leste et joyeux, sur son cheval; il adressa un dernier salut d'adieu à M. Montenai et à sa fille; puis il s'éloigna, le cœur plein de vagues espérances et de douces rêveries.

Le soir de ce jour-là, quoique l'événement dans lequel il avait joué un si grand rôle lui eût occasionné un retard de plusieurs heures, il atteignit Orléans, où il passa la nuit; le lendemain, il était sur la route une heure plus tôt qu'il n'avait eu coutume de le faire depuis le commencement de son voyage; cependant, plus il accélérait sa marche et plus il mettait pour le moment de distance entre mademoiselle de Montenai et lui; mais c'était à Paris seulement qu'il devait la revoir, et Paris était devenu sa terre promise; il lui semblait que chaque pas qu'il faisait en avant le rapprochait de celle que pourtant il laissait en arrière.

Enfin il venait de voir se lever le soleil de son dernier jour voyage.

Parti d'Etampes avant l'aube, il avait fait une lieue environ, lorsqu'il aperçut au milieu de la route un cheval abattu, ne donnant plus signe d'existence, et à quelques pas de là, sur le côté, un homme qui s'épuisait en efforts inutiles pour se dégager des liens solidement noués qui le tenaient attaché au tronc d'un arbre.

Guillaume s'empressa de courir au secours de ce malheureux, dans lequel il ne fut pas peu surpris de reconnaître le long, le mince, le sec et l'illustre vainqueur de Berthelot.

— Quelle rencontre! s'écria-t-il; — eh quoi! monsieur Babylas, est-ce bien vous que je trouve ici, dans cette fâcheuse position?

Et, tout en exprimant son étonnement, il se hâtait de couper les cordons sous l'étreinte desquels étouffait le pauvre professeur.

Celui-ci avait de son côté parfaitement reconnu Guillaume; aussi, à peine eut il recouvré le libre usage de la respiration et de la parole que son premier soin fut, dans l'intérêt de son amour-propre, d'expliquer comment il avait été réduit, lui Babylas, à paraître dans une position si humiliante.

— Ce n'est pas le talent, monsieur, — dit-il d'une voix puissante d'indignation, — ce n'est pas la science, c'est la force brutale qui m'a mis où vous me voyez. L'épée à la main, je défie qui que ce soit de me faire reculer d'une semelle; mais la nature ne m'a pas doué d'un poignet capable d'assommer un taureau.

Il étendait sous les yeux de Guillaume, en parlant ainsi, une main grêle et décharnée qui démontrait surabondamment la vérité de cette assertion.

— Que voulez-vous, mon cher monsieur Babylas? — fit Guillaume qui avait grand'peine à maintenir son sérieux devant cette figure allongée et contristée; — les voleurs n'y mettent pas tant de façons avec nous autres pauvres voyageurs!

— Les voleurs! mais, monsieur, ce n'était pas un voleur, bien que cependant il se soit emparé de ma monture; c'était un officier du roi, un homme ayant uniforme et partant sachant manier une épée, la seule arme avec laquelle il convienne que des gentilshommes entrent en explication.

— Est-il possible qu'un officier se soit permis un pareil acte de violence?

— C'est incroyable, n'est-ce pas? et pourtant rien de plus vrai; voici, monsieur, comment la chose est arrivée : Je cheminais tout doucement, l'esprit occupé des combinaisons d un nouveau coup que je médite et qui doit mettre le sceau à ma réputation, lorsque tout à coup je vis s'abattre, à une trentaine de pas devant moi, un cavalier qui galopait à toute bride en venant de mon côté.

« Le cavalier se releva en moins d'une seconde; quant au cheval, il rendait le dernier soupir au moment où j'arrivais sur le lieu de l'accident; vous voyez le malheureux animal encore étendu su la route.

« La politesse me faisait un devoir de donner un regret à la bête et un témoignage de sympathie au cavalier; je m'en acquittai avec la courtoisie qui me caractérise. Eh bien! le croiriez-vous? ce misérable, au lieu de me remercier, se jeta au-devant de ma monture, qu'il saisit par la bride, et me cria d'une voix impérieuse :

« — Descendez!

« — Pourquoi faire? » demandai-je, assez surpris de cette singulière injonction.

« — Parce qu'il me faut votre cheval et que je n'ai pas une minute à perdre.

« — Désolé de vous refuser, » répliquai-je; « mais le temps ne m'est pas moins précieux qu'à vous, et je ne vois pas trop en vertu de quelle loi je vous céderais un cheval qui m'appartient et dont j'ai moi-même le plus grand besoin.

« — Trente pistoles, si vous descendez à l'instant.

« — Je ne descendrais pas pour cinquante.

« — Prenez garde; il s'agit d'un message royal qui doit être parvenu dans quatre heures à Orléans.

« — Encore une fois, monsieur, j'en suis désespéré, mais je ne descendrai pas.

« — Vous descendrez!

« — Je ne descendrai pas.

« Une lutte s'engage; renversé à terre, je me relève; mon homme est déjà sur mon cheval; je m'élance sur la bride dont je m'empare; il donne de l'éperon; le cheval se cabre, mais je m'accroche, je me cramponne à la crinière...

« Furieux alors, il saute à terre; c'était un homme de six pieds, ayant des mains de fer et de larges épaules, un taureau, comme je vous disais tout à l'heure... il me saisit d'un bras par le milieu du corps, détache la bride de son cheval mort, me porte où vous m'avez trouvé, m'y attache, remonte sur ma bête et pique des deux.

« Vainement je lui crie qu'il est un lâche s'il ne revient pas sur-le-champ vider cette affaire par les moyens usités entre hommes d'honneur; il feint de ne pas m'entendre et disparaît derrière un nuage de poussière. Ah! monsieur, que deviendra la noble science de l'escrime si les hommes d'épée donnent eux-mêmes de si déplorables exemples de l'emploi des forces physiques!...

— Prenez garde, — interrompit Guillaume; — si je ne me trompe, vous marchez sur une bourse.

— Eh! oui, pardieu! celle où sont les trente pistoles si insolemment offertes par le misérable, et que, pour n'en pas démordre, il a jetée à mes pieds après m'avoir attaché à cet arbre... Que m'importe son or? — poursuivit-il en mettant la bourse dans sa poche; — mon cheval est plus que payé sans doute; mais cela efface-t-il la brutalité du procédé?...

— Pardon, monsieur Babylas, — fit Guillaume en se remettant en selle; — maintenant que vous voilà libre, vous n'avez plus besoin de mes services; or, vous êtes à pied, je suis à cheval, et l'affaire qui m'appelle à Paris ne me permet point de ralentir ma course; souffrez que je prenne congé de vous.

— Monsieur, — dit Babylas avec un sourire si gracieux que son visage ne fut jamais d'un comique plus achevé, — puisque vous allez à Paris, j'espère y trouver l'occasion de vous remercier plus convenablement du bon office que vous venez de me rendre; veuillez me faire l'honneur de me donner votre adresse.

— Eh! mon Dieu! mon cher monsieur Babylas, je ne connais Paris en aucune façon, et j'ignore complétement où j'irai loger.

— C'est absolument comme moi, — fit Babylas; — à moins qu'il ne prenne à M. le marquis de Monclar la fantaisie de m'offrir un appartement dans son hôtel, ce que je ne regarderais point comme une offense de la part de ce gentilhomme.

— Vous allez chez le marquis de Monclar? — demanda vivement Guillaume.

— J'ai une lettre de recommandation très-pressante qui m'accrédite auprès de cet estimable seigneur.

— Son adresse, monsieur Babylas, son adresse?

— Rue du Dragon, n° 15.

— Merci, mille fois merci! Je vous aurais sauvé la vie que je serais encore votre débiteur.

Guillaume envoya de la main un salut à Babylas, qui le lui rendit avec une grâce toute professorale; puis il reprit le milieu de la route et regagna en quelque temps de galop les instants que lui avaient coûtés la délivrance et l'histoire du maître d'escrime.

Le soir de ce jour, il fit son entrée dans la ville de Paris.

VI. — La botte secrète.

Monclar était arrivé depuis deux jours seulement à Paris, et déjà il avait, à son point de vue, merveilleusement employé son temps.

Muni d'un grand nombre de lettres qui lui ouvraient un accès facile dans les maisons les plus considérables et auprès de toutes les célébrités, il avait d'abord fait usage de celles qui répondaient à son penchant pour le plaisir.

Ses premières visites avaient donc été pour quelques jeunes seigneurs dont la ré[illegible] commençait à grandir et qui promettaient d'inscrire leurs noms au premier rang dans les fastes de cette galante époque.

Frais débarqué de sa province, il n'avait pas encore, malgré le rôle brillant qu'il y avait soutenu, ce vernis qui, dans les bonnes comme dans les mauvaises choses, témoigne de la supériorité de Paris sur toutes les autres cités du monde; cependant il ne s'était point effrayé de la distance qu'il lui restait à franchir pour atteindre ceux qui allaient être ses modèles; loin de se croire condamné à végéter dans le champ vulgaire de l'imagination, il eut bientôt acquis la certitude qu'il ne tarderait pas à figurer parmi les chefs de cette école de débauche d'où sortirent les roués de la régence.

Jamais joie plus vive n'avait fait battre son cœur; jamais idées plus riantes n'avaient fermenté dans son cerveau; la carrière lui était enfin toute grande ouverte, et il allait se lancer sur un théâtre digne de lui; que de rêves charmants! que de séduisants châteaux en Espagne! Il assistait en imagination aux petits soupers du régent; il enchérissait sur les folies de La Fare, de Gacé, de Fargy; il partageait avec Richelieu le sceptre du scandale.

Tel était le joyeux avenir auquel souriait la pensée du beau marquis de Monclar, pendant qu'il abandonnait sa longue et joyeuse chevelure aux mains habiles de son valet de chambre, dans un coquet boudoir qu'on eût pris pour celui d'une duchesse. Sa rêverie fut interrompue au plus bel endroit par un laquais qui vint lui annoncer la visite d'un gentilhomme de province.

— Le nom de cet importun? — demanda-t-il avec impatience.

— Il refuse de le décliner, — répondit le laquais, — se fondant sur ce qu'il n'était pas connu de monsieur le marquis

— Ah! mon Dieu! — fit Monclar d'un air profondément ennuyé, — quelque solliciteur! — Ne me laissera-t-on pas au moins la huitaine pour me reposer? A peine suis-je arrivé et déjà l'on assiége ma porte! D'honneur! c'est à dégoûter d'occuper une position à la cour.

..e premier objet qui frappa ses regards fut Babylas étendu dans un fauteuil. (Page 2?

Ces paroles de mécontentement n'étaient qu'une étude; il fallait bien s'habituer à prendre un langage et des manières de grand seigneur; mais, au fond, le marquis était enchanté de cette visite, la première qu'on lui eût faite depuis son arrivée.

— Je ne suis pas encore visible, — reprit-il en congédiant le laquais; — faites attendre.

— Monsieur le marquis est coiffé, — dit le valet de chambre.

Monclar se leva et prit un air aussi sérieux que s'il se fût agi d'une affaire de la plus haute gravité.

— Jasmin, retenez bien ceci, et que pour vous ce soit à l'avenir une règle invariable : quand je suis seul, cinq minutes pour me coiffer; une heure, s'il me vient du monde... Allons, — poursuivit-il, — puisque vous avez fini, j'en prendrai mon parti ce matin; je vais voir ce que me veut ce gentillâtre.

Et, après avoir ajusté devant une glace les plis de sa robe de chambre, dont il serra la cordelière de manière à ne pas trop dissimuler les avantages de sa taille, il passa dans la pièce où l'on faisait attendre le visiteur.

Celui-ci n'était autre que Guillaume de Rouvière.

La physionomie calme et grave, le maintien assuré, le regard résolu du jeune avocat, déconcertèrent un moment le marquis de Monclar; évidemment ce n'était point à un solliciteur qu'il allait avoir affaire; réservant donc pour une autre circonstance le ton leste et l'air protecteur, il se disposa sérieusement à un entretien dont l'objet paraissait devoir être d'une haute importance.

— Puis-je savoir, monsieur, qui me fait l'honneur de me visiter?

— Souffrez, monsieur, que, avant de vous répondre, je vous adresse moi-même une question?

Guillaume tira de sa poche un petit portefeuille d'où il fit sortir le brillant que lui avait confié Charlotte.

— Reconnaissez-vous cet anneau? — dit-il en le mettant sous les yeux de Monclar.

Et lui faisant remarquer les lettres gravées de chaque côté du chaton :

— Il est permis, en voyant ces initiales, de supposer qu'il vous appartient, car vous vous nommez, je crois, Gaëtan de Monclar?

Pris ainsi à l'improviste, le marquis se troubla; mais à peine laissa-t-il à Guillaume le temps de s'en apercevoir; outre que les occasions ne lui avaient pas manqué, à Toulouse, de se familiariser avec ces sortes de situations, il sentit bien vite de quelle conséquence il était, pour ses succès à venir, de ne pas faire à Paris un début d'écolier.

Ce fut donc avec une aisance et un aplomb parfaits qu'il répondit:

— Votre supposition, monsieur, est on ne peut mieux fondée; je reconnais en effet ce brillant pour m'avoir appartenu; mais, comme aujourd'hui je n'ai plus aucun droit à sa propriété, je vous avoue que je ne saurais deviner le but de votre question, ni quel intérêt vous pouvez avoir eu à me l'adresser.

— Un intérêt aussi puissant qu'il est naturel, monsieur; j'espère que vous ne tarderez pas à en convenir vous-même.

— Comment donc! mais je n'élève pas le moindre doute à cet égard, — fit le marquis avec un ricanement voisin de l'impertinence: — ce que je vois m'autorise à penser que vous arrivez de Toulouse, et vous ne me paraissez pas homme à entreprendre un voyage de cent quatre-vingts lieues dans le but de satisfaire un simple mouvement de curiosité.

— Je suis charmé que vous pressentiez l'importance de ma démarche, — repartit Guillaume, choqué du ton qu'affectait le marquis; — j'ai donc la confiance que vous voudrez bien accorder à notre entretien toute l'attention sérieuse qu'il mérite.

Avez-vous dit, monsieur? Voilà ma réponse. (P... ...putation

— Assurément, monsieur; toutefois, permettez que j'insiste, avant d'aller plus loin, pour connaître le nom de la personne à qui j'ai l'honneur de parler.

Guillaume regarda Monclar fixement, et lui dit d'une voix ferme:

— Je suis Guillaume de Rouvière, avocat, fils de M. de Rouvière, conseiller au parlement de Toulouse.

Le marquis soutint sans sourciller le regard de Guillaume.

— Auxquels titres vous pouvez ajouter, sans plus de délai, celui de cousin de mademoiselle Charlotte de Rouvière; vous voyez, monsieur, que je suis loin de reculer et que j'aborde franchement la question. Cela nous épargnera du moins des explications pénibles et me permettra d'aller droit au fait. Monsieur de Monclar, vous avez dû réfléchir beaucoup déjà sur la malheureuse affaire qui m'amène auprès de vous?

— Ma foi! monsieur, je vous confesserai, en toute humilité, que la réflexion est un travail auquel il me serait impossible de sacrifier le moindre de mes instants.

Plus le marquis se donnait un air d'insouciance et de légèreté, plus la physionomie de Guillaume revêtait un caractère grave et solennel.

— Si vous n'avez pas encore réfléchi, monsieur, c'est une omission que je vous prie de vouloir bien réparer immédiatement, car, je vous le déclare, je ne sortirai pas d'ici avant d'avoir obtenu une solution.

— Eh! monsieur, essayez de m'en indiquer une préférable à celle qui existe; cependant, croyez-le bien, il n'a pas dépendu de moi qu'elle ne fût infiniment plus satisfaisante.

— C'est-à-dire qu'à un procédé odieux vous avez joint l'insulte d'une proposition infâme! — s'écria Guillaume, qui avait peine à contenir son indignation.

— Pour Dieu, monsieur, — fit Monclar avec un ironique haussement d'épaules, — soyons calmes, et surtout n'employons pas les grands mots; cela peut être d'un très-bon effet, mais, dans une explication entre gentilshommes, c'est tout à fait inutile et même d'assez mauvais air. Voyons, parlons froidement : vous me reprochez des torts envers mademoiselle de Rouvière, qui n'a certes point d'admirateur plus sincère, plus respectueux que moi; soit, je les avoue et je ne demande pas mieux que d'employer tous mes efforts à les faire oublier.

— A la bonne heure, — dit Guillaume, dont un rayon d'espérance rasséréna soudain le visage.

— Je dois supposer, — poursuivit le marquis, — que l'intérêt de votre avenir n'est pas tout à fait etranger à votre déplacement; vous n'avez pas plus qu'un autre l'esprit exempt d'ambition; eh bien! parlez-moi à cœur ouvert; tout mon crédit est à votre service; je suis prêt à devenir pour vous un ami et un chaud protecteur.

Guillaume rougit; dans sa naïve loyauté il avait honte pour le marquis lui-même.

— Monsieur, — lui dit-il, — je n'ai pas besoin de votre crédit; ce que je suis venu chercher ici, vous devez le voir à mon air, ce n'est ni votre protection ni votre amitié.

— Qu'est-ce donc? — demanda Monclar.

— Une réparation.

Monclar fixa vivement les yeux sur Guillaume, et, d'un regard exercé, il parut étudier toute la personne du jeune Toulousain. Après cet examen, un sourire effleura ses lèvres.

— Ceci est différent, monsieur, — dit-il d'un ton plus sérieux, mais où ne perçait pas la plus légère inquiétude.

Dans le même instant, Jasmin entra et remit une lettre au marquis. Celui-ci prit la lettre avec humeur :

— Décidément ce bélître sort de chez quelque procureur; il n'entend rien au service d'un gentilhomme... Ne voyez-vous pas, monsieur le drôle, que je suis en affaire?

— Pardon, monsieur le marquis, — répondit le valet de chambre sans se déconcerter; — mais c'est qu'avec la lettre il est venu une personne qui est là, dans l'antichambre, et qui sollicite humblement la faveur d'un moment d'audience.

Cette dernière formule, employée à propos par Jasmin, produisit un excellent effet. Monclar, heureux d'avoir un témoin de son importance et doublement flatté de ce que ce témoin se trouvait être un ennemi, rompit le cachet et se mit à parcourir quelques lignes.

— C'est de Pontbriand, — fit-il en jetant la lettre sur un guéridon; — qu'il aille au diable avec ses protégés! Je ne suis plus à Toulouse, et j'aurai bien assez affaire avec mes nouveaux amis de Paris sans me donner encore l'embarras de continuer mes anciennes relations de province.

— Que répondrai-je? — demanda Jasmin.

— Vous répondrez... corbieu! vous répondrez que je ne suis pas visible... que je suis occupé... que... c'est-à-dire, non...

A l'air de satisfaction que prit aussitôt le visage du marquis, on pouvait reconnaître qu'il était enchanté de l'idée qui venait de lui passer par l'esprit.

— Non, je change d'avis; fais entrer sur-le-champ ce brave homme.

La valet de chambre sortit.

— Vous permettez, monsieur? — poursuivit Monclar en se tournant vers Guillaume, ce ne sera pas long; j'aurai bientôt congédié l'importun.

— Je suis maître de mon temps, — répondit tranquillement Guillaume, bien résolu à ne point quitter la place avant que le marquis se fût expliqué d'une manière positive.

La porte se rouvrit, et Jasmin reparut introduisant un homme roide et empesé, dont le lecteur se représentera facilement l'entrée solennelle aussitôt que nous aurons prononcé son nom : c'était Babylas.

Incapable de se laisser troubler dans la régularité de ses mouvements par quelque circonstance que ce fût, le vainqueur de Berthelot, à la vue de Guillaume, témoigna seulement par un imperceptible sourire le plaisir que lui causait cette rencontre; il n'en continua pas moins de s'avancer, droit comme un jonc et à pas mesurés, jusqu'au milieu de l'appartement; là, saisissant à deux mains son tricorne et laissant retomber en avant ses deux bras ainsi joints à leur extrémité, il inclina la moitié supérieure de son corps sur la moitié inférieure, de manière à former un angle aigu dont le sommet se dirigeait vers la corniche du plafond.

Après ce salut, proportionné à la considération qu'il croyait devoir au maître du logis, Babylas se redressa et, prenant une voix emphatique :

— Monsieur le marquis, — dit-il, — me permettra de lui exprimer la profonde reconnaissance que m'inspire un accueil...

Mais Monclar, sans lui permettre d'achever son compliment, dit à Jasmin :

— Qu'on m'apporte des masques, des gants et des fleurets!

Puis, s'adressant à Babylas :

— Vous professez l'escrime?

— J'ai cet honneur, monsieur le marquis.

— Vous jouissez, dit-on, d'une certaine renommée?

— S'il était convenable de faire soi-même son éloge, je dirais à monsieur le marquis que, ayant un jour été admis à faire mes preuves en présence des personnages les plus considérables de la cour, j'eus l'avantage de toucher...

— Très-bien, — interrompit Monclar; — voici une lettre dans laquelle on me presse d'employer mon crédit en votre faveur. Je suis certainement tout disposé à répondre comme vous le souhaitez aux instances de mon ami, M. de Pontbriand; cependant, comme je me suis fait la promesse formelle de ne recommander que des personnes susceptibles de faire honneur à mon discernement, vous me permettrez de m'assurer par moi-même s'il n'y a point d'exagération dans les éloges qu'on me fait de votre mérite.

— Je n'ai rien à dire pour combattre une observation si juste.

Jasmin apporta, suivant l'ordre qu'il en avait reçu, des masques, des fleurets et des gants.

— J'ai l'espoir, monsieur Babylas, — reprit Monclar, — que vous ne vous formaliserez point de l'épreuve à laquelle je vais vous soumettre?

— Comment donc, monsieur le marquis! mais je suis prêt à vous édifier, en tout ce qu'il vous plaira, sur ma personne aussi bien que sur mon savoir.

Maître Babylas, en parlant ainsi, était superbe d'assurance.

— Veuillez donc, — dit Monclar, — choisir une de ces armes... Monsieur sera juge des coups, — ajouta-t-il en désignant Guillaume.

Rigide observateur des règles de la bienséance, notre professeur saisit cette occasion de s'incliner devant Guillaume, toutefois un peu moins bas qu'il n'avait fait devant Monclar; il ne crut pas devoir aller au-delà de l'angle droit.

— Monsieur, — lui dit-il, — je suis heureux de vous rencontrer chez M. le marquis, et de pouvoir vous témoigner hautement, en présence d'un personnage aussi éminent, toute l'obligation que je vous ai... Mais, — continua-t-il en se retournant du côté de Monclar, — je crains que nous ne trouvions pas tout à fait dans M. de Rouvière le juge qui conviendrait : autant que je puis conclure d'une circonstance assez récente, les études de monsieur se sont dirigées fort peu sur l'escrime.

— Je m'en étais douté au premier coup d'œil, — fit mentalement Monclar; — qu'importe! — reprit-il tout haut avec une intention marquée; — j'ajouterai même que monsieur est justement dans les conditions voulues pour être appréciateur tel que je le désire. Allons, monsieur Babylas, en garde et faisons de notre mieux.

Après les saluts d'usage, Babylas et le marquis tombèrent en position et commencèrent à se porter des bottes de tierce et de quarte, mais avec circonspection d'abord, en adversaires qui s'observent et cherchent à découvrir mutuellement leur côté faible; bientôt l'émulation se mettant de la partie, ils donnèrent le champ libre à la fougue de leurs mouvements. Babylas était magnifique; il avait complétement oublié que c'était lui qu'on mettait à l'épreuve; emporté par ses habitudes magistrales, il appuyait d'une observation approbative ou critique chacun des coups que lui portait Monclar.

— Bravo, monsieur le marquis!... Dégagez!... une, deux! à vous celle-ci!... bien paré. Soyez prompt à la riposte... avancez... très-bien; remettez-vous... une, deux... Ah! mon Dieu!

Babylas s'arrêta comme pétrifié; il venait de sentir sur sa poitrine le bouton du fleuret de Monclar!

Celui-ci jeta de côté son fleuret, son masque et son gant.

— Un professeur, — dit-il d'un ton railleur, — un professeur se laisser toucher par un écolier!... Allons, allons, malgré le bon vouloir que m'ont inspiré pour vous les recommandations de Pontbriand, vous comprenez qu'il m'est impossible de songer, quant à présent, à vous produire dans un certain monde. Etudiez, mon cher monsieur Babylas, étudiez; quand vous aurez acquis quelques degrés de force de plus, vous reviendrez me voir, et nous aviserons alors à ce qu'il conviendra de faire en votre faveur.

Babylas ne répliqua pas un mot, ne fit pas entendre la plus légère exclamation de surprise ou de chagrin; il était atterré. Mais, à travers sa stupéfaction, on pouvait reconnaître qu'il avait surtout l'esprit plongé dans une préoccupation profonde, et que son plus grand mécompte venait de l'inutilité de ses efforts pour s'expliquer à lui-même le coup auquel il devait son humiliation. Après s'être débarrassé lentement de son gant et de son masque, il posa son fleuret sur un fauteuil, prit son tricorne, s'inclina silencieusement et sortit.

Guillaume avait suivi avec étonnement toute cette scène, dont il cherchait en vain à comprendre le but; Monclar souriait d'un air de triomphe en reportant son regard de Babylas, qui se retirait sans proférer une parole, sur le jeune Toulousain, qu'il semblait inviter à bien mesurer la portée du fait dont il venait d'être témoin.

— Quoique j'aie voulu rabattre un peu la jactance de maître Babylas, — dit le marquis après un moment de silence, — la justice exige que je le reconnaisse pour un excellent théoricien et un très-habile praticien.

— On vous a déjà dit, monsieur, — répondit sèchement Guillaume, — que je ne me piquais nullement d'être connaisseur en fait d'escrime.

— Vous en savez toujours assez pour vous être aperçu que, en moins de deux minutes, je suis parvenu, moi simple amateur, à toucher un homme qui a patente de maître.

— Je ne saisis pas, je vous l'avoue, de quelle importance peut être ce succès relativement à l'objet qui nous occupe.

— Quelques mots suffiront pour vous l'expliquer, — fit Monclar, en appuyant sur chacune de ses paroles; — ne m'avez-vous pas dit tout à l'heure que l'unique motif de votre voyage à Paris était d'obtenir une réparation?

— Il est vrai, — dit Guillaume, — et je vous ferai observer, monsieur le marquis, que j'attends encore de vous une réponse formelle à cet égard.

— Eh bien donc, la voici : Je ne connais, dans la position où nous sommes l'un vis-à-vis de l'autre, que deux sortes de réparation possibles; je me refuse positivement à vous donner l'une, par la raison que, jeune et ami du plaisir comme je le suis, je ne me sens ni la volonté de me marier, ni les dispositions nécessaires pour faire un bon mari. Quant à l'autre, je suis prêt à vous l'accorder aussitôt qu'il vous conviendra de m'en requérir. Seulement j'ai pensé qu'il était de mon devoir de vous montrer avant tout à quoi vous vous exposeriez; et maintenant j'ai l'espoir que vous voudrez bien ne point me mettre dans le cas d'ajouter au regret sincère d'une première faute celui bien plus vif encore d'un malheur tout à fait irréparable.

— Dois-je, monsieur, regarder votre résolution comme définitivement arrêtée ? — demanda froidement Guillaume.

— Définitivement, monsieur, — répondit Monclar.

— Souffrez qu'à mon tour je vous fasse connaître la mienne : avant de renoncer à la réparation que vous me refusez, j'épuiserai tous les moyens qui seront en mon pouvoir. Si j'ai le malheur d'échouer, il sera temps de recourir à la réparation que vous voulez bien consentir à m'accorder, et, dans ce cas, j'aurai soin de me mettre en mesure, pour rassurer votre conscience, de vous présenter un adversaire qui ne soit pas tout à fait indigne de vous.

Guillaume, après avoir prononcé ces paroles d'une voix ferme et sans forfanterie, se retira, conduit jusqu'à l'escalier par Monclar, qui affectait toujours le même air dégagé et la même civilité de grand seigneur.

En mettant le pied dans la rue, la première personne que rencontre Guillaume fut Babylas, qui l'attendait à la porte.

— Monsieur de Rouvière, — dit le malheureux professeur encore tout honteux de sa mésaventure, — je dois à ma mauvaise étoile de ne m'être offert à vos regards jusqu'ici que dans des circonstances peu flatteuses pour mon amour-propre; mais vous êtes un trop galant homme pour chercher à me nuire en ébruitant ce que vous avez vu. Si je me suis permis de vous attendre, c'est donc moins pour solliciter votre discrétion que pour vous inviter à suspendre jusqu'à meilleure preuve votre jugement sur M. le marquis de Monclar et sur moi. Je ne nie pas que ce seigneur ne soit d'une très-jolie force d'amateur, mais il y a loin de là à valoir Berthelot, et...

— Vous avez touché Berthelot? — interrompit Guillaume cédant à l'influence que le digne Babylas eût exercée victorieusement sur le cerveau le plus mélancolique et le plus noir.

— Oui, monsieur, — reprit le professeur en s'animant, — oui, j'ai touché Berthelot, et je m'en fais gloire, et je ne regarde pas cette gloire comme ternie parce que j'ai été victime d'une botte secrète enseignée au marquis par quelque maître d'armes de régiment. Mais je la chercherai, cette botte; dussé-je y consacrer une année de mon existence, je la trouverai; et je saurai bien alors faire naître une occasion de me réhabiliter à vos yeux en remettant M. de Monclar à sa véritable place.

— Je n'en doute aucunement, mon cher monsieur Babylas.

— Oserai-je vous prier, en vous quittant, de vous souvenir que je loge hôtel du *Chêne vert*, rue des Marmousets? Il se peut, monsieur de Rouvière, que vous ayez des amis auprès de qui votre recommandation me serait utile; un mot de vous, et je m'empresserai d'accourir à votre appel.

Satisfait d'avoir ainsi réparé, autant qu'il était en lui, la brèche faite à sa réputation, Babylas reprit en s'éloignant sa physionomie triomphante, son maintien roide et son pas cadencé.

VII. — Ce qui est un caprice en apparence n'est souvent au fond que la logique du cœur.

C'était par la protection de madame de Maintenon que M. de Montenai, pauvre gentilhomme de province, était devenu fermier général et plus tard l'un des hommes les plus riches de France. Muni de recommandations puissantes, il avait pris rang parmi les protégés de cette femme remarquable, à qui rien ne manquait pour être reine, si ce n'était un titre officiel.

Madame de Maintenon avait toujours sous sa main une réserve de jeunes gens peu favorisés des dons de la fortune, auxquels elle ne demandait que du talent et une bonne origine; c'était une mesure de prévoyance dans l'intérêt de la maison royale de Saint-Cyr dont elle était la fondatrice; dans cette maison, elle faisait élever trois cents jeunes filles nobles qui devaient en sortir à l'âge de vingt ans, pourvues d'une excellente éducation, d'une dot et d'un mari, et presque toujours elle se chargeait elle-même du soin de fournir ce dernier article.

M. de Montenai reçut un jour l'invitation de se rendre à l'abbaye de Saint-Cyr; madame de Maintenon l'attendait dans le parloir.

A peine avait-il eu le temps de présenter ses hommages à son illustre protectrice que, sur un signal de cette dernière, on fit venir de l'autre côté de la grille quatre pensionnaires appartenant aux différentes classes de l'établissement et distinguées entre elles seulement par la couleur de leur fontange.

Après quelques instants que M. de Montenai dut consacrer à un examen plus que rapide, un second signal détermina la retraite des jeunes filles, et madame de Maintenon, demeurée seule avec son protégé, lui demanda laquelle des quatre fontanges avait obtenu son suffrage.

La réponse ayant été favorable à la fontange bleue, celle-ci fut rappelée immédiatement et interrogée à son tour sur ce qu'elle pensait de M. de Montenai.

Le sentiment de la jeune pensionnaire se trouva conforme au désir de madame de Maintenon; aussitôt on introduisit M. Carnot, notaire de la maison, qui donna lecture d'un acte dressé d'avance, et le mariage fut conclu sans autre formalité préliminaire. M. de Montenai reçut avec la main de sa jolie fiancée une cassette renfermant quatre cents louis et une commission dans les finances.

Ainsi s'établissaient, sous les auspices de madame de Maintenon, les pensionnaires de la maison de Saint-Cyr, et, chose étrange, les mariages faits de cette singulière façon étaient ordinairement les plus heureux du monde. Celui de M. Montenai ne fit point exception à la règle. Aussi bonne mère que tendre épouse, madame de Montenai répandit à pleines mains sur sa fille les trésors de la bonne éducation qu'elle avait elle-même reçue à Saint-Cyr; mais la mort, qui ne respecte point le bonheur, vint la surprendre au moment où elle apportait à son ouvrage le dernier degré de perfection.

M. de Montenai, idolâtre de sa fille comme il l'avait été de sa femme, jura de ne point se remarier, et il tint parole.

Au moment où se passaient les événements dont nous avons entrepris le récit, il y a trois ans que Louise commandait en maîtresse absolue dans la maison de son père; depuis M. de Montenai jusqu'à son dernier valet, tout le monde y était soumis à sa loi; c'était une souveraineté de véritable enfant gâté, mais nous devons dire que chacun s'inclinait avec bonheur devant le pouvoir de cette jeune reine, tant elle se montrait aimable, douce, affectueuse et bonne. Aussi belle que sa mère, dont elle rappelait également les vertus, elle avait de plus une vivacité et une indépendance de caractère qui n'eussent pas été sans danger dans toute autre position, mais qui, chez elle, ne faisaient qu'ajouter aux grâces de ses manières et au charme piquant de son esprit.

Un matin, c'était quatre ou cinq jours après leur retour à Paris, M. de Montenai était entré dans l'appartement de sa fille au moment où elle achevait une toilette très-simple quoique d'un goût exquis; il se tenait debout sur le seuil de la porte, plongé dans une extase toute paternelle en présence de cette ravissante enfant dont une glace lui renvoyait la gracieuse image, lorsque, se retournant tout à coup, elle lui dit, en riant de son air profondément réfléchi :

— A quoi songez-vous donc là, mon père?

— Je songe, ma chère Louise, à la douleur que doit ressentir un avare lorsqu'il se voit enlever son trésor.

— Et pourquoi cette réflexion?

— Parce que je fais un retour bien naturel sur ce que je suis moi-même à la veille d'éprouver.

— Vous, mon père!

— Mon Dieu! oui, je t'avoue que cela me fait peur.

— Mais je ne puis comprendre...

— N'es-tu pas mon trésor, à moi?

— C'est vrai.

Et la folle jeune fille sauta au cou de son père pour lui donner son baiser le plus tendre.

— Mais, — reprit-elle, — je ne pense pas qu'il se rencontre un voleur assez audacieux pour me ravir à votre amour, surtout sans que cela me convienne.

— Eh! méchante enfant, il y a beaucoup à parier que cela te conviendra.

— Je ne dis pas non; mais alors j'aurai fait mes conditions, on les aura acceptées, et l'avare ne sera pas séparé de son trésor.

M. de Montenai rendit avec usure à sa fille le baiser qu'elle venait de lui donner.

— Sais-tu, — reprit-il, — que je suis pressé, sollicité de tant de côtés différents que je commence à en perdre la tête? Il faudra pourtant que tu te décides à faire un choix.

— J'ai le temps, mon père.

— Oui; je t'accorde jusqu'à notre retour de Hollande.

— Et ce retour, quand doit-il avoir lieu?

— Sois tranquille; je te laisse un délai très-raisonnable; Paris ne nous reverra pas avant trois mois.

— Trois mois d'absence! — se récria Louise.

— Cela t'effraye, maintenant?

— Mon père, tenez-vous sérieusement à faire ce voyage?

— Il s'agit de mener à bien une opération qui peut doubler ma fortune.

— Eh! mon Dieu! n'êtes-vous pas assez riche?

— Je le suis trop pour moi, Louise, mais je ne le serai jamais assez pour te faire un sort aussi brillant que je le voudrais.

— Ainsi, mon père, ce voyage c'est dans mon intérêt que vous l'entreprenez?

— Oui, ma fille, dans l'intérêt de ton bonheur.

— Et si mon bonheur exigeait que nous ne le fissions pas, vous consentiriez à y renoncer?

— Sans regret, je te le jure.

— Alors, mon père, la Hollande pourra fort bien, cette année, se passer du plaisir de nous voir.

— Mais quelle raison?...

— Ne me la demandez pas; soyez tout à fait généreux.

— Cependant...

— Je vous promets que vous ne tarderez pas à la connaître.

— Je la devine, — dit en souriant M. de Montenai; — le délai t'a paru trop long.

— Peut-être.

— Allons, je ferai comme tu l'entendras... mais, si nous restons, je me vois de nouveau exposé aux obsessions dont je te parlais tout à l'heure; et parmi ces soupirants jeunes ou vieux, riches ou titrés, qui composent notre cour, il en est quelques-uns dont le nom et la position exigent des égards; la bienséance ne me permet pas de les tenir en suspens au-delà d'un temps raisonnable; j'ai d'ailleurs épuisé avec eux tout mon catalogue de réponses évasives et de moyens dilatoires. Comment veux-tu que je sorte de cet embarras?

— Rien de plus simple.

— Sans doute, si je pouvais donner à chacun une solution définitive.

— Donnez-la, mon père.

— Mais, malicieuse enfant, laquelle à celui-ci, laquelle à celui-là?

— La même à tous.

— C'est-à-dire un refus.

— Précisément.

— Quoi! tu ne te laisserais pas attendrir en faveur du vicomte de Souvray?

— Non, mon père.

— Il est de bon lieu; sa famille occupe un rang distingué dans le nobiliaire de Bretagne; il a de l'esprit: chacun applaudit à ses vers; il jouit d'un grand crédit: le régent, dit-on, ne lui refuse rien.

— Je ne ferai jamais mon mari d'un homme qui est infatué de son origine, dont les vers s'aiguisent en épigrammes contre ses meilleurs amis, et qui tous les jours use de son crédit sans que jamais il en résulte une bonne action.

— Très-bien; nous le rayons donc de la liste?

— Impitoyablement.

— Passons au marquis de Sassenage.

— Oh! mon père!

— Qu'a donc celui-là qui puisse motiver son exclusion?

— Il a... il a quarante-cinq ans et je n'en ai que dix-sept.

— C'est juste. Mais quelle objection feras-tu à l'égard du baron de Sommerive, qui n'a pas atteint sa vingt-sixième année?

— Une très-grave, mon père.

— En vérité?

— Il est trop laid; je ne veux ni qu'on me plaigne ni qu'on me tourne en ridicule.

— J'espère que tu n'adresseras pas le même reproche au chevalier Marsan? toutes les femmes sont à genoux devant sa beauté.

— Excepté moi.

— Tu la nies?

— Au contraire.

— Eh bien?

— Il n'est bruit dans le monde que de ses aventures.

— Marié, il n'en aura plus.

— C'est ce dont sa femme ne sera jamais persuadée.

— Allons, je m'arrête, puisque tu trouves à redire à tous ceux que je te nomme. Cependant il est impossible que ton cœur n'ait pas de préférence pour quelqu'un.

— Vous serez, mon père, le premier à qui j'en ferai la confidence, je vous le promets.

L'entretien fut interrompu par l'entrée d'un domestique qui vint annoncer la visite de M. Guillaume de Rouvière.

A ce nom impatiemment attendu par nos deux interlocuteurs depuis leur arrivée à Paris, les joues de Louise se couvrirent subitement d'un vive incarnat et la joie brilla dans les yeux de M. de Montenai.

— Enfin! — s'écria celui-ci; — je commençais à désespérer de le revoir. Faites entrer dans le salon, — poursuivit-il en s'adressant au domestique.

— Je vous accompagne, mon père, — fit Louise en se levant précipitamment; — je ne veux pas être la dernière à faire preuve d'empressement lorsqu'il s'agit de recevoir notre sauveur.

Guillaume eut à essuyer bien des reproches pour avoir différé si longtemps sa visite; mais ces reproches acquéraient un tel charme, en passant par la bouche de Louise, qu'il se fût trouvé heureux de passer le reste de sa vie à en écouter de semblables.

Cet accueil, aussi franc qu'affectueux, aurait dû le mettre à l'aise, autant que s'il avait été l'un des plus anciens amis de la maison cependant son maintien et ses paroles trahissaient un certain embarras, et il semblait craindre de s'abandonner aux séductions d'un entretien qui répondait si bien aux secrets désirs de son cœur; c'est qu'il avait l'esprit vivement préoccupé d'un sujet étranger à tout ce qui se disait, sujet qui était le principal motif de sa démarche, et que pourtant il n'osait aborder.

Enfin, au moment où Louise, plus clairvoyante que son père, commençait à s'attrister d'une contrainte dont elle essayait en vain de rechercher la cause, Guillaume, s'armant de courage, détourna tout à coup la conversation de la voie où elle était engagée, par cette question adressée à M. de Montenai:

— Puis-je espérer, monsieur, que vous ne me refuserez pas un conseil dans une affaire à laquelle je prends le plus vif intérêt?

— Un conseil! — répondit M. de Montenai; — je voudrais, mon jeune ami, que vous me fournissiez l'occasion d'une intervention plus active et plus en harmonie avec mes sentiments pour vous.

— Peut-être, monsieur, vous supplierai-je de joindre à mes faibles efforts le secours de votre crédit.

— A la bonne heure; c'est à cette condition seulement que nous consentons à vous écouter.

Guillaume, encouragé par cette bienveillante provocation, commença sans hésiter le récit des événements qui avaient motivé son départ de Toulouse; mais, historien fidèle quant aux faits, il crut devoir, en jetant un voile sur le nom des personnages et en attribuant à un ami le rôle qu'on lui avait fait jouer à lui-même, parler de toute cette affaire comme si elle avait concerné des personnes étrangères à sa famille; cette légère altération de la vérité pouvait s'expliquer aisément par le désir de ne point compromettre sans nécessité la réputation de Charlotte; peut être aussi Guillaume, sans trop se rendre compte de la raison qui le faisait agir ainsi, n'était-il pas fâché de laisser Louise dans l'ignorance du lien qui avait dû l'unir à l'innocente victime.

Vaine précaution; qui oserait se flatter de mettre en défaut la pénétration d'une jeune fille?

Louise ne cessa de tenir attaché sur Guillaume un regard scrutateur; la précision qu'il apportait dans les moindres détails, les réflexions auxquelles il se laissait aller dans l'entraînement du récit, la chaleur de son indignation, la surprenaient et lui semblaient un peu exagérées pour des événements où le narrateur n'eût pas été personnellement intéressé.

Quant à M. de Montenai, il écouta Guillaume avec l'attention d'un homme que l'on consulte et qui ne cherche à voir dans les faits soumis à son appréciation que des difficultés à étudier et à résoudre. Puis il resta quelques instants silencieux, comme pour prendre le temps d'asseoir et de formuler son opinion.

— Voilà en effet, mon jeune ami, une malheureuse affaire, — dit-il en hochant la tête; — je ne vois qu'un seul moyen d'arriver à une solution désirable.

— Quel est ce moyen? — demanda Guillaume avec anxiété.

— Si le succès en était assuré, je vous le conseillerais sans hésitation; mais le coupable, m'avez-vous dit, est d'un rang élevé: il a une position et du crédit à la cour; ce serait dès lors exposer beaucoup pour un résultat douteux: dans le temps où nous vivons, il est si facile, avec des amis puissants, d'imposer silence à la justice.

— La justice! Ah! monsieur, quoi qu'il puisse arriver, j'ai pris la ferme résolution de ne point m'adresser à elle; je ne sais si le résultat serait douteux, mais le scandale serait certain, et il n'y a point de scandale sans qu'il en rejaillisse honte et déshonneur sur tous ceux qui l'ont provoqué, innocents comme coupables... Non, non, je ne livrerai point à la malignité du public le nom de la personne dont j'ai embrassé la cause; mieux vaudrait mille fois renoncer à une réparation que de l'obtenir à un pareil prix.

— Loin de vous blâmer, — reprit M. de Montenai, — je vous déclare qu'à votre place je me croirais obligé à la même réserve; mais alors il faut, comme vous venez de le dire, renoncer à l'espoir d'une réparation.

— J'avais pensé, monsieur, — hasarda timidement Guillaume, — que peut-être vous auriez les moyens de me faire parvenir jusques auprès du régent...

— Rien de plus facile, — interrompit M. de Montenai, — et ce sera aussitôt que vous le souhaiterez; je me mets entièrement à votre disposition.

— Vous me rendez l'espérance.

— L'espérance! Et quelle espérance, mon Dieu? Mais il faut, mon jeune ami, que vous n'ayez point réfléchi sur les conséquences de la démarche que vous voulez faire, ou que vous connaissiez bien peu les hommes de notre époque. Vous serez sans doute accueilli honorablement, écouté avec attention, je dirai même avec bienveillance; pour vous apaiser, on ira jusqu'à vous faire des promesses, sauf à mettre en usage, le jour où vous en réclamerez l'effet, une foule de subterfuges destinés à lasser votre patience et votre courage. Songez que, depuis le seigneur le moins important de la cour jusqu'au régent lui-même, il n'en est pas un qui n'ait à se faire le reproche, ou plutôt qui ne se fasse gloire de quelque faute semblable à celle dont vous poursuivez le châtiment. Croyez-moi donc, n'attendez rien de ce côté, à moins que, par une démarche solennelle, publique, vous ne mettiez le regent dans la nécessité de prendre au sérieux son rôle de chef de l'Etat; mais alors reparaît, plus grave encore peut-être dans ses conséquences, cet inévitable scandale qui vous fait reculer devant un appel aux tribunaux.

— Ainsi, — fit Guillaume avec amertume, — point d'autre alternative que la honte ou un déni de justice...

Puis, se redressant avec une mâle fierté :

— Il en est un troisième pourtant... Lorsqu'un homme offensé ne trouve appui ni dans la justice ni dans le chef de l'Etat, eh bien! c'est sur lui-même qu'il doit compter, c'est à son propre bras qu'il doit s'en remettre du soin de réparer ou de punir; et si dans la lutte il succombe, c'est du moins avec la conscience d'avoir rempli son devoir.

Louise tressaillit en voyant l'éclair qui jaillissait des yeux de Guillaume pendant qu'il prononçait ces derniers mots d'une voix ferme et résolue.

— Vous êtes un brave et noble jeune homme, — dit M. de Montenai en lui serrant cordialement la main; — n'oubliez jamais que ma fille vous a donné le nom de frère, et que je mettrai, moi, mon bonheur à vous traiter comme mon fils; j'exige que dès aujourd'hui vous regardiez ma maison comme la vôtre.

— Oui, — interrompit Louise vivement et sans attendre la réponse de Guillaume, — oui; ce sera pour nous une joie de vous y recevoir aussitôt après notre retour.

En parlant ainsi, elle adressa furtivement à son père un regard qui le suppliait de ne point la démentir.

— Vous partez? — demanda tristement Guillaume.

— Notre voyage ne sera pas long peut-être, — répondit Louise, — mais il est indispensable.

Quand Guillaume se retira, il avait l'air morne et abattu d'un condamné qui vient d'entendre lire sa sentence.

M. de Montenai était au comble de la surprise.

— Il me semblait, mon enfant, — dit-il à Louise, — que tu m'avais prié de renoncer à notre départ; je ne puis m'expliquer un si prompt changement de résolution.

— Ne l'attribuez, mon père, qu'au désir de vous être agréable.

— Mais, ma chère Louise, je serais au désespoir de mettre ta complaisance à cette épreuve, et puisque tu préfères demeurer à Paris...

— Paris!... Paris m'est odieux; je donnerais mes plus précieuses parures pour que nous fussions déjà en Hollande.

— Caprice de jeune fille! — pensa M. de Montenai; — elle ne sera pas plutôt en Hollande qu'elle offrira le même sacrifice pour revenir à Paris.....

Mais Louise insista si vivement que le voyage fut de nouveau résolu et le départ arrêté pour le lendemain.

VIII. — Où la robe est obligée de recourir à l'épée pour trancher certaines difficultés judiciaires.

La mission confiée à Guillaume par le barreau de Toulouse lui donnait accès auprès des personnages les plus considérables de la magistrature; il employa plusieurs jours à les visiter, leur fit à tous le même récit qu'il avait fait à M. de Montenai, et partout obtint la même conclusion : déni de justice ou scandale.

Rejeté constamment entre ces deux écueils inévitables contre lesquels devaient se briser ses efforts, il sentait, à chaque démarche nouvelle, son esprit s'aigrir davantage et sa volonté d'agir s'accroître de toute la grandeur des obstacles qu'on lui opposait.

A cette première cause d'irritation venait s'en joindre une seconde, plus puissante encore peut-être, quoique pourtant elle exerçât son influence pour ainsi dire à l'insu de Guillaume : c'était le départ de mademoiselle de Montenai, départ dans lequel sa raison n'avait vu qu'un événement tout simple, tout ordinaire, et dont pourtant la seule annonce avait suffi pour jeter le deuil et le désespoir dans son cœur.

Guillaume était donc arrivé au comble de l'exaspération; révolté de l'injustice des hommes, doutant presque de la justice du ciel, désenchanté de l'avenir qui n'offrait à son regard découragé que vide et ténèbres, il était dans une de ces situations d'esprit où l'on embrasse tout ce qui existe dans une même pensée de dégoût et de haine, où l'on ferait bon marché de sa vie, à la condition de pouvoir signaler ses derniers moments par quelque vengeance éclatante.

Nourri dans les principes les plus austères de la religion et de la morale, il avait jusqu'alors repoussé de toute la puissance de sa raison la logique de l'épée, cette suprême ressource de l'homme abandonné à ses propres forces; mais sous l'influence des événements ses opinions ne tardèrent pas à se modifier, et sa pensée s'arrêta même avec une sorte de frénésie sur un moyen dont les deux alternatives lui offraient également une solution conforme à ses désirs.

Vainqueur, il effaçait la honte de Charlotte dans le sang du coupable ou par son repentir; vaincu, il était délivré d'une existence désormais sans charme, sans but, sans espérance pour lui.

L'adresse que lui avait donnée Babylas lui revint alors tout à coup en mémoire; il se dirigea donc un matin vers la rue des Marmousets, et, le cœur plein de résolution, il entra dans l'hôtel du *Chêne vert*.

C'était une méchante masure dont l'apparence extérieure ne donnait pas une bien haute idée de l'importance et de la bourse des voyageurs qui venaient y prendre gîte.

Arrivé au quatrième étage par un petit escalier de bois vermoulu dont la rampe consistait en une corde passée dans des anneaux de fer à moitié descellés, il allait ouvrir la porte qu'on lui avait indiquée, lorsqu'un bruit étrange arrêta sa main prête à peser sur le loquet.

C'était comme un cliquetis d'armes accompagné de cris et de coups frappés violemment sur le plancher; on eût dit que plusieurs personnes se livraient à une lutte acharnée dans l'intérieur de l'appartement.

Au milieu de tout ce fracas, Guillaume put saisir quelques phrases prononcées distinctement par une voix qu'il reconnut sans peine.

— Ah! vous avez des bottes secrètes, monsieur le marquis, et vous vous permettez de toucher un homme qui a touché Berthelot! à mon tour, s'il vous plaît... une, deux!... que dites-vous donc de celui-là?... une, deux!... et de celui-ci?... une, deux!... Vous voyez bien que je me moque de toutes vos passes... que vos feintes n'ont pas le sens commun... que vous n'êtes qu'un écolier!... à tout coup, je touche... une, deux!... et encore... une, deux!... et toujours... une, deux!... en pleine poitrine!... Là, là, mort, monsieur le marquis! cloué à la muraille comme un papillon qu'on fait sécher pour le placer dans une collection!

Ces dernières paroles et le silence qui les suivit firent frissonner Guillaume; prenant à la lettre les exclamations du maître d'escrime, il n'osait entrer, dans l'appréhension du spectacle qu'il supposait tout naturellement devoir frapper ses yeux.

Cependant, comme la victime, à en juger par les paroles de Babylas, ne pouvait être que le marquis de Monclar, une autre inquiétude s'empara de son esprit : celle de se voir enlever son dernier espoir de vengeance ou de réparation. Le marquis était-il tué ou seulement blessé? c'était un doute qu'il lui importait d'éclaircir.

Voyant que le silence se prolongeait, interrompu de temps à autre par les soupirs étouffés d'une personne qui semblait respirer avec peine, Guillaume ne put résister davantage au désir de connaître la vérité; il ouvrit vivement la porte et pénétra dans l'intérieur d'une chambre assez vaste, mais par compensation très-peu garnie de meubles.

Le premier objet qui frappa ses regards fut Babylas étendu dans un fauteuil, haletant, le front sillonné de grosses gouttes de sueur, les bras pendants, les jambes allongées, ayant laissé tomber à ses pieds l'arme meurtrière.

La surprise de Guillaume était extrême; il commença son inventaire; il alla jusqu'à baisser la tête pour regarder sous le lit, dans la pensée que Babylas pouvait bien y avoir poussé le corps du marquis, afin de le dérober aux regards jusqu'à ce qu'il eût avisé aux moyens de le faire disparaître complétement.

Le digne professeur, qui avait suivi d'un air assez intrigué tous les mouvements du jeune avocat, parvint enfin à reprendre haleine et à recouvrer l'usage de la parole.

— Que diable cherchez-vous donc, monsieur de Rouvière? Si c'est moi que vous venez honorer de votre visite, comme il m'est permis de le supposer, je ne suis pas devenu, que je sache, invisible au point qu'il vous soit nécessaire de me chercher jusque sous mon lit...

— Je vous ai parfaitement aperçu, monsieur, — répondit Guillaume en continuant ses perquisitions.

— A votre aise donc; je suis trop votre obligé pour concevoir la pensée de vous gêner en quoi que ce soit. Seulement, si votre bonne étoile vous a mis sur la piste de quelque trésor, ce qui paraît peu probable eu égard à l'état de fortune des gens qui hantent cette maison, j'ose espérer de votre libéralité que vous ne refuserez pas de m'admettre au partage.

— Trêve de plaisanterie, monsieur, et ne feignez pas d'ignorer ce que je cherche; personne ne le sait mieux que vous.

— Oh! pour cela, — fit Babylas de plus en plus surpris, — je puis affirmer...

— Monsieur, — interrompit Guillaume d'un ton sévère et en élevant la voix, — il y avait ici, avant mon arrivée, une personne avec vous.

— Avec moi!

— Cette personne, c'était le marquis de Monclar...

Babylas se grattait le front comme quelqu'un qui cherche à comprendre.

— Vous vous battiez avec lui, et, favorisé par le sort des armes, vous abusiez de votre supériorité en le frappant avec acharnement.

Pour le coup Babylas partit d'un immense éclat de rire, il avait compris.

— C'est, pardieu! vrai, — s'écria-t-il, — et ce que vous cherchez avec tant de sollicitude, c'est sans doute la dépouille mortelle de M. le marquis de Monclar?

Guillaume était stupéfait d'indignation.

— Pauvre marquis! — poursuivit Babylas, — lorsque vous êtes entré, je venais, en dépit de sa botte secrète, de le tuer pour la vingtième fois par raison démonstrative, et voilà huit jours que, pour arriver à ce résultat, je démolis les quatre murs de mon appartement et je fais sauter les boutons de tous mes fleurets.

Reconnaissant alors sa méprise, Guillaume fut un moment tenté de partager l'hilarité de Babylas; mais celui-ci ne lui en laissa pas le temps.

— Du reste, monsieur, — dit-il en reprenant tout à coup sa gravité habituelle, — j'ai un si vif désir de voir se changer en réalité l'apparence qui vous a induit en erreur, que le rire est peut-être de trop en cette circonstance. M. de Monclar m'a fait subir déloyalement, à la face d'un tiers, une défaite que je ne lui pardonnerai jamais.

— Rassurez-vous, monsieur Babylas, elle ne vous a rien fait perdre de mon estime.

— Je n'attendais pas moins d'un aussi galant homme que vous paraissez l'être; mais lui, monsieur, qui sait s'il ne va pas partout faire parade de son triomphe et nuire ainsi à ma réputation?... Par malheur, la distance des rangs s'opposera toujours à ce que je puisse me mesurer sérieusement avec lui; mais ma profession me permet au moins le simulacre du combat; et qu'il se présente une occasion...

— M. de Monclar fera ce qu'il a déjà fait, — interrompit Guillaume.

— M. de Monclar, — répliqua Babylas en se redressant, — sera payé avec usure de l'humiliation qu'il m'a fallu supporter. Son coup n'est plus un mystère pour moi; je l'ai cherché, deviné, étudié, disséqué; j'en suis maître; je ne demande pas plus de dix minutes pour l'enseigner à fond au premier écolier.

— Je vous consacrerai un an, s'il le faut.

— Qu'entends-je! vous auriez le projet?...

— De devenir votre élève, monsieur Babylas.

— Il serait possible! voilà une nouvelle qui me jette dans le ravissement... c'est le ciel qui vous a envoyé cette noble résolution.

— C'est l'enfer peut-être, — murmura Guillaume d'une voix sombre.

— Non, non, monsieur, — reprit Babylas avec enthousiasme, — c'est le ciel qui, après vous avoir donné les grâces du corps, la beauté de l'âme, la générosité du cœur, les trésors de l'intelligence, s'est aperçu que son œuvre demeurerait incomplète, et qu'il vous manquait l'appendice obligé, la perfection dernière, le cachet du véritable gentilhomme, l'escrime. Dans tous les temps, — continua-t-il en prenant le ton emphatique d'un professeur qui va commencer sa leçon devant un nombreux auditoire, — chez les peuples sauvages comme chez les peuples civilisés, l'escrime a été considérée...

— Je vous dispense du discours préliminaire, — se hâta d'interrompre Guillaume; — combien de temps vous faut-il pour m'instruire?

— Cela dépend du zèle que vous apporterez à suivre mes leçons.

— Ne vous inquiétez pas de mon zèle; j'en aurai de reste.

— Très-bien; cette ardeur est d'un excellent augure.

— Mais ce que j'exige avant tout, c'est que vous ne me traitiez pas en élève ordinaire.

— Soyez tranquille.

— Tout ce que vous savez, vous me l'enseignerez.

— Tout, jusqu'à la botte secrète de M. le marquis de Monclar.

— En un mot, vous me rendrez aussi fort que vous.

— Ce sera long et difficile.

— Qu'importe?

— Je ferai mon possible.

— Un mot d'explication est nécessaire pour que vous compreniez bien ce que j'attends de vous.

— J'écoute, monsieur.

— J'ai un ennemi.

— Qui n'en a pas?

— Un ennemi que je veux tuer...

— Rien de plus naturel.

— S'il persiste dans ses torts, mais à qui je dois pardonner...

— C'est d'un bon chrétien.

— S'il fait amende honorable.

— Bien entendu.

— Pour arriver à l'une ou à l'autre de ces deux solutions, il faut donc que, l'épée à la main, j'aie toujours à ma disposition sa vie ou sa mort.

— Vous les aurez.

Babylas réfléchit un moment.

— Je ne serai pas fâché, — reprit-il, — de connaître le nom du professeur qui a formé votre ennemi: cela servirait à me guider dans le choix de la méthode que je dois employer avec vous.

— Il n'est pas en mon pouvoir de vous donner ce renseignement; mais, à défaut du nom du maître, je puis vous dire celui de l'élève.

— A quoi bon?

— Ne fût-ce que pour stimuler votre ardeur.

— Je le connais!

— Vous m'avez dit que vous le haïssiez, que vous ne lui pardonneriez jamais.

— Le marquis de Monclar? fit Babylas en bondissant de joie.

— Lui-même.

— Le marquis de Monclar! vous voulez vous battre contre le marquis de Monclar!

— Sans doute.

— Sérieusement?

— Très-sérieusement.

Babylas, dans son transport, se jeta au cou de Guillaume; sa voix larmoyait, tant son émotion était vive:

— Vous êtes mon sauveur, mon bon ange, mon vengeur... et vous me demandez si je vous mettrai en état de tuer M. de Monclar... mais, avant trois semaines, cela sera; oui, monsieur, cela sera, dussé-je vous tenir du matin au soir le fleuret à la main.

— C'est ainsi que je l'entends. A quand notre première leçon?

— Tout de suite.

— Non; je ne veux pas abuser de votre enthousiasme; vous êtes fatigué...

— Fatigué! — s'écria Babylas en saisissant un fleuret et se mettant en position; — fatigué! Jamais je ne me suis senti tant de souplesse dans les membres, tant de vigueur dans les muscles...

Et il fouettait l'air de sa lame, en avançant et en reculant avec une incomparable agilité :

— Fatigué! mais un repos de six mois aurait moins retrempé mes forces que le nom du marquis de Monclar sonnant à mon oreille!... Allons, monsieur, point de délai; mettez ce gant... couvrez-vous la figure de ce masque... chaussez cette sandale... armez-vous de ce fleuret, et en garde!

Guillaume ne se le fit pas répéter, et tous les deux, animés de la même impatience, ils se mirent à escrimer jusqu'au soir, sans autre interruption qu'un repos de quelques minutes; encore cet instant de relâche fut-il consacré à la dégustation d'un dîner que Guillame fit monter par l'hôte dans la chambre de Babylas, afin de perdre le moins de temps possible.

Lorsque la nuit vint, le maître et l'élève tombaient de lassitude; mais quelque rude qu'eût été cette première épreuve, leur ardeur n'en paraissait nullement diminuée :

— A demain, — fit Guillaume.

— De bonne heure? — demanda Babylas.

— Au lever du soleil.

— Je serai prêt.

— Il me vient une idée.

— Laquelle

— Tenez-vous beaucoup à loger dans cet hôtel?

— Pas absolument, — répondit Babylas en promenant son regard sur les deux ou trois meubles délabrés qui garnissaient sa chambre.

— Je vous offre la moitié de mon appartement.

— J'accepte.

— Partons.

— A l'instant.

— Nous enverrons prendre vos effets.

Babylas, formant avec les fleurets, les masques et les gants une sorte de faisceau qu'il mit sous son bras, se redressa fièrement et répondit comme Bias le philosophe :

— Je porte tout avec moi.

Puis, ayant réglé son compte avec son hôte, ce qui ne fut pas long, il suivit joyeusement Guillaume, qui l'installa dès le même soir dans une petite pièce attenante à sa chambre à coucher.

Le lendemain, ils étaient levés tous deux au point du jour, et ils recommençaient de plus belle à ferrailler, l'un mettant autant d'ardeur à démontrer les secrets de son art que l'autre à les retenir. Et chaque fois qu'une adroite parade ou un coup poussé vigoureusement et avec précision indiquait que la démonstration avait porté de bons fruits, c'était de la part du maître un épanouissement de bonheur qui redoublait encore le zèle de l'élève.

Enfin, après un mois d'une étude opiniâtre, il arriva que, durant tout un jour, Guillaume toucha son professeur sans qu'il fût possible à celui-ci de parer ou de riposter.

Par une de ces bizarres contradictions qui sont propres à l'esprit humain, Babylas était au comble de la jubilation; à chaque botte qui l'atteignait, il pleurait de joie, il trépignait de plaisir, il poussait des cris d'enthousiasme; et cependant c'était pour se venger de ce qu'un tireur médiocre l'avait une fois touché par surprise qu'il venait de se créer réellement un maître.

— Me croyez-vous en état de provoquer le marquis? — demanda Guillaume.

— Je n'ai plus rien à vous apprendre, — fit Babylas en abaissant jusqu'à terre la pointe de son fleuret.

— Eh bien donc, je vous charge de porter demain mon cartel à M. de Monclar.

IX. — Rencontre au bois de Vincennes.

Une douzaine de jeunes seigneurs, après une nuit passée dans tous les excès de la débauche, s'étaient réunis dès le matin chez le marquis de Monclar, qui les avait conviés à déjeuner.

Rangés autour d'une table sur laquelle figuraient avec profusion les mets les plus succulents et les vins les plus généreux, ils secouaient, à force de stimulants, la torpeur qui commençait à engourdir leurs membres et leur cerveau Ils parlaient tous à la fois, riaient aux éclats, buvaient à longs traits, et, par de mutuelles provocations, se tenaient en haleine d'appétit, de soif et de gaieté.

Ce fut au milieu de ce joyeux tumulte qu'un valet vint annoncer la visite de M. Babylas.

— Eh! que diable me veut-il? — s'écria le marquis; — ce Babylas choisit merveilleusement ses heures! Qu'on lui dise de repasser; je n'ai pas le temps; je suis en affaire.

— Babylas! — fit un des convives; — voilà un nom passablement original.

— Beaucoup moins que l'homme qui le porte, répondit Monclar.

— Il paraît, marquis, d'après la manière dont tu le fais congédier, que c'est un original de l'espèce ennuyeuse.

— Mais non, du moins à en juger par la visite dont une fois déjà il a daigné m'honorer; je dois même convenir qu'il m'a grandement diverti.

— Et, dans ton égoïsme, tu te réserves la jouissance exclusive de cet agréable passe-temps. Ce n'est pas ainsi, Monclar, que se comporte un véritable ami.

— Tu es fou, d'Angeville.

— Je suis curieux de voir quelle tête bouffonne la nature a pu planter sur le corps d'un individu qui a nom Babylas; la chose en vaut la peine assurément, et si tous ces messieurs partagent mon opinion, tu ne t'obstineras pas à nous priver de ce réjouissant intermède.

— Qu'en dites-vous, mes amis? — demanda Monclar; — devons-nous faire droit à la réclamation de d'Angeville?

— Oui, oui! — s'écrièrent en chœur les convives.

— Que Babylas vienne donc, puisque vous le souhaitez tous, et, pour le rendre plus amusant, nous le ferons, pardieu! boire avec nous... Introduisez M. Babylas! — cria-t-il au valet qui, dès le début de cette discussion, s'était arrêté près de la porte, pressentant qu'un second ordre viendrait contremander le premier.

Toutes les têtes se levèrent et, mues par un même sentiment de curiosité, se tournèrent du côté de la porte dont le valet s'empressa d'ouvrir les deux battants, afin d'ajouter au comique de la scène en lui donnant un caractère imposant et solennel.

Babylas ne se fit pas attendre.

Un éclat de rire général accueillit son entrée; mais, loin de s'en émouvoir, il ne parut pas même se douter qu'il pût être pour quelque chose dans cette explosion d'hilarité. La tête droite, la taille cambrée, le visage sérieux et le tricorne sous le bras, il fit trois pas en avant, salua le maître de la maison, se redressa, fit un second salut pour les convives, et se posa dans la fière attitude d'un ambassadeur qui vient signifier à une puissance ennemie les volontés du souverain dont il est le représentant.

— Laquais, — fit Monclar, — apportez un couvert; avancez un siége à M. Babylas, et remplissez son verre jusqu'au bord.

Babylas se retourna et cria d'une voix aussi ferme que brève :

— Laquais, ne vous dérangez pas!

— Qu'est-ce à dire, monsieur? Penseriez-vous déroger en vous asseyant à notre table?

— Ce serait, monsieur le marquis, me rendre peu de justice que de me supposer capable d'avoir une si impertinente pensée; certes, c'est plutôt moi que je croirais indigne de prendre place parmi tant d'honorables seigneurs.

— Je vois ce que c'est; vous me gardez rancune... Figurez-vous, mes chers amis, que j'ai eu, moi humble amateur, la maladresse de faire sentir une fois le bouton de mon fleuret à monsieur, que du reste je vous recommande comme un maître des plus distingués en fait d'armes.

Babylas pâlit et fronça le sourcil; mais, commandant bientôt au mouvement de colère qu'avaient suscité dans son âme les paroles indiscrètes de Monclar, il reprit son visage calme et grave, et répondit d'un ton sentencieux qui ne manquait pas d'une certaine intonation maligne :

— Quelque fort que l'on soit autorisé à se croire, il faut bien s'attendre à trouver son maître un jour ou l'autre.

— Si ce n'est ni la fierté ni la rancune, — reprit Monclar, — quel est donc le motif qui peut empêcher un galant homme tel que vous de nous rendre raison le verre à la main?

— La mission qui m'amène devant vous, monsieur le marquis.

— Ah! diable! que ne le disiez-vous tout de suite? Une mission! Ceci devient sérieux. Vidons nos verres, messieurs, en l'honneur de l'illustre maître, et nous écouterons après dans un recueillement profond les importantes communications qu'il est chargé de nous faire.

Un toste général suivit cette provocation de Monclar; Babylas crut devoir incliner la tête en signe de remercîment.

Le silence étant rétabli et tous les convives se tenant immobiles, les yeux fixés sur le maître d'armes, dans l'attente de quelque amusant esortie, celui-ci dit à Monclar, toujours du même ton flegmatique :

— Peut-être monsieur le marquis jugera-t-il convenable de me donner audience dans quelque autre pièce de son appartement, lorsqu'il saura que je viens ici de la part de M. de Rouvière?

Le pêcheur napolitain se précipita sur le banc, s'empara de la rose. (Page 29.)

— Pourquoi donc? — répondit Monclar en dissimulant sous un rire forcé l'impression désagréable que le nom de Rouvière venait de produire sur lui; — tous ces messieurs sont mes amis; je n'ai rien de caché pour eux; vous pouvez parler hardiment en leur présence.

— Puisqu'il en est ainsi, — reprit Babylas, — et n'ayant à me reprocher dans la forme ni indiscrétion ni inconvenance, j'entre en matière sans plus de délai : Je viens donc, monsieur le marquis de Monclar, au nom de M. Guillaume de Rouvière, réclamer l'exécution de la promesse à lui faite par vous d'être prêt, à sa première réquisition, à vider le différend que vous avez ensemble, sur un terrain propice et de la manière qui convient entre bons gentilshommes.

— Un cartel! — s'écrièrent les convives que le début de cette scène avait préparés à une toute autre conclusion.

Monclar, non moins étonné que ses amis, fut d'abord contrarié d'avoir poussé Babylas à s'expliquer publiquement; mais, à la réflexion, il s'applaudit d'une circonstance dont il pouvait tirer parti pour se placer avantageusement dans l'estime de ses compagnons de plaisir.

— Eh! bon Dieu! mon cher monsieur Babylas, — fit-il avec un bruyant éclat de rire, — en voyant votre physionomie grave, et je dirai presque lugubre, je n'aurais jamais imaginé qu'il fût question d'une semblable bagatelle. Veuillez présenter mes civilités à M. de Rouvière et l'assurer que je suis entièrement à sa disposition.

— Votre jour, monsieur le marquis?

— Demain.

— Votre heure?

— A la pointe du jour.

— Le lieu du rendez-vous?

— Mais il me semble que le bois de Vincennes est admirablement disposé pour ces sortes d'affaires.

— C'est entendu, monsieur le marquis; demain, à la pointe du jour, M. de Rouvière aura l'honneur de vous attendre à l'entrée du bois de Vincennes.

Et, sans se départir de son imperturbable sang-froid, Babylas fit une sortie tout aussi majestueuse que l'avait été son entrée : seulement le rire n'accompagna point cette fois le cérémonial compassé de ses deux saluts, et il avait franchi le seuil de la porte que le plus profond silence régnait encore parmi les convives.

Ce défi, froidement jeté au milieu des joies bruyantes d'une orgie, avait glacé tous ces jeunes étourdis, et dans les pas comptés du maître d'armes, dont le bruit arrivait à leurs oreilles par intervalles égaux, il leur semblait reconnaître les pas mesurés et lourds de la statue du Commandeur se rendant à l'invitation de don Juan.

Monclar lui-même se sentait serré au cœur comme par un funeste pressentiment, et tous ses efforts pour faire parade d'insouciance et de gaieté n'aboutissaient qu'à faire grimacer le sourire sur ses lèvres. Mais ce ne fut qu'une impression superficielle et passagère, dont quelques rasades d'un vin pétillant eurent bientôt effacé jusqu'à la dernière trace.

Un duel était d'ailleurs chose si commune à cette époque, et si lestement traitée, qu'un gentilhomme, dans la crainte de compromettre sa réputation, n'eût osé y consacrer au-delà des instants nécessaires pour convenir du rendez-vous, chercher un second et se battre. Le lendemain, Monclar, accompagné de d'Angeville, un de ses convives de la veille qu'il avait choisi pour témoin, arriva au lieu indiqué en même temps que Guillaume et Babylas.

Tous les quatre se dirigèrent vers la partie la moins fréquentée du bois, et pénétrèrent dans un fourré dont le centre dégarni formait une salle de verdure où ne pouvait atteindre le regard des curieux; aussi cet endroit était-il recherché particulièrement par les duellistes et les amoureux.

Retirez-vous de ma présence! Je vous chasse! (Page 33)

Les dispositions prises pour le combat et les deux adversaires placés vis-à-vis l'un de l'autre, Guillaume, avant de tirer son épée, fit un pas vers Monclar et lui dit :

— Monsieur le marquis, il est temps encore d'éviter un combat dans lequel vous savez bien que vous n'aurez pas pour appui la justice de votre cause...

— Qu'est-ce à dire, monsieur ? — interrompit Monclar avec hauteur; — vous repentiriez-vous d'une provocation que vous n'êtes pas en état de soutenir, et comptez-vous m'avoir fait venir inutilement jusqu'ici?

— Soyez sans inquiétude; quelle que soit l'issue de notre rencontre, elle ne sera pas sans résultat, je vous le jure.

— Vous avez en tout cas une singulière façon d'entrer en matière.

— C'est possible, — répliqua Guillaume avec fermeté; — mais, dans l'accomplissement de la mission que je me suis imposée, vous trouverez bon que je m'en rapporte à mon propre jugement et que j'entre en matière de la façon qui me paraît convenir aux intérêts dont je prends la défense.

— Faites comme vous l'entendrez, — dit Monclar avec un sourire railleur; — seulement, comme en fait de distractions agréables je ne suis pas positivement au dépourvu, je vous supplierai de m'épargner celle d'un discours trop prolongé.

Guillaume ne jugea pas à propos de s'offenser de ce ton de persiflage et reprit ainsi :

— Je vous déclare donc, monsieur le marquis, en présence de ces messieurs que je prends à témoin, que si, dans cette circonstance, je mets l'épée à la main contrairement à mes principes, c'est vous qui m'y forcez en me refusant une autre satisfaction plus juste et plus honorable. Je n'ai contre vous ni colère ni haine; je ne veux qu'un mot, qu'une promesse de réparer vos torts, et, soit à présent, soit pendant le combat, je suis prêt à rejeter loin de moi mon arme et à vous tendre la main comme à un ami, comme à un frère.

— Avez-vous dit, monsieur? — fit Monclar en tirant son épée; — voici ma réponse.

Et il se mit en garde.

— Ce n'est pas moi qui l'ai voulu, messieurs! — dit Guillaume en s'adressant aux témoins.

Il suivit alors l'exemple du marquis, et le combat commença.

On eût dit plutôt un assaut qu'un duel, tant les deux combattants montraient de sang-froid et de tranquillité; Guillaume avait pour lui la conscience de son bon droit et de sa force; Monclar, quoique surpris d'abord de l'aisance et de l'aplomb de son ennemi, se fiait à l'infaillibilité du coup qui l'avait déjà fait triompher en plus d'une occasion.

Peut-être le marquis eût il perdu quelque chose de son assurance s'il avait pu remarquer en cet instant le sourire narquois de Babylas.

Jugeant enfin que le moment était venu de mettre un terme à la lutte, Monclar s'apprêtait, après la feinte qui lui servait habituellement de prélude, à faire une passe sur Guillaume et à lui pousser le fer dans la poitrine, lorsque son épée, rencontrant l'épée de ce dernier et rudement fouettée par elle, s'échappa de sa main pour aller à quelques pas se glisser honteuse au milieu d'une touffe d'herbes.

Guillaume abaissa sur-le-champ la pointe de son épée jusqu'à terre.

— Vous le voyez, monsieur le marquis, le sort des armes ne se prononce pas en votre faveur; encore une fois, ne repoussez pas ma proposition; je vous offre de nouveau l'oubli du passé et mon amitié : acceptez-les.

— Jamais au prix que vous y mettez ! — s'écria Monclar.

Et reprenant des mains de d'Angeville son épée que celui-ci lui rapportait :

— Le sort des armes a ses caprices, monsieur; je vous conseille de ne pas trop compter sur lui.

Le combat recommença donc; mais, du côté de Monclar, ce fut cette fois avec une fureur et un acharnement qui témoignaient à quel point l'échec qu'il venait d'essuyer avait froissé son orgueil.

Quant à Guillaume, il n'en fit pas un mouvement de plus, et, avec la calme précision d'un homme qui sait où il va, au bout de quelques secondes il désarma une deuxième fois son adversaire en lui traversant l'avant-bras.

Les yeux de Monclar étincelaient de rage.

— D'Angeville! — cria-t-il à son témoin; — veuillez rouler mon mouchoir autour de ma blessure; cette piqûre d'épingle ne me fera, pardieu! pas quitter la partie.

D'Angeville se rendit au désir de son ami; aidé par Babylas, qui ne put s'empêcher de dire en examinant le membre blessé:

— Voilà un coup porté de main de maître; quel ravage eût fait un écolier au milieu de ces tendons et de ces veines! Rassurez-vous, monsieur le marquis; il n'y a d'attaqué que les muscles; je vous garantis une guérison complète en moins de quinze jours.

Le pansement terminé, Monclar voulut essayer de ressaisir son épée; il lui fut impossible d'en serrer la poignée dans sa main, et, en dépit de ses efforts, il se vit contraint de cesser le combat et d'avouer sa défaite.

— Monsieur, — lui dit Guillaume, — j'aurais mauvaise grâce, dans l'état où vous vous trouvez, de vous presser une troisième fois de m'accorder la solution que je désire; mais j'espère que la réflexion apportera dans vos dispositions quelque changement favorable; j'aurai l'honneur de vous revoir bientôt après votre guérison.

X. — Le Cabaret des Pèlerins d'Emmaüs.

Le médecin le plus expérimenté n'eût pas pronostiqué plus juste que l'avait fait Babylas; quinze jours se passèrent avant que le marquis de Monclar pût recouvrer l'usage de son avant-bras.

Cependant son affaire avait fait du bruit; ses amis proclamaient partout que, dans cette occasion, il avait déployé un courage admirable; son éloge circulait dans les ruelles et dans les petits soupers; les femmes, toujours passionnées pour la bravoure, surtout lorsqu'à cette qualité de l'âme se joignent les agréments physiques, dont le prix n'est pas moindre à leurs yeux, demandaient de tous côtés qu'on le leur présentât; il était sur le point de devenir l'homme à la mode.

La curiosité entrait, il est vrai, pour beaucoup dans tout cet empressement; on savait de quelle manière tragi-comique un original du nom de Babylas était venu lui apporter un défi au milieu d'un déjeuner, et même cet incident, en passant de bouche en bouche, avait reçu l'enjolivement de plus d'une agréable broderie; on savait encore que l'adversaire du marquis était comme lui récemment arrivé de Toulouse, ce qui donnait lieu de penser que la querelle avait pris naissance dans cette ville; mais à quel sujet, voilà ce qui était demeuré un mystère pour tout le monde.

On était donc réduit à faire des conjectures, et comme en pareil cas l'imagination ne manque jamais de dépasser les bornes du vraisemblable et du possible, il en résultait que chacun brûlait du désir de connaître une histoire qui promettait d'être aussi piquante que merveilleuse.

Pendant tout le temps que Monclar avait été obligé de garder la chambre, il s'était vu assailli de visites, ce qui avait singulièrement flatté son amour-propre; mais les questions pressantes des visiteurs avaient plus d'une fois embarrassé son esprit et mis sa patience à l'épreuve.

Ce n'est pas que sa fatuité ne se fût très-bien accommodée de la mise en circulation de quelque anecdote scandaleuse dont il eût été le héros; mais, en cette circonstance, l'indiscrétion était environnée de périls trop sérieux pour que sa légèreté naturelle ne fût pas tempérée par un peu de circonspection.

Son aventure, en effet, grâce à la vertueuse indignation de sa victime, avait eu un dénoûment bien éloigné de celui auquel il s'était attendu, et qui avait donné à son action toutes les proportions d'un crime. Que Guillaume, par respect pour l'honneur de son nom, renonçât à invoquer l'intervention de la justice, c'était ce qu'il pouvait raisonnablement supposer, et d'ailleurs il en avait eu la preuve dans le moyen employé pour obtenir de lui une satisfaction; mais, le public une fois mis dans la confidence, son ennemi n'était plus retenu par aucun scrupule; une action judiciaire devenait imminente, et la famille Rouvière occupait dans la magistrature une place trop distinguée pour qu'il n'eût pas la certitude de succomber sous son influence.

Aussi, par une sorte de prévoyance instinctive, avait-il eu soin avant de quitter Toulouse de se garantir de l'indiscrétion de Pontbriand et de Lansac, en leur annonçant un échec au lieu de se prévaloir d'un triomphe.

Ajoutons que le cœur de Monclar n'était pas foncièrement vicieux et que, à défaut de la crainte, un dernier reste de pudeur l'eût sans doute empêché de livrer au déshonneur de la publicité le nom de la jeune fille qu'il avait outragée si indignement.

Gêné par l'indiscrète curiosité des personnes qui venaient le voir, le marquis n'était pas beaucoup plus à son aise lorsqu'il restait seul avec lui-même; les réflexions auxquelles il avait alors le loisir de se livrer n'étaient ni agréables ni rassurantes. Il avait surtout tiré de son duel ces deux conclusions : qu'il avait désormais à sa poursuite un ennemi opiniâtre de qui il ne devait attendre ni trêve ni merci, et que cet ennemi avait acquis dans la science des armes une supériorité contre laquelle il essayerait en vain de lutter.

Point de milieu donc : il fallait ou accorder la réparation qu'on exigeait de lui, ce que par orgueil il était bien résolu à ne point faire; ou se résigner à soutenir, jusqu'à ce qu'il plût à son adversaire de lui ôter la vie, une série de combats dans lesquels le rôle humiliant du vaincu lui était invariablement réservé.

Tous les efforts de son imagination ne pouvaient parvenir à triompher de ce dilemme désespérant, et, dans sa perplexité, il commençait parfois à envisager sous un aspect beaucoup moins séduisant son existence d'homme à bonnes fortunes, et cette célébrité qui avait jusqu'alors été l'objet constant de ses soins et de son ambition.

Mais renfermant en lui-même toutes ces pensées décourageantes, il se gardait bien d'en rien laisser percer au dehors; ses discours étaient aussi légers, son visage aussi souriant que s'il avait eu l'esprit parfaitement tranquille.

La crainte d'être taxé de faiblesse et de donner un démenti à la réputation qu'il s'était déjà faite le portait à s'observer, même devant ses gens; aussi, le jour où il se faisait habiller pour sa première sortie, avait-il un air si enjoué que son valet de chambre eût été loin de soupçonner ce qui se passait au fond de son âme.

— Encore quatre visites ce matin! As-tu pris soin, Jasmin, de défendre ma porte?

— Oui, monsieur le marquis.

— Il est, pardieu! temps que je fasse ma rentrée dans le monde; tout Paris finirait par se mettre en peine de savoir si je suis vivant.

— Il est certain que, depuis quinze jours, la maison de monsieur le marquis n'a point désempli.

— Enfin nous touchons au terme, et je compte employer le restant de cette journée de manière à tirer d'inquiétude tous mes excellents amis... A propos, as-tu entendu reparler de ce singulier personnage qui vient si régulièrement s'informer de mes nouvelles et qui n'a pas une seule fois cherché à m'être présenté?

— Le suisse l'a revu hier, toujours à la même heure.

— Eh bien! quel est son nom?

— On le lui a demandé; mais il a répondu que c'était, jusqu'au moment de votre guérison, une chose de peu d'importance et tout à fait inutile à connaître.

— Quel peut être cet homme? Je me perds en conjectures.

— Si j'osais dire ma pensée à monsieur le marquis?...

— Ose, Jasmin.

— Je ne serais pas éloigné de voir dans ce visiteur le confident discret des alarmes de quelque tendre beauté.

— Franchement l'idée m'en est venue.

— Elle est si naturelle à l'endroit de monsieur le marquis.

— Flatteur! — dit Monclar en s'adressant dans son miroir un sourire de complaisance; — mais si c'est, comme je n'en doute pas, une femme qui daigne m'accorder la faveur d'un si précieux intérêt, je n'en suis que plus intrigué... Prends des informations, Jasmin; je veux savoir à quelle heure vient d'ordinaire ce mystérieux messager... ou plutôt recommande au suisse de me l'amener à tout prix la première fois qu'il se présentera.

— J'y cours, monsieur le marquis.

L'impatiente curiosité de Monclar ne fut pas mise à une longue épreuve; Jasmin reparut au bout de quelques instants, assez penaud d'introduire une figure dont l'aspect allait faire crouler les agréables châteaux en Espagne de son maître; cette figure était celle de Babylas.

Devant cette apparition inattendue qui l'arrachait si brutalement du ciel pour le précipiter au milieu des tristes réalités de ce monde,

Monclar ne put maîtriser un mouvement de colère; il congédia son valet de chambre et, se tournant vers le maître d'armes :

— C'est donc vous, monsieur, — lui dit-il d'un ton irrité, — qui avez pris la peine de venir vous informer de mes nouvelles?

— Je n'y ai pas manqué un seul jour, monsieur le marquis, — répondit Babylas en s'inclinant.

— Savez-vous qu'une telle démarche est de votre part une raillerie qui frise l'impertinence et dont je pourrais vous faire repentir, monsieur Babylas?

— J'en demande humblement pardon à monsieur le marquis, mais il n'entre point dans mes habitudes de me montrer impertinent ni railleur, et je crois m'être comporté en toute occasion suivant les règles les plus rigoureuses de la bienséance.

— Me sera-t-il permis au moins de connaître le but de vos visites?

— Il importait que je fusse instruit des premiers du jour où votre rétablissement serait complet.

— Dans quel intérêt, s'il vous plaît? car je ne suppose pas que ce soit par tendresse pour ma personne.

— O mon Dieu! c'est tout simplement afin d'en donner avis à M. de Rouvière.

La physionomie de Monclar prit un air pensif et soucieux.

— Ah! c'est M. de Rouvière qui vous envoie?

— Il est vrai.

— Vous paraissez en effet être au mieux avec lui...

— J'ai l'honneur d'être son professeur, et j'ajouterai son ami le plus dévoué.

— Vous, son professeur! — fit Monclar avec un air de doute.

— Oui, monsieur le marquis, — confirma Babylas en redressant la tête avec fierté. — Cela vous étonne, — poursuivit-il, — et vous comprenez difficilement qu'un homme vaincu par vous ait pu former votre vainqueur? Rien de plus simple pourtant, et à cette occasion je vous prierai de ne pas vous offenser si je me permets de vous soumettre deux réflexions, avec tout le respect que je dois à votre rang.

— Voyons ce que dit la sagesse de M. Babylas; je serai enchanté d'en faire mon profit.

— Ma sagesse, puisque vous me faites l'honneur d'user de cette expression, prétend que c'est une faute d'humilier celui qui vient solliciter aide et protection, attendu qu'il n'y a point de petit ennemi; et que c'est une faute plus grande encore d'employer dans un but frivole d'amusement les moyens sur lesquels on compte pour les circonstances sérieuses, parce qu'on court alors le risque de n'avoir plus à opposer au danger que des armes émoussées.

Ces réflexions étaient si justes, et Babylas, en les faisant, paraissait si heureux d'abaisser à son tour par une leçon l'orgueil de Monclar, qu'il était impossible que celui-ci les écoutât sans irritation.

— Votre sagesse, monsieur, vous a-t-elle appris aussi quelle récompense les hommes de ma sorte réservent aux gens de la vôtre qui osent leur tenir en face de pareils discours?

— Je sais parfaitement, monsieur le marquis, que vous avez des valets tout prêts, sur un ordre de vous, à me jeter ignominieusement à la porte.

— Ah! ah!

— Mais cet ordre vous ne le donnerez point.

— Qui m'en empêchera?

— Le souci de votre réputation. Vous seriez peu charmé, je le suppose, qu'il fût dit dans le monde que telle est votre manière de répondre à l'envoyé d'un adversaire lorsqu'il vient s'entendre avec vous sur les moyens de vider une affaire d'honneur.

— Fort bien, monsieur; mais alors je vous invite à vous renfermer strictement dans les limites de votre rôle.

— Je me bornerai donc, puisqu'il en est ainsi, à vous demander si l'état de votre blessure vous permet une nouvelle rencontre avec M. de Rouvière.

— Je suis à ses ordres, — répondit Monclar dont l'agitation intérieure se trahissait malgré lui dans les inflexions rudes et saccadées de sa voix.

Il reprit après un moment de réflexion :

— Cependant, avant que nous prenions aucune décision à cet égard, veuillez vous charger de lui soumettre une simple observation.

— C'est mon devoir et je m'en acquitterai scrupuleusement.

— Vous direz donc à M. de Rouvière qu'en acceptant la guerre à outrance qu'il paraît être dans l'intention de me proposer, je me croirai parfaitement dégagé de toute obéissance aux scrupules de ma délicatesse, et que, pressé par mes amis de satisfaire une curiosité légitime, il pourra m'arriver d'y répondre par des révélations regrettables assurément pour tous deux; mais peut-être plus encore pour lui que pour moi.

— J'aurai l'honneur de transmettre avec fidélité vos paroles à M. de Rouvière, et de vous apporter aujourd'hui même sa réponse.

— Je vous préviens, monsieur Babylas, si telle est votre intention, que vous me trouverez jusqu'à ce soir aux *Pèlerins d'Emmaüs*.

— Il suffit, monsieur le marquis, — dit en se retirant le maître d'armes, dont le sang froid et la gravité ne s'étaient pas une seule fois démentis dans le cours de cette entrevue.

La menace que Monclar venait de hasarder, et qu'il comptait bien n'être jamais mis en demeure de réaliser, lui parut une si heureuse inspiration que son humeur reprit aussitôt l'insouciance et l'enjouement qui le caractérisaient; il était d'une gaieté folle en se rendant aux *Pèlerins d'Emmaüs*.

On appelait ainsi un cabaret de Passy fréquenté par les jeunes seigneurs de la cour, et où les dames elles-mêmes ne se faisaient point scrupule d'aller manger une fricassée de poulets, en sortant du bois de Boulogne, qui était alors, comme de notre temps, la promenade à la mode.

Monclar y fit une entrée vraiment triomphale; ses compagnons de plaisir, déjà réunis dans la pièce principale, l'accueillirent avec des transports d'enthousiasme, et lui présentèrent une foule de jeunes gens qui briguaient la faveur d'être comptés au nombre de ses amis.

Ce n'était, autour de ce nouveau héros, que félicitations empressées et témoignages bruyants de sympathie et d'admiration; il n'y eut pas jusqu'à la princesse de Bournonville et à la marquise de Mirepoix qui, traversant le salon pour gagner une chambre particulière, ne s'arrêtassent un instant pour lui adresser les compliments les plus flatteurs; Monclar était au comble de l'ivresse; le rêve de son ambition devenait une réalité.

Mais la roche Tarpéienne est voisine du Capitole; le glorieux marquis ne tarda point à en faire la triste expérience.

Au moment où il s'enivrait avec le plus de délices de l'encens qu'on lui prodiguait, ses traits, épanouis par les jouissances de la vanité satisfaite, se contractèrent tout à coup; une sourde imprécation s'échappa de ses lèvres; il fit un mouvement convulsif qui tenait à la fois de la colère et de la frayeur... au lieu de Babylas qu'il s'attendait à voir arriver avec des paroles de paix, il venait de voir entrer Guillaume lui-même, dont le regard fier et la démarche résolue étaient loin d'annoncer un homme qui vient faire échange de concessions.

Guillaume, après avoir adressé aux personnes réunies dans le salon un salut plein de dignité, marcha droit à Monclar et lui dit à haute voix :

— Monsieur le marquis, vous attendez ma réponse; je vous l'apporte moi-même : nous nous battrons dans une heure.

— Soit, monsieur.

— Une heure ne sera pas de trop, je suppose, pour le récit dont vous m'avez menacé. Veuillez approcher, messieurs, M. de Monclar a une communication à vous faire.

La curiosité des assistants devait naturellement être excitée par un pareil début; un cercle attentif et silencieux se forma autour de Guillaume et du marquis. Ce dernier, pris à l'improviste, forcé dans un retranchement qu'il avait presque regardé comme inexpugnable, ne savait à quelle contenance recourir pour déguiser son embarras et atténuer le désavantage de sa position.

— Vous n'avez pas, je pense, — dit-il à Guillaume d'une voix où perçait toute l'aigreur d'un violent dépit, — la prétention de m'imposer le lieu, l'heure et la forme des confidences que je puis avoir à faire à mes amis?

— Je vous demande pardon, — répondit Guillaume d'un ton ferme : — vos confidences, en ce qui concerne le sujet de notre querelle, auront lieu moi présent, où il sera bien avéré pour tous ceux qui nous écoutent que vous avez l'intention de les faire mensongères et déloyales.

— Monsieur, une pareille suggestion!...

— N'est pas fondée? Alors parlez, monsieur le marquis; ces messieurs, vous le voyez, sont prêts à vous donner toute leur attention; parlez donc et n'ayez point de souci des erreurs que pourra commettre votre mémoire; je suis ici pour les redresser.

Monclar était pâle de fureur; ses lèvres frémissaient; un tremblement convulsif agitait tout son corps; mais il demeurait muet. Déjà ses amis commençaient à se regarder entre eux avec un air de surprise dont l'interprétation n'était rien moins que flatteuse, et qui devint plus prononcé lorsque Guillaume reprit d'une voix plus haute encore :

— Ah! vous aviez espéré m'intimider, et c'est vous qui reculez maintenant, monsieur! Je conçois en effet qu'il vous eût été commode de tenir mon épée clouée dans le fourreau par la menace d'une révélation, ou d'arranger en mon absence une histoire à votre avantage; mais vous vous êtes trompé dans votre calcul, car nos épées vont se croiser et pas un mot ne sortira de votre bouche... Non, messieurs, pas un mot, — poursuivit-il en parcourant du regard l'assemblée; — et voulez-vous savoir pourquoi? C'est qu'en ma présence il faudrait dire la vérité; c'est que la vérité attacherait à son front un sceau d'infamie et de honte; osez me démentir, monsieur le marquis! C'est enfin que, n'étant plus arrêté par aucune considération, au lieu de lui faire l'honneur de me mesurer avec lui, je le livrerais sans pitié au glaive de la justice comme un criminel et un lâche!

Monclar ne se possédait plus; saisissant avec violence Guillaume par le bras :

— C'est assez, monsieur, — s'écria-t-il; — sortons!

— Je le veux bien, — répondit tranquillement Guillaume; — choisissez votre témoin; le mien nous attend dans un endroit écarté du bois de Boulogne.

Lorsqu'ils furent sur le terrain, Guillaume dit à Monclar : — Vous savez déjà par expérience, monsieur, que je crains peu votre épée; vous devez être à présent suffisamment convaincu que je ne crains pas davantage vos révélations; cependant je vous laisse encore la liberté de décider si nous devons être amis ou ennemis : voici mon épée, voici ma main; choisissez.

— Mon choix est fait! — s'écria Monclar en dégaînant.

— Vous refusez ma main?

— Dussiez-vous me tuer, oui, je la refuse.

— Je ferai en sorte de ne pas vous tuer et d'avoir de la patience, — répliqua froidement Guillaume; — peut-être une autre fois serez-vous plus traitable.

L'obstination de Monclar lui valut ce jour-là un coup dont il eut la cuisse traversée, toujours à la grande admiration de Babylas, qui s'applaudissait de plus en plus de l'honneur qu'allait lui faire son élève dans le monde des amateurs de la belle science de l'escrime.

XI. — La Rose blanche

La scène du cabaret des *Pèlerins-d'Emmaüs* avait porté un coup fatal à la renommée naissante de Monclar; il ne tarda pas à s'en apercevoir au peu d'empressement que lui témoignèrent cette fois ses amis les plus enthousiastes.

Un seul visiteur lui demeura fidèle : ce fut Babylas, dont l'exactitude ne se démentit pas un instant jusqu'au jour où le suisse lui eut démontré qu'elle était désormais sans objet, en lui apprenant à la fois le rétablissement du marquis et son départ pour la Hollande.

Monclar, nous devons nous hâter de le dire, n'avait point fait ce voyage en vue de se dérober aux poursuites de son infatigable adversaire.

L'appréhension que lui inspirait Guillaume ne tenait en rien de la peur; elle avait, comme tous ses autres sentiments, sa source dans un amour-propre exagéré : un duel avec la mort pour dénoûment ne l'eût pas fait reculer; il ne pouvait envisager de sang-froid une perspective de vingt duels aboutissant à l'humiliation de vingt défaites.

C'était ce même amour-propre qui l'empêchait de consentir à une réparation que la force eût paru lui imposer.

Enfin, c'était encore dans l'intérêt de cet amour-propre, mais avec un fondement plus raisonnable, qu'il avait pris la détermination de s'exiler momentanément de Paris; il espérait que, dans cette ville si promptement oublieuse, la fâcheuse impression produite par l'incartade de Guillaume ne résisterait pas à une absence de quelques mois, et, quoiqu'il ne fût pas encore parfaitement remis de sa blessure, il saisit avec empressement une occasion qui se présenta de s'éloigner sous un prétexte honorable.

On poursuivait avec ardeur, à Paris, à Londres et à la Haye, la conclusion d'un traité d'alliance entre la France, l'Angleterre et la Hollande; les négociations, menées avec activité, demandaient le concours d'agents zélés et intelligents que n'eussent point encore engourdis les glaces de l'âge et de la diplomatie. Monclar employa le crédit de ses protecteurs et partit pour la Haye chargé d'une mission confidentielle.

Deux mois s'étant écoulés sans offrir un seul incident remarquable en ce qui concerne les personnages de notre histoire, nous inviterons sans transition nos lecteurs à se transporter avec nous dans l'hôtel du ministre français, le jour d'une grande fête donnée en réjouissance de la ratification du traité de triple alliance.

Une vaste salle avait été construite au milieu du jardin de l'hôtel, exprès pour cette solennité.

Jaloux de donner une haute idée de la grande nation dont il était le représentant, le ministre avait prodigué dans la décoration de cet édifice tout ce que l'art et la nature avaient pu lui fournir de luxe et de magnificence.

Deux haies d'orangers qui imprégnaient l'air de leurs suaves émanations régnaient tout le long des murs, tendus des plus riches étoffes, et formaient une promenade délicieuse.

Le sol était recouvert de moelleux tapis dont le dessin simulait une prairie émaillée de fleurs.

A chacun des angles s'élevait une élégante fontaine d'où jaillissaient à volonté des rafraîchissements de toute espèce.

Des milliers de bougies, distribuées entre cinquante lustres étincelants d'or et de cristaux, inondaient ce palais féerique d'une lumière éblouissante, qui eût pu rivaliser avec celle du soleil.

A l'une des extrémités de la salle, les regards s'arrêtaient avec admiration sur un buffet somptueusement garni des pâtisseries les plus délicates et des liqueurs les plus exquises, tandis qu'à l'opposite un orchestre, composé des premiers musiciens de la ville, exécutait dans une tribune de ravissantes symphonies.

Sur le côté qui faisait face à l'entrée principale, s'ouvraient deux portes symétriquement disposées, dont l'une conduisait à un salon de jeu et l'autre à une sorte de bazar où figuraient, dans une vingtaine de boutiques splendidement décorées, des mets et des vins de tous les pays.

Chaque boutique avait sa spécialité, et les honneurs en étaient faits par des jeunes gens dont le costume répondait au genre de productions qu'ils étaient chargés de distribuer : ici un Arménien vantait et servait son café de la meilleure grâce du monde; là le chocolat était préparé par un Espagnol; plus loin c'était un Hongrois qui versait à plein verre un excellent vin de Tokai, ou un Chinois qui faisait infuser le thé et le présentait aux promeneurs dans de magnifiques tasses du Japon.

Plus de mille personnes, dont la plupart étaient masquées, assistaient à cette fête, offrant le mélange à la fois riche et bizarre de costumes de toutes les nations.

Le plus grand nombre dansait au milieu de l'enceinte, ou se promenait dans les allées d'orangers; il y en avait qui jouaient à la bassette ou à l'hombre dans le salon de jeu; d'autres circulaient dans la pièce où se tenait le bazar : c'était là surtout que la liberté du masque donnait naissance aux scènes les plus plaisantes et aux propos les plus divertissants.

Mais les femmes étaient sans contredit le plus bel ornement de cette fête, dont la description exacte ressemblerait à un conte des *Mille et une nuits*. On y remarquait la charmante comtesse de Wartemberg, représentant la mythologique épouse de Zéphire, avec une taille et des grâces que n'eût point désavouées cette reine des fleurs; la comtesse de Bergomi, qui semblait n'avoir choisi pour travestissement le ténébreux manteau de la Nuit qu'afin de donner plus de relief à la blancheur de son teint et à l'éclat de son regard; la duchesse de Saint-Pierre, admirablement belle en habit d'amazone; la comtesse de Denhof, subjuguant tous les cœurs sous un ravissant costume de Grecque; la sémillante baronne de Dalwich, rivalisant pour la légèreté avec la muse Terpsichore, dont elle avait emprunté la harpe et les guirlandes de fleurs.

Mais, au-dessus de toutes ces beautés, quoiqu'elle dût leur céder le pas sous le rapport du rang et de la naissance, brillait, coiffée de la couronne de roses blanches d'une prêtresse de Vesta, mademoiselle de Montenai, qui, appuyée sur le bras de son père, avait peine à fendre la foule de ses admirateurs. L'affluence était même devenue en peu de temps si considérable que celle qui en était l'objet désira prendre quelques instants de repos, et entraîna son guide vers l'un des angles de la salle, où ils s'assirent tous les deux en face d'une fontaine, sur une banquette entourée d'orangers.

— Je ne crois pas, ma chère Louise, — dit en riant M. de Montenai, — qu'il existe beaucoup de femmes susceptibles de se laisser séduire par ton exemple; ton sexe d'ordinaire ne voit pas dans l'admiration des hommes un ennemi devant lequel il soit nécessaire de battre en retraite.

— Eh! mon père, n'êtes-vous donc pas fatigué vous-même de cette foule et de cette chaleur?

— Moi fatigué! mais je puise au contraire dans la vue de ton triomphe des forces qui me donnent une intrépidité à toute épreuve; je braverais au même prix mille fatigues pareilles. Aussi chaque instant que tu dérobes aux adorations de cette foule empressée me semble-t-il un vol que tu fais à mon orgueil paternel. Mais, comme il n'y a point d'effet sans cause, je cherche d'où vient que ce succès dont je suis joyeux te trouve indifférente, et pourquoi tu n'éprouves que lassitude et ennui là où je me sens renaître et rajeunir.

— Vous auriez tort, mon père, de chercher une autre explication que celle toute simple et toute naturelle que je vous ai donnée ; j'avais besoin de prendre un peu de repos et de respirer un air plus frais ; voilà tout.

— Si je te dis une autre cause et que ce soit la véritable, auras-tu la franchise d'en convenir?

— Je vous le promets.

— Eh bien ! je gagerais, moi, que deux yeux de plus dans cette enceinte auraient suffi pour changer complétement tes dispositions.

— Je ne vous comprends pas, mon père.

— Ce qui signifie que tu as bien envie de manquer à la promesse de franchise que tu m'as faite.

— Oh ! mon Dieu! non.

— Alors je vais aider un peu ton intelligence. N'est-ce pas ordinairement à l'intention d'un seul qu'une jeune fille aime à paraître belle aux yeux de tous?

— C'est une vérité trop bien établie parmi les hommes pour que j'ose me hasarder à la combattre.

— Donc, si tu ne tiens pas ce soir à ce qu'on t'admire, c'est que tu ne vois pas ici celui que tu aimerais à rendre fier ou jaloux.

— Mais qui donc, mon père?

— Dissimulée! Est-il nécessaire que je te nomme le marquis de Monclar?

— Le marquis! — fit Louise en prenant tout à coup un air sérieux ; — vous m'avez demandé de la franchise, j'en aurai. Non, mon père, je n'ai remarqué dans ce bal ni l'absence de M. de Monclar, ni celle d'aucun autre ; cependant ne croyez pas que je sois pour cela injuste pour celui que vous désireriez me voir choisir pour époux ; s'il n'a point su faire naître dans mon cœur un sentiment plus tendre que l'estime, c'est que tout autre aurait à ce sujet une égale impuissance ; j'ajouterai même qu'il ne m'inspire aucun éloignement, et que, s'il y avait nécessité absolue de me marier, ce serait peut-être à lui que je donnerais la préférence. Mais, cet aveu fait, et je vous supplie de n'y pas attacher plus d'importance qu'il n'en a réellement, croyez que mon plus vif désir est que la nécessité de me marier ne se présente jamais, et que, dans mon ambition, je ne rêve point d'autre avenir que de vivre auprès de vous, heureuse de vos bontés et de votre affection.

— Enfant! c'est un rêve qui n'a pas le sens commun, et dont l'accomplissement n'aboutirait qu'à te préparer de longues années de tristesse et de regrets. Mais je vois avec consolation que ton parti n'est pas encore définitivement pris à cet égard ; je suis même porté à croire que si le marquis avait eu le bonheur d'entendre les paroles que tu viens de prononcer, il s'en montrerait quant à présent fort satisfait, et ne regarderait pas du tout sa partie comme désespérée.

— Allons, il paraît, — repartit en riant mademoiselle de Montenai, — que j'ai commis sans y songer une grave imprudence ; je me garderai bien d'aller si loin en présence de M. de Monclar, et je m'estime heureuse qu'il n'ait pas l'ouïe assez fine pour entendre de Londres ce qui se dit à la Haye.

— Eh ! eh! peut-être n'est-il pas aussi éloigné que nous le supposons. Le message dont il était chargé pour l'abbé Dubois ne pouvait le retenir absent plus de dix jours, et, si je sais compter, ce jour est le dixième depuis son départ.

— En tout cas, nous pouvons être sûrs qu'il ne se trouve point dans ce bal.

— Pourquoi?

— Parce que, en admettant qu'il soit arrivé aujourd'hui, je suppose que son premier soin aura été de se mettre dans son lit, où il repose tranquillement au lieu de penser à venir écouter ce que nous disons.

En parlant ainsi, mademoiselle de Montenai tourna vivement la tête en arrière. Un léger bruit qu'elle avait cru entendre tout près de son oreille avait provoqué ce mouvement, mais elle n'aperçut que le turban et la veste richement brodée d'un pirate algérien, qui sans doute avait en passant heurté quelques branches de l'oranger sous lequel elle était assise.

Comme elle se retournait du côté de M. de Montenai pour reprendre l'entretien interrompu par ce léger incident, son regard tomba sur un autre personnage auquel jusqu'à ce moment elle n'avait point fait attention : c'était un pêcheur napolitain qui, depuis une heure, se tenait entre la fontaine et une caisse de fleurs, debout et immobile comme une statue dans sa niche, et dont les yeux constamment attachés sur elle brillaient comme deux diamants à travers les ouvertures de son masque de velours noir.

Par une de ces subites impulsions de l'âme qui semblent tenir de la divination, Louise reporta les yeux sur le pirate, qu'elle vit arrêté à quelques pas, le dos appuyé contre le fût d'une colonne, le visage également masqué, le regard dirigé sur elle avec une fixité non moins opiniâtre.

L'idée lui vint, soudaine et sans motif, comme une sorte de pressentiment, qu'il existait entre ces deux hommes un rapport auquel elle n'était pas elle-même étrangère; puis elle sentit son cœur se glacer et une sorte de frissonnement courir sur tout son corps; la pâleur dont ses traits se couvrirent au même instant frappa M. de Montenai.

— Qu'as-tu, mon enfant? — lui demanda-t-il avec inquiétude.

— Rien... rien, mon père, — répondit elle.

Et appelant la raison à son aide, elle essaya de vaincre ce mouvement inexplicable de frayeur qu'elle aurait eu honte d'avouer.

— Mais tu es d'une pâleur qui m'alarme, — répliqua M. de Montenai ; — nous avons eu tort de rester si longtemps assis au milieu de ce tournoiement continuel; c'est cela qui t'a porté au cœur.

— Peut-être... J'éprouve le besoin de changer de place.

— Eh bien! donne-moi le bras et viens prendre quelques rafraîchissements ; cela te remettra.

Louise se leva, rabattit le voile blanc à travers duquel on ne pouvait plus que soupçonner la beauté de ses traits, et suivit son père dans la direction de la salle du bazar, sans s'apercevoir qu'elle laissait tomber sur le banc une rose blanche qui s'était détachée de sa couronne.

A peine avait-elle fait quelques pas que le pêcheur napolitain, sortant tout à coup de son immobilité, se précipita vers le banc, s'empara de la rose qu'il cacha vivement sous sa veste en la plaçant sur son cœur, et courut se glisser dans la foule, avec toutes les précautions d'un homme qui veut dérouter les poursuites après avoir commis un larcin.

Mais s'il réussit à l'égard de M. de Montenai et de sa fille, qui paraissaient être ceux dont il cherchait à éviter la vue, il n'eut pas le même succès avec le pirate algérien, qui, toujours appuyé contre la colonne, n'avait pas perdu un seul de ses mouvements.

Quelques minutes plus tard, le pirate et le pêcheur se trouvaient en face l'un de l'autre, et le premier commençait l'attaque en ces termes :

— Holà! pêcheur, arrête un peu que je te parle. Je suis, pardieu! enchanté de te rencontrer.

— Si j'en croyais ton costume, qui me paraît être celui d'un écumeur de mer, je pourrais bien ne pas être tenté de te rendre ton compliment.

— Je te conseille de te parer d'une délicatesse qui vraiment te sied bien! En ma qualité de corsaire, je m'empare souvent, il est vrai, de la propriété d'autrui; mais c'est en brave, la hache d'une main, le pistolet de l'autre et le sabre entre les dents; au lieu que toi, pêcheur sans barque et sans filets, tu voles à la sourdine et tu t'enfuis à la hâte pour te dérober aux conséquences de tes larcins.

— J'avoue que je ne saisis pas parfaitement le sens de cette allusion.

— Veux-tu que je m'explique avec plus de clarté?

— Je t'y invite.

— Eh bien! tu portes en ce moment, cachée sous ta veste, une rose qui tout à l'heure figurait dans la couronne d'une jeune vestale.

— C'est possible.

— Tu ferais encore mieux de répondre tout de suite : C'est vrai.

— Pourquoi?

— Parce qu'il est inutile de chercher à m'en imposer, à moi qui t'ai vu ramasser cette rose sur le banc où elle avait été oubliée.

— Quand cela serait, que t'importe?

— Il m'importe beaucoup, puisque je viens réclamer de toi la remise entre mes mains d'un attribut trop délicat, je suppose, pour prendre place parmi ceux d'un pêcheur.

— A quel titre me fais-tu cette réclamation?

— C'est à mon tour, moi, qui te répondrai : Que t'importe?

— Eh bien! mon brave corsaire, je te conseille de courir au large; le vent de la côte où se tiennent les pêcheurs pourrait ne pas être favorable à la coque de ton bâtiment.

— Trêve de plaisanterie, monsieur, — reprit le pirate en serrant avec force la main du pêcheur; et d'une voix plus basse afin de ne point éveiller l'attention des autres masques, — c'est sérieusement que je vous parle.

— Je suis prêt à répondre aussi sérieusement qu'il vous plaira, — répliqua le pêcheur sur le même ton.

Comme ils se trouvaient en ce moment à la porte de la salle de jeu, ils y entrèrent et purent continuer leurs explications sans avoir à redouter des oreilles indiscrètes.

— Faites vos réflexions, monsieur, — dit le pirate; — il me faut cette rose; je suis déterminé à l'obtenir de vous, de gré ou de force.

— De gré, jamais; de force, il ne vous est pas défendu de l'essayer.

— Et je n'y manquerai pas, mordieu! si vous trouvez bon de faire demain, au lever du soleil, une promenade du côté du parc de Ryswyk.

— C'est une invitation trop flatteuse pour que je ne m'empresse pas de m'y rendre.

— Vous pouvez compter aussi sur mon exactitude.

— A demain donc.

— A demain. Ne pensez-vous pas, comme moi, que des témoins seraient de trop dans une affaire où nous devons craindre de compromettre le nom d'une personne digne de tous nos respects?

— Sans doute; j'aurai l'honneur de vous attendre seul au lieu du rendez-vous.

— Je vous promets d'y aller seul de mon côté. Et maintenant, comme il est juste que nous sachions l'un et l'autre à qui nous avons affaire, voici mon nom : Gaëtan, marquis de Monclar; le vôtre, s'il vous plaît?

— Guillaume de Rouvière, — répondit le pêcheur.

Le marquis demeura un instant comme pétrifié.

Puis ils se séparèrent sans échanger une parole, mais avec une attitude bien différente; la joie se trahissait dans celle de Guillaume, tandis que celle de Monclar dénotait un violent dépit et une sorte d'effroi.

Le bal se prolongea jusqu'au matin; mademoiselle de Montenai, qui n'eut plus occasion de rencontrer ni pêcheur ni pirate, s'y montra d'une humeur charmante et ne le quitta qu'au dernier moment.

Cependant deux voitures, parties de la Haye au petit jour, se rencontraient, après une demi-lieue de chemin, à l'entrée d'un petit bois, tout près du château de Ryswyk. Guillaume et le marquis en descendaient : celui-ci très-pâle quoique faisant bonne contenance, celui-là le visage triste et le regard presque suppliant.

Ce fut Guillaume qui fit les premiers pas au-devant de Monclar.

— Monsieur le marquis, — lui dit-il d'une voix émue, — j'ai trouvé, en rentrant chez moi, une lettre qui ne peut manquer d'apporter un grand changement dans nos mutuelles dispositions; cette lettre est de ma cousine.

— Je ne vois pas trop, monsieur, dans les termes où nous sommes, quelle influence pourrait exercer sur nous une lettre de mademoiselle de Rouvière.

— Veuillez d'abord en prendre connaissance, — insista Guillaume en la lui présentant.

C'était en effet une lettre de Charlotte; la pauvre enfant y exprimait, avec des paroles capables d'attendrir le plus insensible, le désespoir où la jetait la découverte d'un mystère qui bientôt n'en devait plus être un pour personne; elle se sentait mourir en songeant au courroux de son oncle qui la chasserait avec ignominie, à l'abandon dans lequel on la laisserait, au mépris dont chacun l'accablerait; elle n'avait d'espoir qu'en Guillaume; lui seul avait la conviction de son innocence, aurait aussi le courage d'être son appui, son refuge; dans la position horrible où elle ne tarderait pas à se trouver, elle se recommandait à lui comme à Dieu.

Monclar, en parcourant cette lettre, eut un moment de trouble et d'émotion; ses mains tremblaient en tenant le papier; à l'hésitation qui se manifestait dans ses traits, on pouvait facilement voir qu'il était en proie à une lutte intérieure; mais la lutte ne dura pas longtemps, ce fut l'orgueil qui l'emporta.

— Je vous le répète, monsieur, — dit-il à Guillaume en lui remettant la lettre, — je ne vois pas comment mademoiselle de Rouvière pourrait intervenir dans un débat auquel vous savez aussi bien que moi qu'elle est tout à fait étrangère.

— J'avais prévu cette objection, — répondit Guillaume avec un soupir de douleur.

Sa main tremblante alla chercher contre son cœur la rose qu'il y avait placée la veille; une larme qui s'échappa de ses yeux vint en ce moment rouler sur les feuilles blanches de la fleur, comme témoignage de la grandeur du sacrifice qu'il allait faire.

— La voici, monsieur le marquis, cette rose que vous n'auriez obtenue hier qu'avec ma vie; je vous la donne volontairement ce matin... Et maintenant que cet objet de querelle n'existe plus entre nous, ne voyez en moi qu'un suppliant; je vous en conjure, ne réprimez point les élans généreux de votre cœur; soyez juste, soyez humain; grâce, monsieur le marquis, grâce pour l'infortunée que votre refus condamnerait peut-être à la mort!

Monclar se mit à marcher avec agitation, mordant ses gants et frappant du pied.

— Allons, — s'écria Guillaume, — un bon et noble mouvement et qu'au lieu d'ennemis il n'y ait plus ici que deux frères!

Mais le visage pâle de Monclar s'assombrit encore davantage.

— Jamais! — murmura-t-il entre ses dents; — jamais! On pourrait croire que j'ai cédé à la peur.

Et, tirant son épée, il revint froidement se placer en face de Guillaume en lui disant :

— Etes-vous prêt, monsieur?

Le combat n'eut pas un autre dénoûment cette fois que les deux autres: le marquis reçut une blessure à l'épaule, et lorsque, aidé des deux cochers, il fut remonté dans sa voiture, il entendit Guillaume prendre congé de lui avec ces invariables paroles :

— Quand vous serez guéri, nous nous reverrons, monsieur de Monclar.

XII. — Comment on se débarrasse d'un rival.

Guillaume n'avait eu jusqu'alors dans le cœur aucune animosité contre Monclar; s'il le poursuivait sans relâche et partout, s'il était venu le chercher jusqu'en Hollande, bien déterminé à ne lui laisser sur la terre pas un pays, pas un coin pour refuge, c'était sans inimitié personnelle, avec la fermeté calme et digne du fort prêtant au faible son appui, du juge travaillant au triomphe de la justice, peut-être même avec ce sentiment de regret qui accompagne l'accomplissement d'un devoir pénible.

On comprenait que ces deux hommes, venus séparément sur le terrain pour se menacer de leurs épées nues, pouvaient sur un seul mot s'en retourner ensemble, liés de bras et de cœur, après s'être donné le baiser fraternel.

Mais les circonstances de leur dernière rencontre venaient d'établir entre eux un nouveau principe de discorde bien autrement difficile, nous devrions même dire impossible à détruire.

A son premier tort, dont il n'était pas déraisonnable d'espérer la réparation, Monclar en joignit évidemment un second plus grave encore : celui d'aimer mademoiselle de Montenai; car, en opposant un nouvel obstacle au projet dont Guillaume était venu poursuivre l'exécution, cet amour le blessait en outre à l'endroit le plus sensible de son cœur, en lui faisant voir dans son adversaire, non plus seulement un coupable à ramener ou à punir, mais de tous les ennemis le plus mortel, de tous les criminels le plus impardonnable, de tous les êtres le plus odieux : un rival.

Aussi s'opéra-t-il une révolution dans son âme, et l'impassibilité du juge, la générosité du protecteur, la persévérance de l'homme qui a une mission sainte à remplir, devinrent-elles, par une transformation soudaine, de la colère, de la haine et de l'acharnement.

L'amour du marquis de Monclar était-il un sentiment bien réel? Nous n'oserions l'affirmer.

Tant de motifs se réunissaient pour expliquer sa prompte conversion aux idées de mariage qu'il serait peut-être superflu d'y ajouter celui d'un pressant intérêt de cœur.

Que d'avantages, en effet, dans l'union où tendaient désormais tous ses vœux!

C'était d'abord un moyen de réparer la brèche faite à sa considération, et de reparaître avec éclat dans ce Paris, son séjour de prédilection, d'où il s'était vu forcé de fuir un peu honteusement; puis il y trouvait un gage de sécurité pour l'avenir, les poursuites de Guillaume devenant sans objet; enfin, quelle fortune pouvait jamais répondre aussi bien que celle de M. Montenai à ses goûts de magnificence et de prodigalité? quelle carrière ne devait pas s'ouvrir, large et facile, à l'ambition du gendre d'un homme dont le crédit était si puissant? de quelle femme aussi belle que Louise lui était-il permis d'attendre des triomphes aussi flatteurs pour son amour-propre?

Grâce à cette intimité qui s'établit si aisément et si vite entre des compatriotes dans un pays étranger, Monclar, qui avait fait la connaissance de M. de Montenai dans les salons de l'ambassadeur du roi de France, était devenu en peu de temps le familier de la maison du fermier général; les agréments de sa personne et de son esprit y avaient produit leur effet ordinaire; s'il n'avait pas conquis à titre d'amant l'affection de Louise, du moins était-il parvenu à obtenir tous les priviléges d'un ami; quant aux sentiments qu'il avait su inspirer à M. de Montenai lui-même, nous avons vu qu'ils étaient assez vifs pour que l'excellent père se fît un plaisir d'encourager et d'appuyer la recherche de ce nouveau prétendant.

Monclar était donc en bonne voie de réussite, et, avec sa présomption naturelle, il envisageait déjà son espoir comme une réalité, lorsque l'arrivée imprévue de Guillaume vint le troubler dans le sommeil de ses illusions et lui mettre au cœur une inquiétude nouvelle.

Cette inquiétude se fût changée bien vite en découragement s'il avait pu se douter, non-seulement que son rival n'était pas un inconnu pour Louise, mais encore qu'il trouverait dans le cœur de la jeune fille, le jour où il jugerait convenable de se présenter, le plus ferme des appuis, le plus éloquent des avocats : la reconnaissance.

Guillaume ignorait de son côté dans quels termes le marquis était avec M. de Montenai et sa fille; mais il ne s'en trouvait pas moins plongé dans un douloureux état de perplexité; les souffrances de son esprit étaient même d'autant plus vives qu'elles étaient suscitées par l'opposition qu'il rencontrait dans sa propre conscience.

C'était en effet parce qu'il ne lui était plus permis de méconnaître la nature de ses sentiments, que l'honneur lui faisait une loi de les combattre; c'était parce que le bonheur lui apparaissait aux côtés de Louise, que sa loyauté lui imposait le devoir de la fuir.

Lié par un serment qui subordonnait sa liberté d'action au repentir d'un coupable dont il avait déjà trois fois éprouvé l'endurcissement, il était dans cette position que un regard, un mot de Louise, eût-il éclairé son avenir d'une lueur d'espérance, il devait en détourner la vue afin de retrouver au moment du sacrifice sa résolution et ses forces dans leur intégrité.

Ainsi Guillaume, venu au bal du ministre de France dans le seul but d'y chercher le marquis de Monclar, s'y était complétement oublié dans la contemplation de Louise; son cœur avait pris le dessus un moment sur la raison.

La lettre de sa cousine, en donnant à ses obligations une nouvelle puissance, était venue raffermir son courage chancelant, et, dans sa dernière rencontre avec le marquis, sa conduite démontrait qu'il avait le désir sincère de triompher des luttes de son âme, en donnant à sa raison une victoire définitive sur son cœur.

Cependant ces luttes, quelques efforts qu'il fît pour les étouffer, n'étaient point près de s'éteindre, et la preuve en était dans les contradictions où il tombait à chaque instant. Jamais, par exemple, Monclar ne lui paraissait plus odieux qu'au moment où son nom s'offrait à sa pensée uni à celui de mademoiselle de Montenai; et c'était lorsqu'il sortait de prendre la résolution de ne pas se présenter chez Louise, pendant son séjour à la Haye, afin d'échapper au danger de la voir, que ses pas le conduisaient devant la maison qu'elle habitait, dans l'espoir inavoué qu'elle serait à sa fenêtre et qu'elle le saluerait d'un sourire.

Le hasard, plus sage que lui, voulut que cet espoir ne se réalisât pas une seule fois.

Mais si Louise avait été invisible pour Guillaume, Guillaume ne l'avait pas été pour Louise. Protégée par le rideau de sa fenêtre, elle le vit un jour sans être aperçue de lui. Ce même jour, Louise dit à son père :

— C'est une ville bien triste que la Haye!

— Si j'ai bonne mémoire, hier encore tu la trouvais charmante.

— Quelle erreur! Je m'y ennuie à périr.

— Eh bien! ma fille, mettons fin à ton ennui; rien de plus facile.

— Mais vos affaires?

— Se passeront de ma présence; la plus importante d'ailleurs n'est-elle pas ton bonheur? Quand veux-tu que nous partions?

— Le plus tôt possible.

— Nous partirons demain... Pauvre marquis de Monclar!

— Est-ce que les nouvelles d'aujourd'hui sont mauvaises?

— Au contraire, Dieu merci! il a passé une nuit excellente.

— Pourquoi donc ce soupir de commisération en sa faveur?

— Parce qu'il a au cœur une blessure plus dangereuse que celle qui le retient au lit... tu le sais parfaitement.

— Ah! c'est vrai... du moins je le suppose d'après ce que vous m'avez dit.

— S'il fallait sa propre affirmation pour te persuader, je crois que tu n'aurais pas été longtemps sans acquérir sur ce point toute la conviction désirable. Mais voilà un départ qui va déranger les plans du pauvre jeune homme et lui porter un coup terrible.

— Qui l'empêche de hâter son rétablissement et de nous rejoindre à Paris?

— Ah! c'est à Paris que nous allons?

— Oui, mon père.

— Pour longtemps? — fit M. de Montenai avec un malicieux sourire.

— Vous me raillez et je ne puis vous en vouloir; j'avoue que je dois vous paraître bien capricieuse.

— Je ne m'en plains pas.

— Vous êtes si indulgent!

— Ce n'est point par indulgence, c'est par calcul.

— Comment cela?

— Je compte sur un caprice pour te décider au mariage.

— Hélas! — repartit Louise d'un ton sérieux et plus triste, — je vois bien que, pour mon repos, il m'en faudra venir là plus tôt que je ne voudrais.

M. de Montenai ne prit point garde au ton, les paroles seules le frappèrent; il y vit un heureux présage pour son protégé. Aussi, dans sa visite d'adieu, ne craignit-il pas de s'avancer jusqu'à dire à Monclar, qui lui témoignait sa surprise et son chagrin :

— Ne songez qu'à vous rétablir, mon cher marquis; mettez-vous en route dès que vous le pourrez sans compromettre votre guérison; venez nous faire une visite, déclarez-vous; je ne serais, ma foi! pas étonné que le succès couronnât votre démarche.

Le lendemain, c'était un mardi, la voiture de M. de Montenai, conformément au vœu de Louise, roulait sur la route de Paris.

Le mercredi, une seconde voiture entraînait sur la même route le marquis de Monclar.

Le jeudi, toujours dans la même direction, un cavalier partait de la Haye : c'était Guillaume Rouvière.

Louise, en s'éloignant de Guillaume, s'imaginait courir après l'oubli.

Monclar, stimulé par les derniers encouragements de M. de Montenai, n'avait pas eu la patience d'attendre que sa guérison fût complète.

Guillaume, informé en même temps du départ de tous les deux, poussait son cheval à toute bride, dans la persuasion que c'était le marquis qu'il poursuivait avec tant d'ardeur.

A peine arrivée à Paris, mademoiselle de Montenai acquit la preuve qu'en se prémunissant contre la vue elle n'avait rien fait pour se défendre de la pensée.

Descendu de voiture pour entrer dans son lit, où sa blessure qui s'était rouverte menaçait de le retenir plusieurs jours, l'impatient Monclar s'aperçut qu'il n'avait pas avancé d'une minute le moment de sa déclaration.

Quant à Guillaume, il s'en remit comme auparavant à Babylas du soin d'épier la première sortie du marquis, et, désireux plus que jamais de fuir les occasions de se rapprocher de Louise, il eut tout naturellement l'idée de choisir la rue où demeurait M. de Montenai, pour en faire le but de sa promenade quotidienne.

Cependant le jour vint où Monclar, entièrement rétabli, put enfin s'indemniser des tourments de l'attente en procédant aux apprêts d'une démarche décisive.

Levé dès le grand matin, il n'employa pas moins de deux heures à faire étaler devant ses yeux toute sa garde-robe afin de choisir son costume le plus élégant; deux autres heures lui suffirent à peine pour se faire coiffer, décoiffer et recoiffer par Jasmin; il lui en fallut encore autant pour mettre la dernière main à sa toilette et pour se parfumer d'essences; midi sonnait lorsqu'il sortit, le cœur flottant entre l'espérance et la crainte, pour se diriger du côté de la rue des Fossés-Saint-Germain.

Il y arriva justement à l'heure où s'y promenait Guillaume, et celui-ci le reconnut au moment où il entrait dans la cour de l'hôtel de M. de Montenai.

Jusque-là Guillaume avait tenu bon; sa faiblesse n'avait pas été au-delà de deux ou trois passades par jour sous les fenêtres de Louise, et encore se les reprochait-il par instant avec un repentir si sincère que peut-être il était sur le point de se résigner à un dernier sacrifice; mais la vue de Monclar allant goûter le bonheur que lui-même se refusait, fit évanouir en un moment toutes ses sages résolutions. Il ne tenta même pas d'appeler sa raison au secours de son courage défaillant, et, se laissant emporter par un mouvement soudain de jalousie, il s'élança comme un fou sur les pas de son rival.

Tous les deux furent annoncés et introduits presque en même temps dans le salon où se trouvaient M. de Montenai et sa fille.

Louise accueillit Monclar avec un visage riant et gracieux, comme on reçoit un ami dont la visite promet une distraction agréable; mais, au nom de Guillaume, elle changea de couleur, et, lorsqu'elle

Silence! si l'on nous entendait, tout serait perdu. (Page 38.)

le vit entrer, à peine eut-elle la force de se lever un moment et de balbutier quelques paroles.

M. de Montenai, franchement heureux de posséder à la fois chez lui les deux hommes qu'il aimait le plus, ne remarqua pas la bizarre impression que produisait sur sa fille l'arrivée du dernier; une seule chose frappa sa vue : ce fut l'altération subite qui se manifesta dans les traits du marquis.

Monclar était en effet dans un état de trouble impossible à décrire : l'apparition imprévue d'un adversaire qu'il supposait encore à la Haye, la présence d'un rival dans une maison où il ne le croyait pas admis, où il lui importait qu'il ne le fût jamais, l'émotion de Louise, qui n'avait point échappé à son regard et dont l'explication ne lui paraissait que trop évidente, tout cela agissait simultanément sur son âme, et son visage, tantôt rougissant jusqu'au pourpre, tantôt pâlissant jusqu'à devenir blême, accusait l'insuffisance de ses efforts pour réprimer les divers mouvements dont l'agitaient l'effroi, la haine, la colère et la jalousie.

— Je crains, mon cher Monclar, — lui dit M. de Montenai, — que vous n'ayez commis une imprudence. Vous avez trop présumé de vos forces en venant nous voir aujourd'hui.

— Je vous assure que je me trouve parfaitement bien, — répondit le marquis en essayant de prendre une physionomie plus calme.

— Tenez, voilà que vous pâlissez encore, — reprit le fermier général qui ne cessait de l'observer avec inquiétude; — décidément vous n'êtes pas remis de votre blessure aussi complétement que je le souhaiterais.

— J'en suis désolé pour ma part, — intervint Guillaume avec une intention trop marquée pour que Monclar manquât de la saisir; — j'avoue que j'eusse éprouvé une grande joie à pouvoir regarder cette visite de M. le marquis comme le signe certain d'une guérison que j'appelle de tous mes vœux.

— Je vous remercie encore une fois de l'intérêt que vous me témoignez, — fit Monclar en s'adressant à M. de Montenai; — ma santé, grâce au ciel, ne me laisse rien à désirer, et, sous ce rapport, je puis rassurer entièrement mes amis... aussi bien que mes ennemis.

Et se tournant vers Guillaume :

— Permettez-moi également, monsieur, de vous témoigner ma reconnaissance d'une marque de sollicitude à laquelle d'ailleurs vous m'avez trop bien habitué pour que, de votre part, elle puisse exciter ma surprise.

— Ce que j'entends, — dit M. de Montenai, — me prouve, messieurs, que vous ne vous voyez pas aujourd'hui pour la première fois; je suis charmé d'apprendre qu'il existe déjà entre deux personnes que j'aime et que j'estime des relations qu'il ne dépendra pas de moi de resserrer plus étroitement encore.

Mais, en dépit des efforts de l'excellent homme, l'entretien, loin de prendre un tour animé et cordial, devint froid, languissant et sans intérêt.

Louise, distraite et pensive, laissait à peine échapper quelques phrases dont l'incohérence trahissait la vive préoccupation de son esprit.

Monclar et Guillaume, en constante observation vis-à-vis l'un de l'autre, se bornaient à faire les réponses rigoureusement exigées par la politesse, chacun dans l'espoir d'amener son rival à faire retraite, et avec la ferme résolution de ne pas être le premier à désemparer.

Cependant la durée de leur présence avait déjà dépassé de beaucoup la mesure d'une simple visite, et ils ne paraissaient ni l'un ni l'autre se disposer à abandonner la place.

La conversation était tout à fait tombée.

Eh bien ! reconnaissez-vous votre cuirassier de tout à l'heure ? (Page 40)

Louise, repliée sur elle-même, semblait ne plus rien voir et ne plus rien entendre.

Monclar, qui mettait plus d'importance que jamais à presser sa déclaration, s'efforçait de lasser la patience de son adversaire en s'obstinant à ne point desserrer les dents.

Guillaume en faisait autant de son côté, non qu'il eût l'espérance d'en tirer avantage pour lui-même, mais par obéissance à cet instinct de jalousie qui nous porte à entraver les autres dans la poursuite d'un bien auquel nous sommes contraints de renoncer.

M. de Montenai, réduit bien vite au silence par l'impossibilité de faire à lui seul tous les frais du dialogue, regardait alternativement sa fille et les deux jeunes gens, d'un air tout déconcerté.

La position devenait gênante, fatigante, voisine du ridicule; il était impossible qu'elle se prolongeât.

Guillaume sentit enfin qu'il y avait dans son entêtement inconvenance et puérilité, lorsqu'il possédait un moyen bien autrement efficace de mettre obstacle aux visites du marquis.

Celui-ci, qui avait eu rarement l'occasion d'accorder à la réflexion un temps si considérable, fut apparemment saisi d'une inspiration merveilleuse, car sa physionomie, de sombre qu'elle s'était faite, devint sur-le-champ épanouie et souriante. Ce fut sans doute aussi par suite de cette même inspiration qu'il jugea inutile de pousser plus loin une lutte dont l'issue douteuse ne promettait pas d'ailleurs un résultat décisif.

Et, comme s'ils s'étaient donné le mot, ils se levèrent tous les deux en même temps pour prendre congé, et se retirèrent, à la grande stupéfaction de M. de Montenai, pour qui cette scène muette avait été complétement inintelligible.

Le lendemain, Guillaume appela de son lit Babylas, qui assis à une petite table, s'occupait à jeter sur le papier la division par chapitres d'un traité du point d'honneur.

— Oh! oh! — dit celui-ci, — vous voilà réveillé de grand matin! Il faut que vous ayez passé une mauvaise nuit.

— Non, mais hier, lorsque je suis rentré, vous dormiez déjà, et j'avais à vous prier de me rendre un service qui ne souffre aucun délai.

— Un service! Je suis désespéré, monsieur de Rouvière, que vous vous soyez cru obligé à respecter mon sommeil; mais heureusement il fait à peine jour, je suis levé, habillé, et me voici tout prêt à réparer le temps perdu.

— Apprenez donc que M. le marquis de Monclar est de retour à Paris, et qu'il est parfaitement remis de la blessure que je lui fis à la Haye.

— Il est inutile de m'en dire davantage; je comprends à merveille ce que vous attendez de moi. Vos conditions pour cette quatrième rencontre?

— Pourvu qu'elle ait lieu ce matin même, je m'en remets à vous du soin de régler tout le reste.

— Dans une heure je vous rendrai bon compte de ma mission; mais, avant de partir, — continua-t-il en s'approchant du lit de Guillaume, — il ne faut pas que j'oublie de vous remettre cette lettre.

— Une lettre pour moi?

— Venant de Toulouse et arrivée hier au soir pendant votre absence.

— L'écriture de mon père! Donnez, mon cher monsieur Babylas.

— Comme votre main tremble en la prenant!

— Ce devrait être de joie... une lettre qui vient du pays qu'on a quitté, qui parle de la famille dont on s'est éloigné, c'est presque un moment de séjour dans la famille et dans le pays; mais, hélas! celles que j'ai reçues de Toulouse jusqu'à présent ne m'ont apporté que la tristesse, et je ne puis me défendre d'avoir le cœur serré quand j'en vois arriver de nouvelles.

— Espérons, monsieur, — dit Babylas, — qu'il en viendra enfin une bonne qui vous consolera de toutes les mauvaises.

Et Babylas se disposa à sortir, après s'être assuré devant une glace que la cambrure de sa taille et l'abaissement de la corne antérieure de son chapeau avaient atteint le degré convenable pour lui donner une tournure suffisamment martiale.

Mais au moment où il ouvrait la porte, plusieurs gardes le repoussèrent en faisant irruption dans l'appartement.

— M. de Rouvière? — demanda l'exempt qui était à leur tête.

— C'est moi, — répondit Guillaume en se mettant sur son séant; — que me voulez-vous?

— En vertu de cet ordre dont vous pouvez prendre connaissance, je vous invite à vous lever et à nous suivre.

Guillaume jeta les yeux sur la lettre de cachet que lui présentait l'exempt et pâlit à la vue du sceau royal.

— C'est bien, monsieur, je suis à vous, — dit-il en essayant de surmonter ce premier mouvement de faiblesse. — Mon cher monsieur Babylas, — poursuivit-il en tendant la main au maître d'armes qui le regardait d'un air consterné, — c'est une partie remise; vous attendrez mon retour; Dieu veuille qu'il ne se fasse pas désirer trop longtemps!

Puis, s'étant habillé, il suivit l'exempt et monta dans une voiture qui l'attendait devant la porte de sa maison.

Une demi-heure ne s'était pas écoulée qu'il entendait en frissonnant s'ouvrir pour le recevoir et se refermer sur lui les portes de la Bastille.

XIII. — Charlotte.

Guillaume, étourdi du coup inattendu qui venait de le frapper, tomba d'abord dans un abattement profond; il ne se réveilla que pour se livrer aux transports d'une colère aussi insensée qu'impuissante; mais cette faiblesse et cette folie ne durèrent que peu d'instants; son naturel calme et ferme eut bientôt repris le dessus.

Il se mit alors à rechercher la cause de sa captivité, et, ne trouvant rien qui satisfît sa raison, il finit par se persuader qu'il était victime de quelque erreur qui ne tarderait pas à s'expliquer; il se décida donc à prendre patience, dans la pensée que, à la première visite que l'on viendrait faire dans la prison, il obtiendrait aisément la permission de communiquer directement ou par écrit avec le gouverneur de la Bastille.

Tranquillisé par cette espérance, Guillaume se rappela la lettre que Babylas lui avait remise au moment de son arrestation; c'était, nous l'avons vu, une lettre de son père, et il avait senti en la recevant ses mains trembler et son cœur se serrer. Les nouvelles qu'il y trouva ne tardèrent pas à justifier ses pressentiments; dès les premières lignes, l'effroi se peignit sur son visage; puis de grosses larmes roulèrent sous ses paupières : lorsqu'il eut achevé sa lecture, il laissa tomber sa tête dans ses mains, en s'écriant douloureusement :

— Infortunée Charlotte!

Il ne sera pas sans intérêt que nous nous reportions un moment à Toulouse, dans la maison du conseiller Rouvière.

Plusieurs mois s'étaient écoulés depuis le départ de Guillaume; rien n'avait été changé dans les habitudes intérieures de la famille, si ce n'est qu'elles avaient pris une teinte encore plus prononcée de tristesse et de monotonie.

L'heure du repas, qu'animaient auparavant quelques paroles échangées entre le père et le fils, était devenue tout à fait silencieuse, et Charlotte donnait à la rêverie le reste de la journée, sauf les instants où, suffoquée par le trop plein de son âme, elle épanchait dans le sein de la bonne Marianne un désespoir que rien ne pouvait calmer, une douleur que rien ne pouvait adoucir.

Cette sombre existence et cette continuelle tension d'esprit ne pouvaient manquer d'exercer une influence funeste sur la santé de mademoiselle de Rouvière; il s'opérait en elle un changement dont les traces, insensibles dans leur gradation aux yeux de ceux qui vivaient avec elle, n'en devenaient pas moins de jour en jour plus profondes.

Une pâleur constante avait déjà remplacé le frais coloris de ses joues et le brillant vermillon de ses lèvres; son regard, autrefois si vif, s'éteignait sous ses paupières creusées par l'insomnie; sa démarche faible et incertaine éloignait de bien des années le souvenir de ses élans joyeux lorsqu'elle courait dans le jardin à la poursuite du papillon dont elle avait le caprice et la légèreté.

Cependant à cet état de langueur se joignirent bientôt des symptômes qui ne pouvaient plus échapper même au regard le moins attentif.

Charlotte se regarda dès lors comme perdue; elle comprit que sa faute ne pouvait désormais être longtemps un secret pour son oncle, et nul moyen ne se présentait à son esprit pour conjurer un orage que grossissait encore son imagination.

Trois fois par jour il lui fallait se trouver à table en face de M. de Rouvière; c'était pour elle trois épreuves terribles; mais elle voyait un danger plus grand et plus réel à se tenir renfermée dans son appartement : c'eût été, sans aucun doute, appeler sur sa santé l'attention de son oncle et rapprocher le moment d'une catastrophe qui, dans tous les cas, lui paraissait inévitable.

Si du moins il lui avait été permis de puiser un peu de courage dans la lecture des lettres de son cousin! mais, au milieu des plus tendres marques d'intérêt et des plus douces exhortations, elle n'y trouvait point ce que ses yeux y cherchaient avec avidité : une lueur d'espérance.

Les appréhensions de Charlotte ne tardèrent point à se réaliser. Un jour, à l'heure du dîner, au moment où elle allait s'asseoir à sa place accoutumée vis-à-vis de son oncle, elle fut subitement prise d'une défaillance.

M. de Rouvière, dont l'extérieur sévère et froid ne recouvrait cependant pas une âme dépourvue de toute sensibilité, ne put voir sans émotion sa nièce pâlir, chanceler et tomber sur son siége presque privée de sentiment.

— Qu'est-ce donc? — s'écria-t-il en jetant sur elle un regard tout alarmé; — Marianne! vite, de l'eau, des sels! Desserrez-la, ouvrez les fenêtres! ne voyez-vous pas qu'elle étouffe?

A ces paroles, qui retentirent aux oreilles de Charlotte plus terribles qu'un glas funèbre, elle rouvrit les yeux et s'efforça de surmonter sa faiblesse.

— Ce n'est rien, mon oncle, — fit-elle en essayant de se tenir droite et de se rapprocher de la table; — ce n'est rien... un vertige... un simple éblouissement... je sens déjà que cela se dissipe.

Mais son visage décoloré donnait un démenti formel à ses paroles.

— Ne l'écoutez point, Marianne! — reprit M. de Rouvière dont l'inquiétude allait toujours croissant; — regardez-la; elle est blanche comme une morte, et c'est à peine si elle peut soutenir sa tête.

La pauvre Marianne n'était ni moins troublée que son maître ni moins effrayée que sa jeune maîtresse.

— Ah! mon Dieu!... ah! mon Dieu! — soupirait-elle en allant et venant sans savoir ce qu'elle faisait.

— Sa faiblesse augmente! — cria le conseiller; — il n'y a pas un instant à perdre; courez sur-le-champ chercher un médecin!

Le cordial le plus énergique n'eût pas produit sur Charlotte un effet plus prompt que cet ordre donné à Marianne par M. de Rouvière.

— Un médecin! — fit-elle en se levant avec effroi; — non, mon oncle, non, je vous en conjure!... Marianne, demeure, au nom du ciel!

M. de Rouvière, frappé d'étonnement, jeta successivement un regard scrutateur sur sa nièce, dont l'épouvante avait contracté les traits, et sur la vieille gouvernante, qui, dans son saisissement, semblait avoir perdu tout à fait l'usage de ses jambes.

— Obéissez-moi, Marianne! — dit-il enfin à cette dernière d'un ton qui n'admettait point de réplique.

Marianne sortit.

Alors M. de Rouvière se leva, croisa ses bras, fixa ses yeux sur ceux de sa nièce, comme s'il avait voulu percer jusqu'au fond de sa conscience, et, de cette voix qu'il devait prendre lorsqu'il interrogeait un criminel, il lui dit ces mots :

— Charlotte, vous me trompez.

Elle se laissa tomber à genoux et cacha sa tête dans ses deux mains.

— Un médecin vous fait peur? — continua-t-il du même ton; — il y a donc un secret que vous me cachez et que vous craignez qu'il ne m'apprenne?

— Grâce! mon oncle, grâce! — balbutia-t-elle en tendant vers lui ses mains jointes.

Elle n'en put dire davantage; les sanglots étouffaient sa voix.

Ce fut au tour de M. de Rouvière à s'effrayer devant ce désespoir et ce silence :

— Mon Dieu, mon Dieu! — s'écria-t-il; — quelle faute as-tu donc commise, que tu n'oses ni me regarder ni te défendre?

Et, la saisissant par le bras :

— Levez-vous ! levez-vous, et répondez-moi comme vous répondriez à Dieu !

Charlotte, relevée brusquement, recula glacée de terreur devant le regard fixe de son oncle ; son visage était décomposé, son teint livide ; tout à coup elle se tordit les mains, et, levant au ciel ses yeux égarés : — Non, non ! s'écria-t-elle avec un accent déchirant ; — c'est trop souffrir, grand Dieu ! plutôt que d'attendre un tel moment, je me serais déjà tuée, si je n'avais été mère !

Un coup de foudre n'eût été ni plus prompt ni plus terrible ; M. de Rouvière poussa un cri d'horreur, se voila la face des deux mains, et s'affaissa sur son fauteuil.

Charlotte, à demi morte, dans l'attente d'une tempête effroyable, voyant après quelques instants d'angoisse que le silence de son oncle se prolongeait, sentit rentrer un peu d'espoir dans son cœur, et pensa que le moment était favorable pour essayer d'attendrir son juge ; elle s'avança lentement et avec timidité, se prosterna devant lui, et voulut embrasser ses genoux de ses mains suppliantes...

Mais il se dégagea par un mouvement convulsif, comme s'il avait senti le froid d'une vipère, et, repoussant en arrière son fauteuil, il se redressa en s'écriant :

— Ne m'approchez pas, malheureuse ! retirez-vous de ma présence ! sortez de ma maison ! Je vous chasse !

Toute son énergie s'était épuisée dans ce dernier mouvement ; sa tête s'abattit sur sa poitrine, ses genoux fléchirent, et ce ne fut qu'en s'appuyant contre les murs et sur les meubles qu'il parvint à gagner d'un pas chancelant son cabinet, où il s'enferma.

Lorsque Marianne rentra, Charlotte était encore à genoux à la même place, immobile et comme foudroyée.

— Allons, mon enfant, — lui dit la bonne vieille en l'aidant à se relever, — ne vous désespérez pas ainsi ; un peu de courage ! si nous ne sommes pas encore tout à fait sauvées, au moins gagnerons-nous du temps, et c'est quelque chose dans une situation comme la nôtre ; le médecin que j'ai prié de venir est un vieillard respectable, d'une vertu non moins éprouvée que celle de M. de Rouvière, mais qui a vu le monde de trop près pour ne pas être indulgent ; je le connais depuis bien des années, et nous pouvons compter entièrement sur sa discrétion. Sans alarmer trop vivement votre oncle sur l'état de votre santé, il trouvera moyen de vous ordonner un repos absolu. Vous serez alors autorisée à garder la chambre, et cela nous laissera le temps d'attendre que M. Guillaume nous envoie de meilleures nouvelles... Mais qu'avez-vous, bon Dieu ? Vous semblez ne pas m'entendre et vous me regardez d'un air tout effaré !

— M. de Rouvière sait tout, — dit Charlotte.

— Est-il possible ?

— Il sait tout, Marianne, il m'a chassée.

— Que dites-vous donc là ?... Chassée ! il vous a chassée, vous, mademoiselle Charlotte !

— M. de Rouvière a été juste ; je me soumettrai sans murmure à son arrêt.

— Non, non, cela ne se peut pas !... Eh ! que deviendrez-vous ? où irez-vous ?

— Je ne sais ; je prierai Dieu, et Dieu me conduira.

— Vous chasser ! — répéta Marianne dont le visage exprimait en ce moment une généreuse indignation ; — chasser la fille de son frère ! Non, ce n'est pas de la justice ; c'est de la cruauté ; c'est un crime ! Mais vous ne partirez pas seule, mon enfant, je le jure par le saint Évangile ! vous ne quitterez pas cette maison comme une abandonnée.

Quelques instants après, Marianne frappait à la porte du cabinet de M. de Rouvière.

— Entrez ! — lui répondit une voix si faible qu'elle eut peine à la reconnaître pour celle du conseiller.

A la vue de sa gouvernante, il parut contrarié et passa vivement son mouchoir sur sa figure. Il avait pleuré, et c'était une faiblesse dont il ne voulait pas rougir devant elle.

— Pourquoi viens-tu me déranger, Marianne ? Tu sais bien qu'il est défendu d'entrer dans mon cabinet quand je travaille ; voyons, que me veux-tu ?

— Je viens vous faire mes adieux, monsieur, — dit-elle d'un ton respectueux mais décidé.

M. de Rouvière leva sur elle des yeux tout étonnés ; il pensait ne pas avoir bien entendu.

— Que dis-tu donc, Marianne ?

En présence de ce regard auquel, depuis tant d'années, elle avait laissé prendre sur elle l'habitude d'un empire absolu, la pauvre femme crut un moment que le cœur allait lui manquer ; mais enhardie par le premier pas qu'elle venait de faire et sur lequel il eût été difficile de revenir, elle se remit bientôt, et, rassemblant tout son courage : — Ce soir, monsieur, — reprit-elle, — je ne serai plus dans votre maison, et demain j'aurai quitté Toulouse.

— Ainsi je ne m'étais pas trompé ! tu veux me laisser, m'abandonner, toi, Marianne !

— Il le faut.

— Et pourquoi ?

— Pourquoi ! — fit-elle avec explosion ; — pourquoi ! Vous me le demandez ! Est-ce que j'ai un cœur de pierre, moi, pour laisser partir seule, sans appui, sans secours, la pauvre enfant que vous venez de chasser avec tant de dureté ? Eh ! qui donc la consolerait, l'encouragerait, la soignerait, si je n'étais pas auprès d'elle ?

— Assez ! — fit M. de Rouvière en se levant et en frappant du poing sur son bureau ; — assez, Marianne ! je vous défends de me parler de cette malheureuse !

Marianne, que ce mouvement avait fait tressaillir, trouva cependant la force de répliquer :

— Si je ne m'en allais pas, monsieur, je vous désobéirais à chaque instant ; vous voyez bien qu'il vaut mieux que vous restiez seul.

— Seul ! — répéta le conseiller d'une voix sombre, en marchant avec agitation ; — seul !

Et revenant à Marianne dont il saisit la main entre les siennes :

— Non, tu ne peux vouloir m'abandonner, — lui dit-il d'un ton presque suppliant ; — toi qui es née dans cette maison, qui as été élevée, qui as grandi et vieilli avec moi, tu me laisserais dans l'isolement, à mon âge, avec mes chagrins !... Non, tu ne feras pas cela ; ce serait une mauvaise action, ce serait de l'ingratitude.

La pauvre Marianne n'avait point prévu qu'elle aurait à soutenir une lutte si difficile. Devant ce vieillard qui priait et pleurait, elle demeurait interdite ; son cœur se gonflait ; les larmes la suffoquaient ; elle sentait sa résolution défaillir, lorsque, se révoltant contre son propre attendrissement, elle s'écria par un dernier et sublime effort :

— Ne me retenez pas, monsieur, et chassez-moi plutôt comme vous avez chassé Charlotte, car je suis encore plus coupable qu'elle.

M. de Rouvière recula.

— Oui, — poursuivit Marianne, — c'est moi qui, par ma criminelle imprudence, ai causé la perte de votre nièce.

Et ce que Charlotte n'avait osé entreprendre pour sa défense, Marianne le fit pour accumuler sur sa tête des charges plus accablantes. Après s'être accusée d'avoir elle-même engagé dans une démarche compromettante la jeune fille confiée à sa garde, elle raconta dans tous leurs détails les événements de cette nuit funeste dans laquelle la malheureuse enfant avait été plutôt victime que coupable.

Quand Marianne retourna près de Charlotte, son visage, quoiqu'il eût conservé quelques traces de tristesse et de mécontentement, avait cependant un air plus tranquille et moins découragé.

— Je vous apporte, ma chère enfant, des nouvelles qui ne sont pas bien satisfaisantes, mais qui du moins ne nous laissent pas tout à fait sans espoir.

— Tu as vu mon oncle, Marianne ?

— Je l'ai vu, et il consent à révoquer l'ordre qu'il vous avait donné de vous éloigner de cette maison.

— Oh ! merci ! — fit Charlotte en levant les yeux au ciel avec une vive expression de reconnaissance.

— Mais il y met une condition.

— Qu'il me fasse connaître sa volonté ; quelle qu'elle soit, je suis prête à m'y conformer.

— Toutes les mesures seront prises pour que personne ne puisse avoir le moindre soupçon de votre état, et, lorsque le moment sera passé...

Marianne s'arrêta ; elle paraissait hésiter à poursuivre.

— Eh bien ! ma bonne, qu'exige M. de Rouvière ?

— Il exige que vous entriez dans un couvent pour y prononcer vos vœux.

— Et mon enfant ? — s'écria Charlotte avec effroi.

Marianne répondit en balbutiant :

— Il sera envoyé dans une des terres de votre oncle, où des paysans seront chargés de l'élever sans qu'il puisse jamais être instruit du secret de sa naissance.

— Et tu as cru que j'accepterais un pardon à ce prix, que je consentirais à me laisser enlever mon enfant ! mais voilà ce qui serait un crime !... Abdiquer mes droits et mes devoirs de mère ! Non, Marianne, jamais, jamais !

— Calmez-vous, au nom du ciel ! Peut-être ce sacrifice ne sera-t-il pas nécessaire; tant de choses peuvent arriver jusque-là. Ce qui importe pour le moment, c'est de ne point heurter la volonté de M. de Rouvière.

Marianne employa pour combattre la résistance de Charlotte tous les raisonnements que put lui suggérer son éloquence, et, lorsqu'elle pensa l'avoir suffisamment convaincue, elle lui dit :

— Vous voyez, mon enfant, que vous n'avez pas d'autre parti à prendre; allons, laissez-moi porter à votre oncle l'assurance de votre soumission.

Et Charlotte, qui l'avait écoutée sans faire de nouvelles objections, lui répondit :

— Pas ce soir, ma bonne Marianne; accorde-moi jusqu'à demain pour réfléchir et me déterminer.

Mais le lendemain, quand Marianne se présenta dans sa chambre pour avoir sa réponse, Charlotte n'y était plus.

Elle avait disparu de la maison.

De nombreuses perquisitions faites dans tous les quartiers de la ville n'eurent d'autre résultat que de faire trouver, sur le pont qui conduit au faubourg Saint-Cyprien, un mouchoir que l'on reconnut pour avoir appartenu à mademoiselle de Rouvière.

On en conjectura que, dans un moment de délire, elle s'était précipitée dans le fleuve.

Tel était l'événement dont le conseiller avait fait le sujet de sa lettre à son fils.

XIV. — Le paralytique.

La Bastille avait huit tours; on avait donné, par dérision sans doute, le nom de *tour de la Liberté* à celle où l'on avait conduit Guillaume.

La chambre qu'il y occupait, au troisième étage, n'était éclairée que par une fenêtre garnie de deux grilles épaisses, l'une extérieure, l'autre intérieure; celle-ci, qui faisait dans la chambre une saillie de plus d'un pied, semblait avoir pour destination d'enlever à l'œil du prisonnier la possibilité d'explorer le voisinage de la tour.

Guillaume, plongé dans ce premier état de stupéfaction qui triomphe des plus fortes natures au moment d'une catastrophe imprévue, était entré dans sa prison machinalement, les yeux presque fermés; à peine aurait-il pu dire si, pour s'y rendre, il avait monté ou descendu; nul objet extérieur n'avait eu le pouvoir d'arrêter son regard.

Resté seul, il était allé, sans même prendre garde au lieu dans lequel il se trouvait, se jeter sur une chaise, auprès d'une petite table placée contre la fenêtre.

Après avoir, comme nous l'avons vu, donné les premiers moments au désespoir et à la colère, puis à des pensées plus raisonnables, enfin à la lecture de la lettre de son père et aux tristes réflexions qui devaient naturellement en être le résultat, il se mit à faire l'inspection de la chambre où on l'avait enfermé.

Ce qui frappa d'abord ses yeux, ce fut le mur en face duquel il était assis : un effrayant pêle-mêle de sentences et de figures sinistres y formait une sorte d'histoire hiéroglyphique dont l'étude n'était ni consolante ni rassurante.

Ici on lisait :

« *Voilà dix ans que j'appelle la liberté ou la mort; puisque l'une m'est refusée par les hommes, ô mon Dieu! accordez-moi l'autre.* »

Là était écrit :

« *Après quinze ans de souffrances et d'attente, on m'annonce que je suis libre; dérision! Lorsque j'entrai ici, j'avais un père, une mère, une fiancée, des amis; les uns sont morts, les autres m'ont oublié; la liberté, pour moi, ce sera le vide.* »

Plus loin, cette sentence donnait une idée des tortures morales de celui qui l'avait tracée :

« *Le tigre tue, l'homme emprisonne; l'homme est plus féroce que le tigre.* »

Guillaume suivait en frissonnant tous ces cris de douleur au milieu desquels il ne pouvait s'empêcher de penser que peut-être un jour le sien devait trouver sa place; chaque nouvelle inscription qu'il découvrait lui semblait un présage du sort qui lui était réservé; il sentait que l'espérance l'abandonnait devant les larmes de tant de malheureux qui témoignaient qu'en ce lieu maudit l'espérance était une illusion.

Enfin ses yeux se détachèrent de ce mur aux sombres prophéties et il se retourna pour examiner les autres parties de sa prison.

En face de la fenêtre se trouvait la porte et de chaque côté de celle-ci, il y avait un lit et une chaise.

Tout à coup Guillaume se leva et recula de deux pas, comme quelqu'un qui est frappé de surprise.

A la tête de l'un de ces lits, entre la couverture et le traversin, il venait de voir briller deux yeux dont les fauves prunelles, profondément enfoncées dans l'orbite, semblaient darder sur lui des rayons de feu; du reste, pas un mouvement ne se manifestait dans toute la longueur du lit, où pourtant se dessinait la forme d'un corps humain; la tête demeurait également dans une immobilité parfaite; on eût dit un cadavre avec des yeux vivants.

Guillaume n'était pas un esprit faible; cependant il sentit à cet aspect une sueur froide perler sur tout son corps; l'œil attaché sur ces deux prunelles scintillantes, n'osant faire un pas et respirant à peine, il resta quelque temps debout à la même place, dans l'attente d'un geste ou d'une parole; mais il attendit en vain.

Honteux bientôt de s'être laissé troubler l'esprit par la peur au lieu d'aller droit à une explication, il retrouva son assurance, s'approcha du lit et hasarda une question qui n'obtint pas de réponse; seulement les deux prunelles, après avoir suivi le mouvement qu'il venait de faire, s'obstinèrent à fixer sur lui leur regard, et, s'il avait été de sang-froid, il aurait reconnu dans ce regard une expression d'inquiétude plus faite pour l'enhardir que pour l'effrayer.

Mais Guillaume ne se donna ni le temps ni la peine de faire cette observation; décidé à trouver sur-le-champ le mot de cette étrange énigme, il étendit le bras vers le lit, et il allait en soulever la couverture, lorsque le bruit des verrous grinçant dans leurs crampons vint subitement l'arrêter.

La porte s'ouvrit, et un guichetier parut portant un panier rempli de provisions.

Le régime accordé dans ce temps-là aux prisonniers de la Bastille était, nous devons l'avouer à la honte de notre siècle, bien supérieur à celui que notre philanthropie adopte pour les prisons d'aujourd'hui; le roi voulait que les victimes de son gouvernement arbitraire trouvassent au moins une sorte de dédommagement dans une nourriture convenable.

— Voici votre dîner, — dit le guichetier à Guillaume, en posant sur la table qui était devant la fenêtre du pain blanc, un plat de viande et une bouteille clissée pleine de vin.

Cela fait, il alla près du lit occupé, mit son panier à terre et en fit sortir une seconde bouteille avec une tasse dans laquelle fumait un potage d'une apparence très-appétissante.

Abaissant ensuite la couverture, il découvrit la tête aux prunelles fauves; celles-ci concentraient en ce moment toute leur attention sur les vivres et sur celui qui les apportait; quant à la tête, elle ne chercha ni à se soulever ni à se retourner, soit à droite, soit à gauche.

Alors, au grand étonnement de Guillaume, le guichetier, entr'ouvrant doucement les lèvres de cette tête, commença d'y introduire le potage au moyen d'une cuiller; après le potage, ce fut le tour du vin, et toujours à l'aide du même procédé.

Puis, ayant replacé la tasse et la bouteille dans le panier, il s'apprêtait à sortir lorsqu'il s'aperçut que Guillaume, au lieu de se mettre à table, était resté en contemplation devant cette manière peu usitée de donner la nourriture à un prisonnier.

— Eh bien! quoi? Vous voilà tout ébahi! — dit-il avec un de ces gros rires qu'on n'entend que dans ces endroits-là et que ces sortes de bouches ont seules le privilége de produire. — Dans le fait, ce n'est pas une chose ordinaire que de nous voir, nous autres, métamorphosés en nourrices. Voilà pourtant deux années et plus que j'ai l'avantage de remplir ces respectables et maternelles fonctions. Ce n'est pas que je m'en plaigne, au contraire; avec des prisonniers comme celui-là, le service est peut-être un peu plus long, mais on n'a pas le désagrément d'avoir, à chaque heure du jour, les oreilles rompues des reproches les plus absurdes et des réclamations les plus ridicules.

— A ce que je puis comprendre, ce malheureux est perclus de ses membres.

— Et, qui mieux est, privé de l'usage de la parole. Oh! vous pouvez vous flatter d'avoir été favorisé d'un camarade de chambre qui ne vous importunera guère.

— Pauvre homme! — fit Guillaume en jetant sur le prisonnier un regard de compassion.

— Pas si à plaindre que vous avez l'air de le croire; d'abord il a, comme vous voyez, l'œil très-bon; et, pour ce qui est de l'estomac, on peut dire qu'il fonctionne avec la régularité d'une horloge : trois fois par jour la portion que vous venez de voir! Des membres dispos ne seraient vraiment pas plus exigeants.

Pendant qu'il parlait ainsi, le guichetier faisait le tour de la chambre, sondant à divers endroits la muraille avec l'angle formé par les deux premières phalanges du médius de sa main droite.

— Que faites-vous donc là? — demanda Guillaume.

— J'examine si votre appartement n'aurait pas besoin, par hasard, de quelques réparations; c'est une petite formalité que j'aurais pourtant oublié de remplir si je ne m'étais arrêté pour vous parler de mon paralytique. Dame! pour lui tout seul, c'était une précaution bien inutile; quand celui-là sortira de sa prison, je réponds que ce sera avec une robe de chambre de sapin et sur d'autres jambes que les siennes. Enfin je suis à temps de réparer ma négligence, et je ferai en sorte de n'y pas retomber à l'avenir; c'est une habitude à reprendre.

— Et quer ous ne garderez pas longtemps à mon intention, je l'espère.

— C'est un espoir qu'aucun de nos pensionnaires ne manque d'exprimer le jour de son arrivée.

— Et qui se réalise quelquefois?

— Rarement.

— Vous voulez m'effrayer.

— Si rarement que, la chose ayant lieu pour vous, j'en tirerais l'avantage de pouvoir me vanter d'avoir vu, depuis quinze ans que j'exerce mon ministère, un prisonnier dont l'espérance n'aurait pas été trompée.

— Il est impossible qu'il ne se commette pas des erreurs, des méprises...

— A la Bastille! jamais.

— Cependant il doit en exister une en ce qui me concerne.

— Vous n'êtes pas le premier qui ait tenu ce langage.

— Je ne serai pas du moins embarrassé d'en fournir la preuve.

— A qui?

— Mais probablement au gouverneur de la Bastille.

Le guichetier haussa les épaules.

— Me sera-t-il donc défendu de le voir? — poursuivit Guillaume.

— O mon Dieu! non, et quand l'occasion s'en présentera...

— Je n'ai pas le temps d'attendre l'occasion.

Le geste d'impatience qui accompagna ces paroles valut à Guillaume un second échantillon de l'hilarité du guichetier.

— Ah! vous n'avez pas le temps. Eh bien! vous le prendrez.

Guillaume reconnut bien vite qu'il s'engageait dans une voie qui ne le conduirait à rien de bon.

— Mon ami, — reprit-il d'un ton très-radouci, — n'est-il donc aucun moyen de communiquer promptement avec le gouverneur?

Tout en faisant cette question, il tira de sa poche, sans avoir l'air d'y penser, une bourse assez bien garnie qui eut le pouvoir de transformer subitement en escarboucles les petits yeux ronds du cupide guichetier.

— Je vous demande bien pardon,— répondit celui-ci;—j'en connais un tout simple et dont vous userez aussitôt qu'il vous conviendra.

— Quel est ce moyen?

— Eh parbleu! c'est d'écrire.

— Avec quoi?

— Ma consigne ne porte pas que je doive vous refuser les objets nécessaires.

— Comment ferai-je parvenir ma lettre?

— Ceci me regarde et rentre dans mes attributions.

Guillaume fit sortir de sa bourse une pistole qu'il jeta sur la table.

— Procurez-moi donc du papier, une plume et de l'encre.

Le guichetier se saisit de la pièce, qui alla s'engloutir dans la vaste poche de son gilet, et fit en manière de remercîment son sourire le moins disgracieux.

— Vous aurez tout cela ce soir quand je vous apporterai votre souper.

— Pourquoi pas tout de suite?

— Impossible; j'ai déjà perdu ici beaucoup de temps et vous êtes cause que mon service est en retard; à ce soir donc, et rappelez-vous que vous me verrez trois fois par jour : la première à l'heure du déjeuner, la seconde à l'heure du dîner, la troisième à l'heure du souper. Ainsi, quand vous souhaiterez que je vous apporte, à l'une de ces trois visites, quelque objet qu'il ne me soit pas défendu de vous fournir, ne manquez jamais de m'en prévenir à la visite précédente.

C'était pour Guillaume un retard de quelques heures dont il fut vivement contrarié; car il ne doutait point qu'une simple réclamation de sa part n'amenât la découverte d'une erreur et ne fû immédiatement suivie de sa mise en liberté.

Mais un coup d'œil jeté sur le lit de son compagnon d'infortune eut bientôt modéré son impatience; il rougit presque d'oser se trouver à plaindre en présence de ce malheureux que rendait doublement captif la perte du mouvement et de la parole.

Il attendit donc avec assez de résignation la troisième visite du guichetier, qui lui apporta fidèlement les objets qu'il avait demandés.

Alors, mettant à profit le quart d'heure que durait à peu près le repas du paralytique, il écrivit immédiatement sa requête, ce qu'il fit avec d'autant plus de rapidité qu'il avait eu toute l'après-midi pour en méditer les termes.

Aussi l'eut-il terminée à temps pour la remettre au guichetier, avec recommandation pressante de la faire parvenir au gouverneur sans délai.

Grâce à la pistole dont il eut soin de l'appuyer, la recommandation fut très-favorablement accueillie.

Guillaume, l'esprit plus tranquille, se jeta sur son lit après avoir soupé, et, fatigué des émotions de la journée, il ne tarda pas à s'endormir profondément.

Le lendemain, il ne se réveilla qu'au bruit que fit le guichetier en ouvrant la porte de sa chambre.

— Vous dormiez? — dit celui-ci en posant le panier sur la table; — allons, pour un premier jour, ce n'est pas trop mal; je vois avec consolation que vous finirez par vous habituer au logis.

— M'apportez-vous la réponse de M. le gouverneur? — demanda vivement Guillaume.

— Eh! mon Dieu! oui.

— Hâtez-vous donc de me la faire connaître.

— Bah! nous avons le temps, — fit le guichetier en hochant la tête.

— Je comprends, — dit Guillaume en pâlissant, — vous n'avez rien de bon à m'annoncer.

— J'ai à vous répéter ce que je vous disais hier au soir; ce n'est jamais par méprise que l'on est conduit à la Bastille.

— Oh! n'importe! — reprit Guillaume qui cherchait à se raccrocher à une espérance si faible qu'elle fût; — il faudra bien qu'on me fasse savoir de quel crime je suis accusé; je demanderai que l'on me confronte avec mes dénonciateurs, et je n'aurai pas de peine à confondre la calomnie.

— Monsieur, — répondit avec un flegme parfait le guichetier, qui s'occupait en ce moment du soin de faire manger le paralytique, — je crois vous avoir dit déjà que je remplissais ici mon emploi depuis une quinzaine d'années; eh bien! je n'ai point souvenir qu'on ait interrogé un seul prisonnier de votre espèce, ni qu'on l'ait mis en présence de ses dénonciateurs, ni par conséquent qu'on lui ait donné la peine, petite ou grande, de confondre la calomnie. Tout cela ne saurait avoir lieu qu'à l'égard d'un homme qui va être mis en jugement.

— Eh! que suis-je donc, moi?

— Un condamné, parbleu!

— Quoi! sans que l'on m'ait entendu?

— Le roi sait ce qu'il fait; nous n'avons rien à y voir.

Guillaume, forcé de s'incliner devant cette raison péremptoire, tomba dans une sombre rêverie d'où ne le tira pas même la voix du guichetier, qui lui demandait en sortant s'il avait besoin de ses services.

Son esprit s'abandonnait à une foule de pensées qui lui navraient l'âme : il se représentait le funeste isolement de son vieux père, privé en si peu de temps des deux plus chers objets de son affection; il songeait aux tortures d'une captivité dont le motif lui était inconnu et qui peut-être ne devait avoir d'autre terme que celui de sa propre existence; il voyait enfin Louise perdue à jamais pour lui et Monclar triomphant, Monclar, l'assassin de Charlotte, qui échappait à sa vengeance, le rival dont il ne pouvait plus ni surveiller, ni entraver les projets.

Cependant Guillaume, que la nature de son tempérament portait à se roidir en face de l'adversité, ne pouvait se résoudre à accepter sans lutte sa position, quelque désespérée qu'elle parût être; à chaque instant il levait les yeux au ciel comme pour y chercher une inspiration; mais, reculant bientôt à la vue des impossibilités de toute sorte qui se dressaient devant lui, il laissait retomber son front sur ses deux mains en s'écriant :

— Que faire? mon Dieu! que faire?

Il était depuis longtemps déjà dans cet état de perplexité, lorsqu'il se sentit frapper doucement sur l'épaule en même temps qu'une voix lui disait à l'oreille :

— Soyez fort, soyez patient, soyez discret, et je vous donnerai la liberté.

XV. — Du danger que l'on court à passer pour savoir ce qu'on ne sait point.

Guillaume fit un bond sur sa chaise comme un homme qu'on vient d'éveiller en sursaut.

De quel étonnement ne fut-il pas saisi! La personne qui lui avait touché l'épaule, qui lui avait parlé, qui se tenait debout, près de lui en le regardant avec un sourire, c'était le paralytique!

Par quel miracle avait-il recouvré si subitement l'usage des membres et de la parole?

— Silence! — fit-il en comprimant avec la main le cri de surprise qui s'échappait de la bouche de Guillaume; — si l'on nous entendait, tout serait perdu.

— Cependant...

— Je ne demande pas mieux que de répondre à toutes les questions que vous allez m'adresser; mais, au nom du ciel, parlons plus bas! Pour tout le monde excepté vous, je ne dois point cesser d'être le paralytique du n° 19.

— Quoi! c'est vous que j'ai vu dans ce lit tout à l'heure, impotent, muet, ne pouvant manger qu'avec le secours d'une main étrangère!

— C'est moi-même.

— Et vous voici debout! et vous parlez, vous voyez et vous entendez! Votre maladie n'était donc qu'une feinte?

— A moins que vous ne préfériez croire à une guérison merveilleuse due à l'intervention de quelque fée ou de quelque génie.

— Si je me souviens bien des paroles de notre guichetier, voilà deux ans que vous jouez ce rôle?

— Deux ans et trois mois; j'avoue que j'en ai assez; il est temps que cela finisse.

— Je suppose qu'il dépend de vous de cesser une ruse dont au reste je ne saisis pas l'utilité.

— Nous avons peu de temps jusqu'à l'heure du dîner, et nous pourrions être surpris; permettez-moi de remettre à tantôt, par prudence, tous les éclaircissements que vous pouvez désirer à cet égard; jusque-là cependant il nous est loisible de causer et de nous dire mutuellement notre histoire. Seulement, comme après deux années d'un silence absolu il ne serait pas impossible que le plaisir de parler et d'écouter me fît oublier que le temps a des ailes, je vais, par mesure de précaution, me remettre dans le lit; vous vous asseoirez tout près de mon chevet; nous prendrons soin d'éviter les éclats de voix; au premier bruit de pas, au premier tour de clef, nous nous tairons, et de cette manière notre guichetier ne se doutera de rien. Ce n'est pas, — ajouta-t-il gaiement, pendant qu'il se glissait sous sa couverture et que Guillaume s'asseyait auprès du lit, — ce n'est pas que le brave homme ne soit tellement convaincu de mon impotence que, s'il me voyait debout ou m'entendait parler, il serait, je le gagerais, de force à douter de ses yeux et de ses oreilles.

— Cela me surprendrait moins, je l'avoue, que votre constance à soutenir si longtemps le personnage difficile que vous avez choisi.

— On voit bien que vos rapports avec dame Bastille ne datent que d'hier; vous ne savez pas encore ce dont un homme est capable quand il a subi cinq années de prison sans mourir ou devenir fou.

— Ainsi, — dit Guillaume en soupirant, — il y a sept ans et trois mois que vous êtes ici?

— Tout autant. Vous froncez le sourcil! On dirait que ce calcul ne vous paraît pas très-consolant.

— Mais au moins votre captivité avait-elle une cause qu'on vous a fait connaître?

— Oh! pour cela, oui.

— Et sans doute une cause grave?

— Très-grave; connaissez-vous la comédie du *Médecin malgré lui*?

— Je la connais.

— Eh bien, le motif qui fait que je suis ici pensionnaire de Sa Majesté Très-Chrétienne n'est pas moins solide que la raison pour laquelle Molière fait tomber une grêle de coups sur les épaules du pauvre Sganarelle.

— Vous plaisantez!

— Pas le moins du monde. Cependant il existe une différence entre Sganarelle et moi : c'est qu'il devait son infortune à une vengeance de sa femme, tandis que je ne puis m'en prendre de la mienne qu'à ma propre imprudence.

— Qu'avez-vous donc fait?

— J'ai eu la sottise de laisser croire que j'avais découvert le secret de faire de l'or.

— Comment! c'est là tout votre crime?

— Je ne m'en connais et l'on ne m'en reproche pas d'autre.

— C'est incroyable!

— Vous avez raison; l'absence de motifs serait moins odieuse peut-être que l'allégation d'un motif ridicule.

Au reste, comme, après vous avoir proposé l'échange de nos histoires, il est naturel que ce soit moi qui donne l'exemple, prêtez-moi quelques minutes d'attention, et vous allez juger de quelle manière entendent leur mission ceux qui prétendent être sur cette terre les représentants de Dieu et les instruments de sa justice.

« Je m'appelle Granville; je suis Provençal, j'ai aujourd'hui quarante-deux ans; j'en avais trente-cinq lorsqu'une parole inconsidérée causa mon malheur; voici comment cela arriva.

« Pauvre et sans famille, j'étais attaché depuis dix ans à l'évêque de Senez, en qualité de secrétaire; je devais cet emploi à un bon vieux prêtre qui avait pris soin de mon enfance.

« Ce digne homme, sentant approcher sa fin, m'envoya chercher un jour et donna ordre qu'on me laissât seul avec lui. Alors il me tendit une main que je portai à mes lèvres avec un amour et une vénération qui n'avaient rien de simulé.

« — Je te remercie, mon fils, de cette marque d'affection, me dit-il d'une voix à demi éteinte; c'est aussi pour te donner une preuve de la mienne que je t'ai fait venir. Tiens, poursuivit-il en me désignant une petite cassette, sur une table placée au chevet de son lit, emporte ceci, afin que mes héritiers selon la loi ne te le disputent pas après ma mort. C'est tout ce que je puis pour toi; mais sois sage, laborieux, économe, et Dieu fera le reste. »

« J'emportai la précieuse cassette dans la chambre que j'occupais à l'évêché. Le soir du même jour, mon bienfaiteur mourut, je le pleurai sincèrement.

« Après les premiers épanchements d'une douleur qui ne pouvait être éternelle, je me mis à réfléchir sur l'emploi qu'il convenait de faire d'une somme de quinze mille livres en or que j'avais trouvée enfermée dans la cassette. Quinze mille livres, c'était une mine intarissable pour moi qui m'étais cru riche jusqu'à ce moment avec des appointements annuels de cent vingt écus et qui n'avais de ma vie manié plus de dix écus à la fois! Il me sembla que je pouvais, sans craindre de me ruiner, me passer les fantaisies les plus gigantesques, me permettre une existence toute parsemée de voluptés et de délices.

« Pour commencer, je résolus de reconquérir mon indépendance; j'allai remercier mon évêque et le prier de me chercher un successeur.

« — Oh! oh! me dit-il en souriant, vous voulez me quitter, Granville.

« — Oui, monseigneur.

« — Je ne crois pourtant pas que vous ayez sujet de vous plaindre de la manière dont je vous ai traité.

« — Bien au contraire, monseigneur.

« — Vous avez donc trouvé une condition plus avantageuse?

« — Je n'en ai point cherché.

« — Mais alors que comptez-vous faire?

« — Me reposer, me donner un peu de bon temps.

« — Vraiment! Est-ce que, par hasard, vous auriez résolu le problème du grand œuvre? »

« Il faut vous dire que depuis quelque temps je m'étais pris d'une belle passion pour la chimie, et que le malin prélat m'avait plus d'une fois plaisanté à ce sujet.

« — Eh! eh! monseigneur, lui répondis-je en affectant un air très-sérieux, avec la foi et la patience on vient à bout de tout. »

« Mon railleur fit à son tour la grimace. Sa manie de faire des conversions ne le cédait en rien à mon amour pour la pierre philosophale, et les efforts que nous faisions chacun de notre côté avaient jusqu'alors été couronnés du même résultat. Mais, doué d'une opiniâtreté à toute épreuve, moins il réussissait, plus il s'entêtait, et, à chaque nouvelle conversion qu'il se mettait en devoir d'entreprendre, il ne manquait pas de justifier sa persévérance à l'aide de cette phrase dont il s'était fait un dicton : Avec la foi et la patience on vient à bout de tout.

« J'ai payé cher la courte satisfaction de m'en être fait contre lui une arme de riposte.

« Maître de disposer de ma personne, de mon temps et de mes écus, je me jetai à corps perdu dans les plaisirs et la dépense; il n'était bruit dans toute la ville que de mes folies et de ma prodigalité. On me supposa possesseur d'une source inépuisable de richesses, et grâce aux suggestions des domestiques de l'évêché, qui m'avaient souvent surpris au milieu de mes travaux, dans le temps que je soufflais, chacun fut bientôt persuadé que j'avais en effet découvert le secret de faire de l'or.

« Cette conviction fut-elle partagée sérieusement par l'évêque, ou bien ce prélat rancunier voulut-il se venger de l'innocente raillerie que je m'étais permise à son égard? Je l'ignore; mais, à l'occasion de la détresse où la cour se trouvait pendant que le duc de Vendôme faisait la guerre en Espagne, il me signala aux ministres du roi comme ayant enfin résolu le problème si longtemps et si vainement cherché.

« Instances réitérées, promesses magnifiques, on n'épargna rien pour me déterminer à me rendre à Paris. J'eus beau protester de mon ignorance, montrer ma cassette et dire de qui je la tenais, on refusa de me croire, on me taxa de mauvais vouloir et d'égoïsme, on me menaça de la colère du roi, et des menaces on ne tarda point à passer aux effets.

« Le comte de Grignan, lieutenant du roi, reçut l'ordre de me faire conduire à Paris; je voulus résister, on me donna des gardes comme à un criminel.

« Pendant la route, je tentai de m'échapper; mes gardes me ressaisirent. J'en blessai quelques-uns en me défendant. Plus tard, lorsqu'on eut acquis la certitude que je ne pouvais point faire ce qu'on avait espéré de moi, on fut enchanté, pour se venger d'une déception, d'avoir cet acte de rébellion à rappeler, et d'en faire le prétexte apparent de mon emprisonnement.

— Et vous n'avez pas essayé d'obtenir justice? — dit Guillaume après que Granville eut cessé de parler.

— A qui me serais-je adressé? — répondit celui-ci; — je n'avais le choix qu'entre ceux qui avaient ordonné et ceux qui avaient exécuté; vous comprenez qu'après cela c'eût été folie à moi de fonder aucun espoir sur des réclamations. Vous en avez fait une, et vous en connaissez le résultat. Soyez bien convaincu, comme je l'ai été dès le premier moment, que nous n'avons ici rien à espérer des autres, et que, si nous sommes libres un jour, nous aurons été seuls à y travailler. Mais je vous ai conté mon histoire; j'attends la vôtre maintenant.

— Eh! mon Dieu! la mienne consiste tout simplement dans mon arrestation, dont il m'est impossible de soupçonner le sujet.

— Avez-vous un ennemi? est-il puissant? Il est si facile d'obtenir une lettre de cachet, et c'est un expédient si commode pour se débarrasser d'un importun et se délivrer d'un obstacle.

— Cette pensée m'est déjà venue, je l'ai repoussée. Le seul homme que j'aie quelque raison de soupçonner est trop brave et trop gentilhomme pour recourir à un semblable moyen.

Granville se contenta de manifester son incrédulité par un sourire.

— D'ailleurs, — reprit-il, — ce n'est pas quant à présent ce qui doit nous inquiéter. Quand la vengeance n'est pas possible, à quoi bon rechercher l'homme dont il faut se venger?

Tout à coup Granville se tut et rentra dans un état complet d'immobilité; il venait de reconnaître le pas lourd et mesuré du guichetier.

Celui ci, après avoir servi le dîner de Guillaume, se mit comme à l'ordinaire à remplir l'office de père nourricier auprès de Granville, qui se laissait faire avec un imperturbable sang-froid; il jeta ensuite autour de la chambre un regard rapide, afin de s'assurer que tout était en bon état, reçut une nouvelle pistole de Guillaume, qui le priait de lui procurer des livres pour le lendemain, et sortit en bénissant le ciel de lui avoir envoyé un pensionnaire ayant l'esprit assez tranquille pour former des désirs et la bourse assez garnie pour les satisfaire.

A peine eut-on cessé d'entendre le bruit de ses pas résonner dans le corridor, que Granville se jeta en bas du lit et dit à Guillaume :

— Nous avons six heures devant nous; il faut en profiter. Mais avant tout donnez-moi l'assurance que vous êtes homme de résolution et prêt à braver toutes sortes de périls pour recouvrer votre liberté.

— Un mot suffira pour vous tranquilliser, — répondit Guillaume: — j'aime et j'ai un rival.

— Voilà qui vaut tous les serments du monde, — reprit Granville en riant; — moi qui n'avais point les mêmes motifs d'énergie, je consumai sottement en lamentations la première année de ma captivité; j'employai la seconde à me démontrer qu'il n'existait point de moyen d'évasion qui fût praticable; j'en découvris vingt la troisième, tant le besoin impérieux de la liberté devenait un aiguillon puissant pour mon esprit; enfin j'arrêtai un plan, et depuis je n'ai pas vécu un instant, je n'ai pas conçu une pensée dont le but ou l'emploi fût étranger à l'exécution de mon projet. Je vais vous montrer le fruit de quatre années de travail et de patience.

Granville tira son lit au milieu de sa chambre, et dit à Guillaume en étendant la main vers le pied de la muraille :

— Voici l'entrée de mon magasin.

— Mais je ne vois rien qui ressemble à une ouverture, — fit Guillaume dont les yeux exploraient en vain le mur et le plancher.

Granville se baissa et introduisit une lame de couteau entre deux carreaux qu'il souleva; quatre autres carreaux, enlevés par le même procédé, mirent à découvert une sorte de grillage destiné à les supporter; au-dessous de ce grillage facile à retirer, régnait une cavité dans laquelle étaient entassés une grande et une petite échelle de corde, des bandes de toile, des brins d'osier et quelques outils.

Guillaume était émerveillé :

— Quel travail! quelle patience! quelle force de volonté!

— Et que de précautions à prendre pour ne pas éveiller les soupçons! combien de fois j'ai dû modérer mon ardeur et mettre huit jours à exécuter ce que j'aurais pu terminer en un! Cette cavité que vous pourriez, même sans outils, creuser en vingt-quatre heures, j'ai employé plus d'un mois à l'achever.

— Je ne comprends pas bien la cause de ce retard.

— Eh! ne fallait-il pas faire disparaître les décombres à mesure que mon travail avançait? Je m'avisai de faire un tube de papier assez long pour traverser les deux grilles de la fenêtre; chaque soir, je tirais du plancher une poignée ou deux de platras que je réduisais en une poudre presque impalpable, et, pendant la nuit, je soufflais cette poudre dehors au moyen de mon tube. C'était une opération longue et fatigante. Songez que cette poussière blanche, s'attachant à la pierre inégale et noire du mur extérieur de la prison, eût été bientôt un indice révélateur; j'étais donc obligé d'en charger à peine le tube et de la souffler avec force; et, afin de n'avoir rien à me reprocher du côté de la prudence, j'attendais, pour me livrer à cette manœuvre, que le vent, chassant au large, pût emporter et distribuer au loin mes débris. Il en résultait que, ne pouvant non plus les garder en monceau dans ma chambre sans courir le risque d'attirer l'attention du guichetier, je ne travaillais point le lendemain des nuits où le vent m'avait été contraire. Cependant, au bout d'un mois, mon magasin était prêt ainsi que je viens de vous le dire, et qu'était-ce qu'un mois en raison du temps nécessaire pour conduire à bien toute mon œuvre?

— Mais ces échelles que j'aperçois et dont le travail me paraît déjà prodigieux, comment avez-vous fait pour vous procurer les cordes qui les composent? Voilà, je vous l'avoue, une chose dont il m'est impossible de me rendre compte.

— Ces cordes, je les ai filées moi-même; quant aux matières dont elles sont faites, je vais vous donner une idée de ce qu'il m'a fallu de temps et de soins pour les réunir. Les draps de nos lits sont changés une fois par mois, et, chaque jour, on nous apporte une bouteille clissée dans laquelle est contenu notre vin; eh bien! à chaque bouteille j'arrachais un brin d'osier, à chaque paire de draps qu'on mettait à mon lit j'enlevais une bande que je mettais en charpie; joignez à cela quelques serviettes de toile que, de temps à autre, je parvenais à escamoter. Je ne consacrai pas moins de deux ans à former cette précieuse et difficile collection. Mais ce n'était pas tout d'avoir assemblé des matériaux, l'essentiel était de les mettre en œuvre. Ce fut alors que j'eus l'idée de feindre une maladie à la suite de laquelle je contrefis le paralytique; j'endormis par ce moyen la défiance de mes gardiens, et peu à peu leur surveillance se relâcha au point que je ne tardai pas à en être pour ainsi dire complétement affranchi.

— Ainsi, c'est depuis votre prétendue paralysie que vous avez confectionné ces échelles?

— Il faut y joindre quelques outils que vous voyez là et que j'ai faits avec des morceaux de fer arrachés à mon lit, le cuivre d'un vieux flambeaux oublié dans les cendres de ma cheminée, et cinq ou six clous enlevés au plancher supérieur de ma chambre. Ce n'a pas été, je vous en réponds, la partie la moins pénible de ma tâche.

— Enfin jusqu'à présent le ciel semble avoir été pour vous; c'est un heureux présage pour la suite de votre entreprise.

— Il me manquait un compagnon pour m'aider dans les derniers moments et profiter avec moi de tout ce que j'avais fait : vous êtes venu. Avant de me confier à vous, j'ai attendu que la certitude d'un emprisonnement indéfini mît dans votre cœur le désespoir, c'est-à-dire le principe de la résolution que je désirais y trouver. Cependant, je vous le demande encore, pour échapper à la captivité, vous sentez-vous le courage d'affronter un grand péril, de braver même la mort?

— La mort, c'est encore la liberté, — répondit Guillaume d'une voix ferme.

— Bien, — fit Granville en lui serrant la main; — dans huit jours, morts ou vivants, nous serons libres.

XVI. — L'évasion.

Granville, regardant avec raison l'obscurité comme une des premières conditions du succès, avait eu soin de choisir une nuit où il ne faisait point clair de lune, et, comme si la Providence avait voulu lui donner une marque de sa protection, il s'éleva, au commencement de cette nuit-là, un brouillard si épais qu'à cinq pas il était impossible de rien distinguer.

A peine le guichetier eut-il, selon sa coutume, apporté le souper de Guillaume, donné à manger à Granville et refermé la porte en souhaitant une bonne nuit aux deux prisonniers, que ceux-ci s'occupèrent avec ardeur de mettre la dernière main aux préparatifs de leur évasion.

Les échelles de corde furent tirées du magasin, examinées, mesurées, éprouvées avec un soin minutieux; puis on procéda à la partie la plus importante de l'opération, qui était de déposer les deux grilles de la fenêtre; les barreaux en avaient déjà été sciés aux trois quarts pendant les jours précédents, de sorte qu'il suffit de quatre heures pour terminer ce travail.

Le passage de la fenêtre étant libre, il n'y eut plus qu'à fixer solidement à l'intérieur la plus grande des échelles de corde.

Le moment décisif approchait; il était environ une heure du matin; le ciel s'éclaircissait, mais le brouillard s'épaississait en tombant et n'en rendait l'obscurité que plus profonde dans le voisinage du sol.

Granville et Guillaume se munirent de la seconde échelle et de quelques-uns de leurs outils dont ils pouvaient, en cas de surprise, se faire des armes défensives; puis ils tombèrent à genoux et adressèrent au ciel une prière courte mais fervente; s'étant ensuite relevés, ils se jetèrent dans les bras l'un de l'autre, et se tinrent quelque temps étroitement serrés.

— Je vais vous devoir plus que la vie, — dit Guillaume à Granville; — que ne puis-je avoir un jour l'occasion de vous payer ma dette de reconnaissance!

— Votre amitié me suffit;

— Vous y pouvez compter partout et toujours.
— Où avez-vous l'intention de chercher un refuge?
— Je ne quitterai point Paris.
— Quelle imprudence!
— Le devoir, l'amour, la vengeance, tout m'en fait une loi.
— Dieu vous seconde et vous protége!
— J'espère en sa justice. Et vous, qu'allez-vous devenir?
— Mon premier soin sera de sortir de ce Paris où vous voulez rester, et, si je ne trouve pas dans quelque coin de la France un asile où je puisse demeurer avec sécurité, je passerai en Lorraine.
— Vous avez des ressources dans ce pays?
— Aucune.
— Que ferez-vous?
— Je prendrai du service : mieux vaut mourir d'un coup de sabre en plein air que de consomption entre les quatre murs d'un cachot.
— Je voudrais vous faire une offre; promettez-moi que vous ne la refuserez pas.
— Cela dépend de sa nature.
— Ne craignez rien; elle est telle que deux hommes se donnent une égale preuve d'amitié, l'un en la faisant, l'autre en l'acceptant.
— A la bonne heure, je n'ai plus rien à objecter.

Guillaume atteignit sa bourse raisonnablement gonflée de pièces d'or et la mit dans la main de Granville.

Celui-ci parut hésiter un instant.

— Est-ce donc ainsi, — reprit Guillaume, — que vous comprenez l'amitié? Voudriez-vous, au moment de notre séparation, me laisser un regret et une inquiétude?

Granville lui serra la main avec effusion.

— Ce que vous faites, — dit-il, — je sens que je le ferais si les rôles étaient intervertis; au diable donc l'orgueil! Je ne résisterai pas davantage; et maintenant, que le ciel nous soit en aide!

Granville descendit le premier; arrivé heureusement jusqu'au fond du fossé, il en informa son compagnon, en imprimant à l'échelle un triple mouvement d'oscillation, suivant qu'ils en étaient convenus.

Alors Guillaume, passant par la fenêtre, se mit à son tour en devoir de descendre.

Déjà il avait franchi à peu près la moitié de l'espace qui le séparait du sol, lorsque tout à coup il entendit au-dessous de lui un grand cri suivi d'un coup de feu. Au même temps retentit, à une distance de quelques centaines de pas, le bruit d'une porte ouverte et fermée avec précipitation, et bientôt après Guillaume put reconnaître les voix et les pas de plusieurs personnes qui se dirigeaient de son côté.

L'explication d'un pareil mouvement était aussi facile que désespérante. Granville avait sans doute été découvert par une sentinelle; celle-ci avait tiré pour donner l'alarme au corps de garde, et les personnes qui accouraient n'étaient autres que des soldats du poste venant au secours de leur camarade.

La position de Guillaume devenait on ne peut plus critique; s'il continuait à descendre, il tombait infailliblement dans les mains des soldats; s'il remontait, non-seulement il rentrait dans sa prison, mais encore il devait se préparer à subir une captivité plus rigoureuse que celle qu'on lui avait d'abord destinée.

Même péril en haut qu'en bas.

Quel parti prendre en une semblable alternative?

Ni l'un ni l'autre; c'est ce que fit Guillaume. Il demeura suspendu à moitié chemin, après avoir pris soin toutefois de ramener à lui, en la roulant autour de son corps, la partie inferieure de l'échelle.

De cette manière il n'avait pas à craindre, protégé qu'il était par l'épaisseur du brouillard, d'être vu d'en bas par les soldats que lui-même ne pouvait distinguer.

Mais combien de temps allait-il être obligé de garder cette situation incommode et fatigante?

Et pendant qu'il échappait au danger d'être aperçu des personnes qui étaient dans le fossé, ne pouvait-il pas arriver que, par suite de l'arrestation de Granville, une visite fût faite dans sa chambre, ce qui le conduisait nécessairement à être découvert?

Les réflexions auxquelles se livrait Guillaume n'étaient donc pas d'une nature très-rassurante, lorsqu'il entendit au-dessous de lui le colloque suivant :

— Où diable êtes-vous donc, sentinelle?
— Ici, sergent.
— Approchez la lanterne, vous autres; j'entends une voix tout près de mon oreille et je n'aperçois personne.
— Je le crois, pardieu bien! sergent. C'est tout au plus si moi-même je puis reconnaître à une faible lueur la place de votre lanterne; mais ça suffit pour me diriger; attendez-moi là, je vais à vous.
— Très-bien; je commence à vous voir. Est-ce vous qui venez de tirer?
— C'est moi, sergent.
— Qu'est-il donc arrivé?
— Il est arrivé, sergent, que tout à l'heure il s'est entortillé dans mes jambes quelque chose qui m'a fait tomber par terre.
— Et ce quelque chose, où est-il?
— Disparu. Mon premier soin, après m'être relevé, a été de pousser en tâtonnant une reconnaissance sur le terrain tout autour de moi; impossible de mettre la main dessus.
— Et depuis ce moment-là qu'avez-vous entendu?
— Rien.
— C'était bien la peine de nous déranger par le temps qu'il fait.
— Dame! écoutez donc, sergent, il ne me paraît pas dans l'ordre qu'on soit bousculé comme ça, pendant la nuit, au milieu d'un fossé par où il ne doit passer personne.
— Bah! quelque matou effrayé qui vous aura fait trébucher en se sauvant.
— Un matou! Eh bien! sergent, je puis vous certifier que ce matou-là était de force et de taille à servir dans un régiment de cuirassiers.
— La surprise grandit les objets. Cependant, comme nous voici dehors et que la prudence n'est point un vice, même lorsqu'on la pousse à l'excès, nous allons faire une ronde dans les environs. En avant, marche! Et vous, — poursuivit-il en s'adressant au soldat qui portait la lanterne, — ayez soin d'élever la lumière à la hauteur de mon œil, afin que je sois plus en état de discerner les objets.

Si cet entretien rassurait Guillaume sur un point capital, en lui apprenant que Granville n'était pas encore arrêté, il était loin pourtant de mettre fin à toutes ses inquiétudes.

Granville, moins heureux que tout à l'heure, pouvait ne pas avoir les moyens de se dérober aux recherches du sergent; lui-même se voyait dans l'impossibilité de changer de position jusqu'à ce que la ronde fût terminée, et qui pouvait dire combien de temps elle se prolongerait?

Enfin à cette ronde succéderaient peut-être d'autres mesures de précaution qui ne lui laisseraient aucune chance de réussir dans sa tentative d'évasion. La perplexité de Guillaume ne fut pas de longue durée; dix minutes s'étaient à peine écoulées qu'il entendit de nouveau la voix du sergent :

— Etes-vous là, sentinelle?
— Oui, sergent.
— Approchez.
— Me voici, sergent.
— La lanterne éclaire-t-elle assez pour que vous puissez distinguer ce que je tiens à la main?
— Parfaitement, sergent.
— Eh bien! reconnaissez-vous votre cuirassier de tout à l'heure?
— Ça, sergent? on dirait que c'est une poule.
— Eh! oui, double innocent, c'est une poule qui se sera fourvoyée ce matin dans ce fossé, que vous avez interrompue au milieu de son sommeil en marchant dessus, comme je viens de le faire moi-même, et qui m'eût aussi fait tomber si je n'étais pas plus solide que vous sur mes jambes.
— Sergent, je vous jure que ce n'était pas elle, ou qu'elle a considérablement désenflé.
— C'est possible; en attendant vous ferez vingt-quatre heures de corvée extraordinaire, pendant lesquelles je vous engage à méditer sur les moyens de ne pas confondre un homme avec un oiseau, et surtout de ne pas donner de fausses alertes par un temps de brouillard à glacer jusqu'à la moelle les os même d'un amoureux.

Après cet arrêt, rendu au milieu des rires à demi étouffés de cinq ou six soldats qui accompagnaient le sergent, Guillaume entendit avec joie que celui-ci s'éloignait avec sa petite troupe dans la direction du corps de garde, dont la porte ne tarda pas à se rouvrir et à se refermer.

— Du diable si je m'inquiète davantage de ce qui peut arriver, — murmura dans ce même instant la sentinelle : — je vais rentrer et me blottir dans ma guérite, d'où je ne bougerai, pardieu! pas qu'on ne vienne me relever.

Le moment était favorable. Guillaume, après avoir tenu quelques minutes son oreille au guet, afin de s'assurer que tout était rentré dans le silence et l'immobilité, laissa retomber son échelle et parvint sans accident jusqu'à terre.

Mais là de nouvelles difficultés l'attendaient; comment se diriger dans ce fossé qui lui était tout à fait inconnu, au milieu de cette obscurité tout à l'heure si favorable, maintenant si dangereuse?

De quel côté chercher Granville, dont le secours lui était indispensable, puisque c'était lui qui avait la seconde échelle de corde?

Donner un signal, si faible qu'il fût, il n'y fallait point songer, la sentinelle était à quelques pas seulement; certaine cette fois de ne pas se méprendre, elle s'empresserait de saisir une si bonne occasion de se réhabiliter aux yeux de ses camarades et de mettre son sergent dans son tort.

D'ailleurs était-il sûr que Granville se trouvât encore dans le fossé, et puisque le sergent ne l'avait point rencontré dans sa ronde, n'était-il pas à croire au contraire que, pour escalader la contrescarpe, il avait profité de l'instant de trouble et d'hésitation qui avait suivi le coup de feu de la sentinelle?

Mais, dans cette dernière supposition, qu'allait devenir Guillaume? que pouvait-il entreprendre au moment où lui manquaient toutes les chances de salut?

Cependant, lorsque déjà l'on ne sent plus l'étreinte des grilles et des verrous, lorsqu'on a la terre sous ses pieds et que l'air vous caresse le visage, lorsqu'il ne reste plus à franchir qu'un mur au sommet duquel vous attend la liberté, ce n'est pas sans peine que l'on renonce à l'espérance, et, si l'on se décide à rebrousser chemin, ce n'est qu'à la dernière extrémité.

Guillaume se mit d'abord à longer le pied de la tour dans un espace de vingt pas, afin de s'écarter de la sentinelle, et, pour qu'elle ne l'entendît point, il marchait avec une telle précaution qu'il employa près d'un quart d'heure à exécuter ce premier mouvement; alors, traversant le fossé toujours de la même manière et en tâtonnant, il atteignit, sans faire de fâcheuse rencontre, le pied de la muraille intérieure; arrivé là, il n'avait plus qu'à gravir; mais comment? point d'échelle, point d'aspérités auxquelles il pût s'accrocher des mains, pas la moindre cavité pour y assurer son pied.

Rebuté par tant d'obstacles, Guillaume était sur le point de s'abandonner au découragement, lorsqu'il se souvint des outils emportés par mesure de prévoyance, et dont il avait une partie dans ses poches.

Parmi ces outils se trouvaient deux ou trois clous à pointe bien effilée qu'il essaya d'introduire entre les pierres de la muraille afin de s'en servir comme d'échelons; mais les pierres étaient liées entre elles par un ciment d'une si grande solidité que, pour ficher chaque clou, il n'eût pas fallu moins de deux heures de travail; c'était donc un moyen impraticable, du moins à l'endroit où Guillaume avait entrepris de s'en servir; toutefois, avant de renoncer à cette dernière planche de salut, il voulut s'assurer si le mur ne présenterait pas plus loin quelque endroit moins invulnérable, et il se mit à le palper dans un grand espace avec le soin le plus minutieux.

Tout à coup un cri de joie faillit à s'échapper de sa poitrine; sa main venait de rencontrer un objet qui mettait fin à toutes ses anxiétés et qui le rassurait en même temps sur le sort de Granville: c'était l'échelle de corde que celui-ci avait laissée plantée sur le mur, à l'intention de Guillaume, après s'en être servi pour se soustraire à la ronde du sergent en escaladant la contrescarpe.

Au moment où Guillaume posa son pied sur le premier échelon, il sentit son cœur battre avec violence; plus il se voyait près du but et plus ses appréhensions augmentaient; les dangers passés, quelque grands qu'ils eussent été, s'effaçaient complétement devant ceux qui lui restaient à courir, si petits qu'ils fussent.

Parvenu enfin dans une gouttière, il n'eut plus qu'à se laisser glisser, et se trouva sain et sauf sur le pavé de la rue Saint-Antoine.

Son premier soin fut de s'éloigner aussi rapidement que possible, et, afin de dépister les gens que peut-être on mettait en ce moment même à sa poursuite, il s'engagea, en faisant une foule de détours, dans ce dédale de rues étroites et tortueuses qui existe encore en grande partie aujourd'hui et s'étend entre l'Arsenal et l'Hôtel de ville, borné d'un côté par la rue Saint-Antoine, de l'autre par le quai de la Grève.

Mais pendant que des difficultés de toute nature avaient arrêté Guillaume, le temps, lui, n'avait point cessé de marcher; cinq heures venaient de sonner à l'église Saint-Gervais; le jour commençait à poindre; le brouillard était presque entièrement dissipé, et l'on voyait déjà circuler dans les rues des bandes de paysans qui portaient leurs fruits au marché.

Guillaume, se figurant que tous les regards étaient fixés sur lui, se croyait à chaque instant trahi par le désordre de ses vêtements salis et déchirés; tout individu qui traversait le ruisseau pour venir de son côté lui semblait un agent de police prêt à le questionner comme suspect.

Ce fut au milieu de ces transes continuelles qu'il traversa les ponts, suivit la rue Saint-André-des-Arts et atteignit le carrefour de Buci.

Comme il entrait dans la rue Sainte Marguerite, un bruit de pas mesurés lui fit tourner la tête, et il aperçut avec effroi une patrouille du guet qui marchait à quelque distance derrière lui.

Pour éviter ce nouveau danger, Guillaume doubla de vitesse; mais la peur avait tout à coup doué ses sens d'une finesse et d'une délicatesse tellement exagérées, qu'il croyait entendre la patrouille converser à son oreille, et la sentir marcher sur ses talons.

Dans le trouble où l'a jeté cette terrible apparition, il passe d'une rue dans une autre, tournant toujours dans un même cercle, sans savoir où il va, sans même regarder devant ou derrière lui.

Enfin il s'arrête épuisé de fatigue; trompé par la longueur du chemin, il s'imagine que la course rapide à laquelle il vient de se livrer doit l'avoir mis hors de toute atteinte; vain espoir!

En levant les yeux pour examiner dans quel endroit il se trouve, qu'aperçoit-il en face de lui, à l'extrémité de la rue? Encore la fatale patrouille.

Pour le coup, le doute n'est plus possible; c'est bien à lui qu'on en veut. Eperdu, il se jette dans une allée dont il referme la porte, franchit en moins d'un clin d'œil un escalier de trois étages, parvient au faîte de la maison, pénètre dans un grenier, et se blottit derrière un monceau de vieilles boiseries.

Quant à la patrouille, elle poursuivait sa route d'autant plus paisiblement qu'elle n'avait pas même aperçu celui qui s'était donné tant de mouvement pour l'éviter.

XVII. — Où l'on voit maître Babylas porter à son tour de rudes bottes au marquis de Monclar.

Si nous avons omis de dépeindre la stupéfaction et le désespoir de Babylas au moment de l'arrestation de Guillaume, c'est une lacune à laquelle suppléera facilement le lecteur en se rappelant la tendresse toute personnelle du maître d'armes pour son élève.

A cette vive affection s'était joint pour l'accabler le sentiment de l'impuissance où il avait été de le servir dans cette fatale conjoncture.

Cependant Babylas n'était pas homme à rester longtemps plongé dans une de ces douleurs inertes dont l'unique résultat est de frapper celui qui les éprouve d'une complète inutilité à l'égard de celui qui en est l'objet. Lorsque, parvenu à maîtriser son trouble, il eut pris le temps de rasseoir un peu ses esprits, son premier raisonnement fut que, s'il n'avait pu s'opposer à ce que l'on conduisît Guillaume en prison, ce n'était pas un motif pour ne rien entreprendre à l'effet de l'en faire sortir.

Mais avant de tenter aucune démarche, il était indispensable d'éclaircir deux questions importantes : A quel ennemi Guillaume devait-il la perte de sa liberté? Dans quelle prison avait-il été conduit?

L'exempt chargé de l'arrêter avait apporté dans l'exécution de son mandat une sobriété de paroles qui n'était rien moins que propre à dissiper les ténèbres d'un tel mystère.

Babylas, avant de réussir à résoudre la difficulté, se fût probablement perdu dans de longues et vaines méditations, sans un souvenir qui tout à coup lui traversa l'esprit et le mit sur la voie d'une explication trop vraisemblable pour n'être pas voisine de la vérité.

Il se rappela que, au moment où s'était présenté l'exempt, il se disposait à sortir pour s'acquitter d'une mission dont l'avait chargé Guillaume, et que cette mission consistait à porter un nouveau défi au marquis de Monclar. Or, qui pouvait avoir plus que le marquis de Monclar intérêt à se débarrasser de Guillaume?

Quant à l'obtention d'une lettre de cachet, rien de plus facile à expliquer par la position que ce jeune seigneur occupait à la cour.

Cependant, quelque solides que soient les raisons sur lesquelles elle s'appuie, une conjecture ne saurait tenir tout à fait lieu de certitude; et d'ailleurs il restait toujours une question à vider : celle de savoir si Guillaume était au Grand-Châtelet, à la Bastille ou au For-l'Evêque.

Babylas avait, à son vif regret, dépensé déjà trois grandes journées en stériles investigations, lorsque, en dépit du chagrin qui assombrissait sa physionomie, ses lèvres s'épanouirent tout à coup sous un sourire de contentement, comme s'il venait de faire la découverte de quelque estocade décisive et longtemps cherchée.

A peine se donna-t-il le temps d'achever sa toilette, lui qui était l'homme le plus compassé de France et de Navarre en tout ce qui concernait la représentation personnelle.

Une demi-heure ne s'était pas écoulée qu'il faisait son entrée dans le cabinet du marquis de Monclar, avec cette tenue majestueuse et cette physionomie solennelle que nous lui connaissons.

— Eh! mordieu! je ne me trompe pas, — fit Monclar avec un sourire plein de moquerie, — c'est l'illustre vainqueur de Berthelot qui daigne m'honorer de sa visite! Quel heureux hasard dois-je remercier d'une faveur aussi flatteuse qu'inattendue?

Ce ton railleur n'eut pas même le pouvoir de faire sourciller Babylas.

— Monsieur le marquis doit savoir que jusqu'à présent le hasard n'a été pour rien dans mes démarches auprès de sa personne.

— Eh bien! monsieur le maître d'armes, — reprit Monclar avec hauteur, — comme j'ai malheureusement peu de temps à vous accorder, je vous prie de vouloir bien me faire connaître brièvement le but de celle-ci.

— Je n'ai pas intention de me rendre importun; ma demande sera courte et n'exigera point une longue réponse.

— C'est une demande que vous avez à m'adresser?

— En quatre mots : Votre lieu? votre heure?

— Plaît-il?

— Monsieur le marquis ne m'a pas entendu?

— C'est, Dieu me pardonne, un cartel que vous venez me proposer!

— Ce n'est pas, que je sache, une chose dont monsieur le marquis ait lieu d'être surpris.

— L'orgueil vous enfle d'une étrange façon, mon cher Babylas. Nous pouvons bien recevoir des leçons de gens de votre sorte, lorsqu'ils ont le fleuret à la main, mais nous ne nous battons point avec eux.

Babylas écouta cette impertinence avec une impassibilité parfaite.

— Monsieur le marquis vient de commettre une méprise qui m'étonne d'autant plus que je crois m'être conduit à son égard, en toute occasion, comme un rigide observateur des convenances.

— Alors veuillez m'expliquer...

— Quoi donc! monsieur le marquis? Les deux dernières fois que j'eus l'honneur de me présenter chez vous, j'étais porteur d'un message semblable à celui qui m'amène aujourd'hui, et, si ma mémoire n'est pas infidèle, vous n'eûtes alors besoin, pour me comprendre, de me demander aucune explication.

— Voudriez-vous, — dit Monclar inquiet, — me donner à entendre que vous venez ici de la part de M. de Rouvière?

— Puisqu'il ne m'est pas permis de m'y trouver pour mon propre compte, de quelle part y viendrais je donc, si ce n'était de la sienne?

— C'est impossible.

— Pourquoi donc? — fit Babylas du ton le plus calme et le plus naturel.

Monclar, dont le trouble croissait en raison de l'assurance et de la tranquillité de Babylas, se mit à marcher avec agitation, laissant percer dans ses gestes convulsifs la colère qui grondait au fond de son cœur.

— Allons, — murmurait-il entre ses dents, — il est dit que je serai poursuivi toujours, partout et quoi que je fasse. Mais il a donc des ailes, ce Rouvière! ou plutôt ne serait-il pas un démon attaché par Satan lui-même à ma personne?

— Mes soupçons n'étaient, pardieu! que trop bien fondés, — pensait le maître d'armes à qui n'échappait aucun des mouvements, aucune des paroles du marquis; — voilà l'auteur de la lettre de cachet.

Monclar s'arrêta :

— Ainsi, monsieur, vous prétendez que M. de Rouvière vous a, aujourd'hui même, chargé de venir me provoquer?

— Pardon, monsieur le marquis, je ne crois pas qu'il ait été question du moment où M. de Rouvière m'a confié la mission dont je m'acquitte; je me pique d'une exactitude trop scrupuleuse pour en avoir rajeuni la date de trois jours.

— Trois jours! — s'écria Monclar; — quoi! ce défi dont je n'ai connaissance qu'aujourd'hui?...

— C'était à l'instant même de son arrestation que M. de Rouvière se remettait à moi du soin de vous le transmettre, monsieur le marquis.

S'il avait été possible à Babylas de conserver encore quelque doute, le changement soudain qui se manifesta dans la physionomie de Monclar eût suffi pour le dissiper complétement.

— Par ma foi! — s'écria ce dernier en partant d'un éclat de rire, — je n'ignorais pas que la nature vous avait doué d'une humeur assez originale; mais, mon cher monsieur, je ne me serais jamais imaginé que ce fût au point de venir me proposer de me battre avec un homme que vous savez être depuis trois jours en prison.

— Je conçois en effet que vous m'accusiez de lenteur et de négligence, — répliqua Babylas avec un air admirable de bonhomie; — soyez persuadé que je regrette vivement de n'avoir pas eu plus tôt l'idée d'une démarche qui, je l'espère, aura pour conséquence la liberté de M. de Rouvière.

— Comment cela?

— Certaines gens vont déjà disant à l'oreille des uns et des autres que vous êtes ravi de l'événement qui vous délivre à propos d'un adversaire redoutable...

— Monsieur Babylas!...

— Ce sont des calomniateurs, j'en suis convaincu; mais enfin la chose n'en est pas moins dite, et c'est là-dessus que je fonde mon espérance. Vous êtes un trop galant homme pour ne pas faire en faveur de M. de Rouvière quelque tentative qui impose silence à ces méchantes langues, et je vous crois trop bien en cour pour ne pas avoir quelque chance de réussir.

Ce raisonnement, qui ne manquait pas d'une certaine valeur, fit un instant monter le rouge de la honte au front de Monclar, et, dans son désir de se justifier, il répondit assez étourdiment :

— Certes, monsieur Babylas, vous ne vous êtes point mépris sur mes véritables sentiments; il y a seulement une grande exagération dans l'idée que vous paraissez avoir de mon crédit; je n'en suis pas encore venu au point de tenir dans mes mains les clefs de la Bastille.

— Ah! — fit Babylas, — c'est à la Bastille qu'on a mis M. de Rouvière?

— A la Bastille ou ailleurs, que sais-je?

Babylas avait retiré de sa visite tout le fruit qu'il en avait espéré; il s'inclina.

— Mille pardons, monsieur le marquis, de vous avoir dérangé; je craindrais de me montrer indiscret en abusant plus longtemps de votre patience.

Monclar regarda d'un air tout ébahi le grave maître d'armes qui se retirait à pas comptés.

— Le diable m'emporte si je devine l'objet de sa visite! — s'écria-t-il après le départ de Babylas : — à moins qu'il n'ait eu l'intention d'essayer sur moi l'effet de l'insolent propos qu'il prête à d'autres et que sans doute il va s'empresser de répandre en tous lieux... Ce ne peut être que cela, mordieu! et j'ai bien envie de tempérer la chaleur de son zèle en le faisant bâtonner un peu par mes gens.

Le marquis sonna son valet de chambre; mais ses ordres arrivaient trop tard pour être exécutés; Babylas avait passé le seuil de la maison, et, une fois dans la rue, délivré du souci d'imposer aux gens par la dignité de ses manières, il ne se faisait pas scrupule de presser quelque peu son allure.

— Ma feinte a obtenu un plein succès, — pensait-il en reprenant le chemin du logis; — me voici renseigné sur ce qu'il importait avant tout de connaître Je puis maintenant écrire à M. le conseiller de Rouvière, qui, dans une affaire comme celle-ci, ne se fera pas faute d'intéresser tout le parlement de Toulouse... Mais que de retards, bon Dieu! que de retards! Et puis, lorsqu'on agit de si loin, que de difficultés imprévues, insignifiantes, surgissent, grossissent et deviennent d insurmontables obstacles!... Ah! c'est à Paris même qu'il nous faudrait un appui, un protecteur haut placé. Eh! pardieu! j'y songe... n'ai-je pas entendu M. Guillaume parler d'un M. de Montenai, homme puissant qui s'intéressait à lui?... fort bien, mais ce M. de Montenai, qui est-il, où le trouver? voilà ce que j'ignore... Eh! qu'importe, n'ai-je donc pas une langue, de bonnes jambes et de la patience? Je chercherai et je trouverai.

Laissons s'écouler une huitaine de jours durant lesquels Babylas mit en pratique le principe de l'Évangile, et transportons-nous chez M. de Montenai, dans un petit salon dont les fenêtres ouvertes donnaient passage à la tiède brise du soir imprégnée des suaves senteurs du jardin.

Trois personnes étaient réunies dans ce délicieux réduit : Louise, qui semblait prendre part des oreilles et des yeux à l'intérêt de la situation présente, tandis qu'intérieurement elle en éloignait son esprit en le faisant remonter vers les souvenirs du passé : Monclar, dont le regard était brillant d'enthousiasme à la suite d'une chaleureuse déclaration à laquelle, cette fois, aucun importun n'avait fait obstacle, et qui venait de couronner, en tombant aux pieds de Louise, la plus entraînante des péroraisons ; M. de Montenai enfin, qui riait sous cape en voyant approcher le dénoûment objet de tous ses vœux et qu'il avait hâté de tous ses efforts.

Louise n'avait plus la ressource de temporiser; elle avait ellemême annoncé à son père la résolution d'en finir, et il ne lui restait d'autre rôle à jouer, en cet instant décisif, que celui d'une jeune fille qui, pour éviter les embarras d'un aveu, prend le parti de s'en référer à la décision de sa famille.

Mais au moment de s'ouvrir avec un seul mot le refuge qu'elle avait souhaité contre les orages de son cœur, elle se trouvait prise d'une subite hésitation; elle se demandait si ce refuge où elle allait enfermer toute son existence lui offrirait un abri bien assuré, si dans ce doute il n'y avait pas folie à engager sa liberté sans retour, et si, après tout, il ne lui serait pas moins pénible de mourir consumée par les souffrances d'un amour sans espoir que de vivre enchaînée à un homme qu'elle ne pourrait jamais aimer.

Cependant le beau, l'élégant marquis de Monclar était là, devant elle, à ses pieds, attendant et sollicitant du regard une réponse qu'elle ne pouvait différer davantage sans manquer à toutes les convenances; elle allait donc se résigner et commencer par la phrase d'usage le sacrifice de sa personne, lorsque le valet de chambre de M. de Montenai vint, en faisant une entrée assez indiscrète, lui apporter le secours d'une suspension.

— Pardon d'être accouru sans que monsieur m'ait fait appeler, — dit-il en reconnaissant d'un coup d'œil l'inopportunité de sa présence; — mais j'ai cru devoir annoncer sans retard une personne qui vient donner à monsieur des nouvelles de M. de Rouvière.

Ce qui justifiait cet empressement du valet de chambre, c'était que, la veille, chargé d'un message de son maître pour Guillaume, il était revenu porteur de la nouvelle d'une arrestation jusqu'alors ignorée chez le fermier général, et il avait pu juger, par le chagrin et l'inquiétude de M. de Montenai, du vif intérêt que celui-ci portait au jeune avocat toulousain.

Monclar se releva, la figure assez triste, doublement contrarié de l'interruption et du nom de mauvais augure qui l'avait occasionnée.

M. de Montenai, impatient de connaître les détails d'une affaire dans laquelle il lui tardait de mettre tout son pouvoir à la disposition du sauveur de sa fille, n'eut garde de gronder son domestique, et lui donna l'ordre d'introduire immédiatement la personne en question.

Cette personne, on l'a déjà deviné, c'était maître Babylas.

Le marquis de Monclar ne put se défendre d'un fâcheux pressentiment à la vue d'un homme dont l'intervention n'avait jamais manqué de lui être funeste. Babylas, de son côté, ne se retrouva pas sans émotion en présence de l'ennemi de Guillaume, dans une maison où il ne s'attendait guère à le rencontrer.

Cependant la surprise ne le domina pas au point de déranger la symétrie accoutumée de ses salutations; après les trois inclinations obligées : la première gracieusement arrondie en l'honneur de Louise, la deuxième profonde et respectueuse destinée au maître de la maison, et la troisième roide et empesée adressée à Monclar dans le seul but de ne point contrevenir aux règles de la civilité, Babylas prit cérémonieusement possession du siége qu'on lui offrait et se décida enfin à entrer en matière.

— J'ose espérer, monsieur, — dit-il en se tournant vers M. de Montenai, — que vous daignerez trouver dans ma visite une excuse suffisante de la liberté que j'ai prise en me présentant ici sans avoir l'honneur d'être connu de vous. Je me nomme Babylas et je suis professeur d'escrime... Mais peut-être n'êtes-vous pas sans avoir entendu parler du seul homme devant qui Berthelot ait été contraint d'abaisser la pointe de son fleuret, en reconnaissance de sa défaite ?

La vérité est que cet événement mémorable n'était nullement parvenu aux oreilles de M. de Montenai ; cependant il crut devoir répondre avec politesse par un mouvement de tête qui pouvait, à la rigueur, passer pour un signe d'affirmation.

Louise, dont la vivacité s'accommodait peu de tous ces préliminaires, s'empressa d'intervenir afin de donner un tour plus rapide à la conversation.

— Excusez mon impatiente curiosité, monsieur, — fit-elle en s'adressant à Babylas ; — vous venez, a-t-on dit, nous donner des nouvelles de M. de Rouvière ; lui serait-il donc arrivé quelque chose de fâcheux ?

— Hélas ! oui, ma chère enfant, — dit M. de Montenai, — M. de Rouvière a été arrêté.

— Est-il possible ?

— Le lendemain du jour où il nous fit sa dernière visite, si je m'en rapporte au récit de mon valet de chambre ; mais c'est hier seulement que j'ai eu connaissance de ce malheur.

— Et vous ne m'en avez point parlé, mon père !

— J'attendais que de nouveaux éclaircissements me missent en mesure d'agir sûrement et avec promptitude, et je jugeais inutile de t'alarmer dans une circonstance où j'ai l'espoir que mes efforts ne seront pas sans efficacité... Ayez la bonté, monsieur Babylas, de nous faire connaître ce que vous savez des détails de cette triste affaire ; apprenez-nous dans quelle prison M. de Rouvière a été conduit ; dites-nous quel ennemi vous soupçonnez d'avoir attiré sur lui une persécution si imprévue.

— Je suis venu en effet, monsieur, dans l'intention de vous communiquer mes idées à ce sujet ; mais ce que j'ai de mieux à faire, je le vois, est de vous inviter à interroger une personne assurément mieux informée que je ne le suis, et qui se fera un devoir, je n'en doute pas, de vous édifier sur tous les points que vous désirez éclaircir.

— Quelle est donc cette personne ? — demandèrent en même temps M. de Montenai et sa fille.

— Je ne pensais pas, — répondit Babylas, — avoir besoin de nommer M. le marquis de Monclar.

La colère et l'embarras firent passer tour à tour du blanc au pourpre le visage de ce dernier.

Frappé d'un trouble qui paraissait si peu motivé, M. de Montenai lui dit en le considérant avec surprise :

— Je me souviens en effet que le hasard vous fit rencontrer un jour chez moi M. de Rouvière, et que les termes de votre entretien semblaient annoncer d'assez étroites relations.

— Oh ! monsieur, — fit Louise en levant sur Monclar ses beaux yeux suppliants, — s'il est vrai que vous puissiez nous tirer d'incertitude, hâtez-vous de le faire, je vous en conjure.

— Mais, mademoiselle...

— Mon impatience ne vous étonnera plus, et vous trouverez naturel que je prenne un vif intérêt à ce qui concerne M. de Rouvière, quand vous saurez que je lui suis redevable de la vie.

— Je vous assure, mademoiselle, que cet homme se trompe, et que je ne comprends rien à ce qu'il vient de vous dire.

— Cet homme ne se trompe point, vous le savez bien, — répliqua Babylas d'une voix ferme, — et ce n'est point l'intelligence qui vous fait défaut en ce moment, monsieur le marquis. Quant à moi, je comprends très-bien ce que signifient vos lèvres serrées, et le feu de votre regard, et votre ton de mépris en parlant de ma personne ; tout cela, je le sais, est l'indice d'un violent courroux sous le poids duquel je succomberai tôt ou tard, moi humble et chétif ; mais si je puis être utile à M. de Rouvière, que m'importe le sacrifice de ma liberté et même de ma vie ?... Allons, monsieur le marquis, exécutez-vous de bonne grâce ; la feinte est désormais impossible ; savais-je, moi, que M. de Rouvière était à la Bastille, et n'est-ce pas vous qui me l'avez appris ?

— Voilà, certes, — dit Monclar avec un rire forcé, — une preuve admirablement trouvée et sans réplique !

Babylas se leva tout à coup en écrasant le marquis d'un regard victorieux : — Une preuve de quoi ? — s'écria-t-il ; — je n'ai pas encore dit ce dont je vous accusais.

Monclar se mordit les lèvres ; il comprit qu'il venait de s'enferrer lui-même.

— Mais, — continua Babylas, — avais-je donc des doutes, et, pour m'éclairer, ce cri de votre conscience était-il nécessaire ? Sur qui M. de Rouvière est-il venu poursuivre à Paris la réparation d'une offense ? sur M. de Monclar ; qui a-t-il provoqué et vaincu trois fois en combat singulier ? M. de Monclar ; à qui m'envoyait-il porter un quatrième défi le matin même de son arrestation ? à M. de Monclar ; quel autre ennemi lui connaissait-on ? aucun ; qui avait un intérêt à se débarrasser de lui ? personne. Et il se joint à tout cela que M. de Monclar est assez bien en cour pour obtenir une lettre de cachet ; et lorsque chacun ignore le nom de la prison où a été jeté M. de Rouvière, il se trouve encore que ce nom est parfaitement connu de M. de Monclar... Oh ! tenez, monsieur le marquis, ce serait en vain que vous m'opposeriez les dénégations les plus formelles, voilà M. de Montenai et sa fille qui, pour partager ma conviction, n'ont eu besoin que de m'entendre et de vous regarder.

Monclar était en effet d'une pâleur effrayante, et tellement pris au dépourvu par cette accusation brusquement et nettement formulée, qu'il n'avait pu trouver un mot pour essayer de se défendre.

Mais les paroles de Babylas venaient de produire un effet bien plus grand encore que ne se l'imaginaient le marquis et le maître d'armes : elles avaient frappé d'un trait de lumière l'esprit de Louise et celui de M. de Montenai, en rappelant à leur mémoire la confidence qu'ils avaient reçue de Guillaume à sa première visite.

Louise se leva, et d'un ton où perçaient l'indignation et le mépris, quoiqu'elle s'efforçât de le rendre calme :

— Monsieur le marquis, — dit-elle à Monclar, — au moment où monsieur est entré, vous attendiez de moi une réponse que je crois inutile de différer davantage. En m'adressant la demande dont vous avez bien voulu m'honorer, je pense que vous vous êtes trompé à la fois de pays et de personne. Il y a, je crois, à Toulouse, quelqu'un à qui il serait juste et convenable que vous ne fissiez pas trop attendre le redressement de cette méprise.

Et Louise, dont la colère mal contenue commençait à rendre la parole aigre et vive, se hâta de sortir du salon, tandis que M. de Montenai se levait sans dire un mot, faisait à Monclar une sèche et froide inclination de tête, et se mettait à causer avec Babylas qu'il entraînait dans l'embrasure d'une fenêtre.

Le marquis, au comble de l'étonnement et de la confusion, sentit que sa cause était définitivement perdue, et que, sa justification devenant désormais impossible, il ne lui restait plus à prendre d'autre parti que celui de la retraite. Mais il avait en se retirant les traits du visage violemment contractés, et de ses yeux jaillissaient des éclairs, indice de la tempête qui soulevait déjà dans son cœur la soif de la vengeance.

XVIII. — Le fer et le feu.

A cette même heure où le marquis de Monclar s'éloignait furieux de l'hôtel de Montenai, Guillaume, que nous avons laissé blotti dans un grenier, songeait à sortir de cette retraite incommode où un excès de prudence lui avait fait passer toute la journée. Le soir ayant enfin ramené l'obscurité, il crut pouvoir se hasarder à reparaître dans la rue ; il avait le projet, non pas de regagner sa demeure, où, selon toutes les probabilités, s'exerceraient d'abord les recherches de la police, mais d'aller chez M. de Montenai solliciter un asile et le prier d'employer son crédit à obtenir la révocation de la lettre de cachet.

Guillaume, dans sa précipitation à fuir la patrouille par laquelle il s'était cru poursuivi, n'avait guère songé à étudier la disposition du lieu où il s'était réfugié ; perdu au milieu des ténèbres, dans un dédale de greniers et de corridors, il chercha longtemps sans succès à retrouver le chemin par où il était arrivé.

Enfin il parvint, à force de tâtonner, à l'entrée d'un escalier en limaçon, qui lui parut plus étroit et plus rapide que celui qu'il avait franchi le matin ; c'était en effet un escalier de service dans lequel il venait de s'engager.

Qu'importait, pourvu qu'il rencontrât une issue ?

Après avoir descendu une quarantaine de marches, il se trouva sur un palier au bout duquel l'escalier reprenait.

Mais, n'ayant pour se diriger le secours d'aucune clarté, si faible qu'elle fût, et s'imaginant qu'il devait continuer de tourner comme il l'avait fait pour les étages supérieurs, il alla donner dans une porte ouverte, et pénétra dans un couloir qui le conduisit à une chambre, où il reconnut son erreur en se heurtant contre les meubles.

Il se mettait en devoir de rebrousser chemin, lorsqu'il entendit deux personnes parler et marcher à quelques pas de lui ; il s'arrêta aussitôt, effaçant son corps contre le mur, et osant à peine respirer.

— Es-tu certain qu'il n'y a plus de danger ? — disait l'une des deux voix.

— Tu as vu toi-même, — répondait l'autre.

— Il m'a paru, en effet, que tout était parfaitement éteint ; cependant, si la chose était arrivée chez mon maître, je n'aurais pas osé sitôt quitter ma chambre ; on ne saurait, en pareil cas, prendre trop de précautions. Remontons chez toi faire une dernière visite.

— Je t'assure que c'est tout à fait inutile.

— Comme tu voudras. Mais à quoi diable attribuer un pareil accident ? Tu ne te chauffes pas dans cette saison, je suppose ? Comment le feu a-t-il pu prendre à ta cheminée ?

— Je crois que j'en ai trouvé l'explication. Hier au soir, mon maître, qui va se marier, a fait une recherche de tous les poulets de ses maîtresses...

— Mesure sage et prudente : ce sont des témoins indiscrets ; il faut se garder de laisser à une femme la possibilité de les interroger.

— Surtout quand la collection est aussi variée que nombreuse. Aussi en avons-nous fait un magnifique auto-da-fé entre les deux chenets de la cheminée.

— Quel rapport entre cette circonstance et le feu de ta chambre ?

— Un très-grand; la cheminée de mon maître communique à la mienne.

— Ah! c'est différent.

— Quelqu'une de ces lettres enflammées se sera envolée par le tuyau...

— C'est si léger, tous ces serments d'amour!... Enfin tu as eu plus de peur que de mal, et maintenant que te voilà hors d'embarras et complétement rassuré, je te souhaite une bonne nuit.

— Du tout, ce n'est pas ainsi que nous devons nous quitter; il n'est que huit heures, mon maître ne rentrera pas avant neuf, le tien, m'as-tu dit, est en bonne fortune pour toute la soirée, nous avons le temps d'aller au cabaret du coin boire une ou deux bouteilles de clairet.

— Va donc pour le clairet; après la chaleur, le rafraîchissement; rien de plus juste.

Guillaume entendit, à la suite de ce dialogue, le bruit d'une clef qu'on tournait dans une serrure, et peu après un bruit de pas qui alla se perdre dans l'escalier.

Reconnaissant bientôt, au silence qui régnait autour de lui, qu'il n'avait plus d'importuns à craindre, il rentra dans le couloir afin de regagner le palier; mais un obstacle auquel il ne s'attendait pas l'arrêta tout à coup dans sa marche : c'était la porte, cause de sa méprise, qu'avaient refermée en sortant les deux domestiques dont il avait entendu l'entretien.

Voilà donc Guillaume prisonnier encore une fois; et déjà regardant comme perdu tout le terrain qu'il avait gagné, il se voyait réintégré dans la Bastille, non plus dans la chambre qu'il y avait occupée, mais au fond de quelque sombre cachot où on lui ferait expier chèrement sa tentative d'évasion.

Cependant, avec la réflexion, le calme ne tarda pas à entrer dans son esprit, et ses pensées devinrent un peu moins sinistres.

Pourquoi le maître du logis où il se trouvait, n'ayant aucun intérêt à lui vouloir du mal, ne s'empresserait-il pas au contraire de lui prêter en cette occasion l'assistance que tout homme doit à son semblable dans l'embarras?

Ce qu'il avait à lui demander était si peu de chose! Il ne s'agissait que de le laisser sortir et de se taire.

La position de Guillaume, dans un couloir obscur où ses mains cherchaient vainement un siége, n'était rien moins qu'agréable; il retourna vers la pièce où il avait déjà pénétré. Pendant qu'il tâtonnait de côté et d'autre afin de trouver une chaise sur laquelle il pût s'asseoir, sa vue rencontra un faible rayon de lumière auquel livrait passage l'entre-bâillement d'une porte mal fermée.

Guillaume, oubliant toutes les réflexions rassurantes qu'il venait de faire, éprouva d'abord un sentiment de frayeur; sans doute il y avait quelqu'un dans la pièce qu'il voyait ainsi éclairée, et, dans la crainte de se trahir, il demeura aussitôt dans un état parfait d'immobilité.

Mais songeant ensuite qu'il ne faisait que reculer la difficulté sans la vaincre, et qu'un peu plus tôt ou un peu plus tard il lui faudrait toujours bien ou se présenter ou se laisser surprendre, il jugea préférable, dans son propre intérêt, d'aller au-devant de la difficulté et d'aborder franchement la question.

Il s'approcha donc de la porte et frappa trois petits coups, avec toute la discrétion que comportait la circonstance. Ne recevant point de réponse, il prit le parti de pousser la porte et d'entrer; il n'y avait personne.

La pièce où il venait de s'introduire était une chambre à coucher décorée avec une élégance toute féminine; cependant deux épées se croisant sur le mur, à la tête du lit, indiquaient qu'elle était habitée par un homme.

Il y avait sur la cheminée une lampe de nuit allumée, et, tout près d'un guéridon sur lequel étaient quelques papiers, s'allongeait un vaste fauteuil qui tendait les bras d'une façon tout à fait engageante; Guillaume trouva à s'y enfoncer la plus grande volupté qu'il eût ressentie peut-être de sa vie.

Si l'on veut bien se rappeler toutes les fatigues qu'il avait essuyées, toutes les émotions par lesquelles il avait passé depuis vingt-quatre heures, on comprendra sans peine qu'il devait avoir un extrême besoin de repos, tant au physique qu'au moral. Aussi, du moment qu'il eut étendu ses jambes et que sa tête se fut renversée sur le dossier, en vain fit-il appel à toutes les forces de sa volonté pour fixer ses idées sur le péril de sa situation et sur les moyens de s'y soustraire, un engourdissement profond s'empara peu à peu de tout son corps et ne tarda pas à gagner jusqu'à sa pensée. Un de ses bras resta appuye sur le guéridon, tandis que l'autre retombait inerte en dehors du fauteuil; ses paupières appesanties se fermèrent; il s'endormit.

Il y avait une demi-heure à peine que Guillaume s'était laissé dompter par le sommeil, lorsqu'il se leva tout à coup réveillé en sursaut, soit par quelque mauvais rêve, soit par quelque bruit qui se fit dans l'intérieur de la maison.

Dans la brusquerie de son mouvement, il dérangea l'équilibre du guéridon, qui alla rouler à terre avec tout ce qu'il portait. Son premier soin, après s'être un peu remis, fut de réparer le désordre qu'il venait d'occasionner.

Parmi les papiers qu'il ramassait, un médaillon lui tomba sous la main; ce médaillon renfermait une miniature dont la vue lui fit pousser un cri de surprise. Une lettre tout récemment écrite, et qui n'avait pas encore été fermée, détruisit dans son esprit jusqu'à la possibilité du doute; elle portait pour signature le nom de celui dont il avait reconnu les traits dans le médaillon.

— Je suis perdu! — s'écria Guillaume.

Il entendit au même instant marcher dans le couloir.

— Si c'était lui!

Et, par un mouvement instinctif, il se jeta sur l'une des épées qu'il avait vues suspendues à la muraille.

— Qu'il vienne! — fit-il en serrant avec force la poignée de l'arme dans sa main; — loyal ou félon, je n'ai rien à craindre de lui.

La porte s'ouvrit, et il vit paraître le marquis de Monclar.

Celui-ci était seul; le bouleversement de ses traits indiquait que l'agitation de son âme était loin d'être calmée.

A peine fut-il entré que Guillaume, passant derrière lui, repoussa vivement la porte, dont il ferma le verrou, et se plaça devant, l'épée à la main, comme pour en défendre l'approche.

Le marquis, tiré brusquement de la rêverie qui l'avait empêché jusque-là de rien voir, se retourna et demeura pétrifié à l'aspect de Guillaume, qu'il fut tenté de prendre pour une apparition; mais les paroles de ce dernier le forcèrent bientôt à reconnaître qu'il avait devant les yeux une réalité.

— Monsieur le marquis, hier au soir encore j'étais prisonnier : je me suis évadé ce matin, et l'on m'a poursuivi; comme je cherchais un asile, un hasard étrange m'a conduit chez vous; je ne sais à quelle résolution votre esprit vous conseillera de vous arrêter, s'il vous dira de me laisser les moyens de fuir ou s'il vous soufflera de me livrer aux magistrats qui feront rouvrir pour moi les portes de ma prison; je ne m'en expliquerai pas moins avec une entière franchise sur la conduite que je tiendrai dans l'un ou dans l'autre cas. Si vous consentez à me laisser partir, je n'accepterai votre générosité, je vous en préviens, qu'à la condition de ne pas être lié par elle au point de trahir mon devoir; libre aujourd'hui par vous, attendez-vous donc à me voir dès demain réclamer l'honneur de mesurer mon épée avec la vôtre. Si au contraire votre intention est de faire tourner mon embarras au profit de la haine que je dois vous inspirer, faites; je vous invite seulement à recueillir toutes vos forces, à faire appel à toute votre habileté; car je jure Dieu que vos mains n'ouvriront point cette porte, moi vivant.

Monclar jeta sur la table ses gants qu'il avait froissés et déchirés en écoutant Guillaume.

— Si j'avais hésité à prendre ce dernier parti, — répondit-il d'une voix que faisait trembler la colère, — votre menace, monsieur, eût suffi pour m'y décider.

Guillaume se mit en garde; mais le marquis ne fit même pas le geste de tirer son épée.

— Je vous attends, monsieur! — cria Guillaume avec un accent provocateur.

Les doigts crispés et le regard sombre de Monclar attestaient la violence qu'il se faisait pour paraître calme : cependant il s'assit sans répondre devant le guéridon, et se mit à écrire.

Lorsqu'il eut fini, il montra à Guillaume le papier qu'il pliait et cachetait.

— Ceci, monsieur, — lui dit-il, — renferme un avis adressé à M. le lieutenant de police, et je le crois écrit d'un style assez pressant pour qu'il se hâte d'envoyer chez moi, toute affaire cessante.

Monclar se leva et tendit la main vers le cordon d'une sonnette.

— Qu'allez-vous faire? — s'écria Guillaume en se précipitant sur lui et le saisissant par le bras.

— Sonner mes gens, afin que ce billet soit remis sur-le-champ à sa destination.

— Je vous le répète, monsieur le marquis, cela ne sera point avant que l'un de nous deux soit mort.

— Tuez-moi donc, monsieur de Rouvière! — dit Monclar en présentant sa poitrine.

Guillaume recula; toutes ses idées étaient bouleversées.

Monclar jeta sur lui un regard dont l'expression était à la fois triomphante et féroce.

— Votre étonnement est naturel, — reprit-il; — vous livrer est d'un lâche, selon vous; et cependant il n'est pas dans l'ordre qu'un lâche abandonne sans défense, comme je le fais, sa poitrine au fer de son adversaire. Non, monsieur de Rouvière, mon action n'est point d'un lâche; elle est d'un homme pour qui la vie n'a plus de prix, d'un ennemi implacable à qui il faut une vengeance terrible et sûre. Cette vengeance, elle se présente; je la tiens, je ne la laisserai point échapper; seulement il vous appartient d'en accroître ou d'en diminuer les effets : un cachot, si vous me laissez agir; si vous m'assassinez, l'échafaud. Choisissez!

Guillaume était atterré.

Monclar fit un nouveau mouvement vers la sonnette; mais, retrouvant aussitôt son énergie devant l'imminence du péril, Guillaume, plus prompt que l'éclair, s'empara des deux poignets du marquis et les étreignit violemment dans ses mains.

— A votre aise, — fit Monclar avec un rire strident; — j'attendrai que vous soyez fatigué.

Guillaume, dont le sang commençait à bouillonner, approchant sa figure de celle de Monclar et fixant sur lui ses yeux étincelants, s'écria :

— Au nom du ciel, monsieur le marquis, ne me tentez pas davantage!

Même silence de la part du marquis.

— Eh bien! donc, je vous regarde et je vous traite comme un misérable indigne de porter le nom d'un gentilhomme.

Et sans cesser d'étreindre dans ses mains les poignets du marquis, Guillaume lui cracha au visage.

Cette fois l'épreuve était trop forte; Monclar, qui avait eu déjà beaucoup de peine à se contenir jusque-là, devint pourpre de colère.

— Lâchez-moi! — s'écria-t-il; — lâchez-moi, et mettez-vous en garde!

— Enfin! — dit Guillaume en lui laissant les mains libres.

Et il avait à peine eu le temps de se reculer et de reprendre son épée, que le marquis fondait sur lui avec la rapidité de la foudre.

Alors commença, entre ces deux hommes que la fureur aveuglait également, une lutte acharnée et sans merci.

Tout à coup il se fit dans la rue un mouvement extraordinaire; un bruit inaccoutumé vint troubler le silence de ce quartier peu fréquenté pendant le jour et que les approches de la nuit transformaient en une véritable solitude; c'était celui d'une foule accourant à pas précipités, et dont les voix s'élevant en même temps faisaient une étrange rumeur.

Mais aucun bruit, aucun son n'arriva aux oreilles des deux combattants, dont toutes les facultés semblaient être passées dans la lame de leur épée.

Bientôt une lueur, faible d'abord, puis grandissant, puis jetant sur toute la rue comme le reflet d'un vaste brasier, vint à travers les vitres inonder de son éclat l'appartement du marquis.

Ni Guillaume ni Monclar ne s'en aperçurent; ce que cherchaient leurs yeux avides, ce n'était pas du feu, mais du sang.

Cependant le tumulte extérieur croissait à chaque minute; et le cri « Au feu! » sorti de mille bouches à la fois, allait porter dans toutes les maisons, dans toutes les rues du quartier son alarme retentissante.

La maison qui brûlait était celle-là même où le marquis et Guillaume se battaient.

Déjà toute la partie supérieure était en flamme; la toiture craquait et se séparait en donnant passage à des jets de feu; des chevrons embrasés se détachaient et, précipités dans la rue, semblaient la foudre sillonnant les airs.

Des hommes du peuple, emportés par un noble élan (c'est toujours là que, dans les grands désastres, il faut chercher le dévouement et le courage), envahissaient l'entrée de la maison, franchissaient les escaliers, se répandaient dans les couloirs, enfonçaient les portes et pénétraient dans l'intérieur des appartements pour y chercher des malheureux à secourir; c'était enfin une scène d'effroyable désordre, d'horrible fracas et de cris déchirants.

Monclar et Guillaume, étrangers à tout ce qui n'était point leur haine, continuaient de se ruer l'un sur l'autre avec rage; le combat durait depuis une demi-heure, et ils n'avaient encore pu s'atteindre. La fureur des deux adversaires avait égalisé les chances, en imprimant aux coups du marquis plus d'énergie et de vivacité, en privant Guillaume du sang-froid dont le concours est indispensable à la science.

Mais leurs forces commençaient à ne plus répondre à leur ardeur, et déjà même leurs bras fatigués se roidissaient, lorsque Monclar, impatient d'en finir, se précipita sur son adversaire avec une fougue inconsidérée. Au même instant il poussa un cri et s'affaissa sur le parquet; il venait de s'enfoncer lui-même jusqu'à la garde l'épée de Guillaume dans la poitrine.

On frappait en ce moment à coups redoublés à la porte. Guillaume, s'imaginant que c'était à lui qu'on en voulait, ayant déjà la tête exaltée par le combat et par la vue de son ennemi étendu à ses pieds, courut à la fenêtre qu'il ouvrit; et, se pendant au balcon par les mains, il se laissa tomber dans la rue.

La fenêtre heureusement n'était pas élevée; Guillaume resta un instant étourdi par la secousse; mais sa chute n'eut pas d'autre résultat fâcheux; il fut même si prompt à se remettre que, voyant approcher quelques personnes attirées vers lui par l'inquiétude et par la pitié, il se prit à courir comme s'il avait eu sur ses talons tous les agents de la police du royaume.

Persuadée que, au milieu d'un si grand désastre et en face d'une mort presque certaine, cet homme venait d'être pris d'un subit accès de folie, la foule s'empressa d'ouvrir ses rangs pour lui livrer passage.

XIX. — Tout près du ciel.

Le soleil venait à peine de se lever qu'un homme, dont les traits pâles et décomposés indiquaient une nuit passée dans les agitations de l'insomnie, sortait d'un petit appartement attenant à la galerie de tableaux de M. de Montenai, traversa cette galerie, descendit l'escalier, et remit à un laquais une lettre sur laquelle il y avait : *A M. Babylas.*

Puis ce personnage, plongeant du regard, à travers les portes vitrées du vestibule, dans un jardin parsemé de plates-bandes diaprées et d'allées verdoyantes, se sentit probablement attiré par l'aspect de cette riante et calme nature; car au moment où il allait mettre le pied sur la première marche de l'escalier pour remonter dans la galerie, il se retourna tout à coup et se dirigea vers le jardin, où il se perdit bientôt dans les bosquets les plus touffus.

C'était par une de ces belles matinées, fraîches, pures et gaies dont l'automne encadre quelquefois ses magiques splendeurs, et qui, lueurs éclatantes mais dernières de la belle saison, mêlent aux idées de bonheur qu'elles font naître un mélancolique sentiment de regret. Le promeneur dont nous venons de parler s'oublia sans doute dans ses rêveries agréables ou tristes; plusieurs heures s'étaient écoulées qu'il errait encore, solitaire et pensif, au milieu des massifs où il s'était engagé.

A quelque distance de lui, près d'un bassin sur lequel glissaient deux cygnes éblouissants de blancheur, un vieillard et une jeune fille, M. de Montenai et Louise, vinrent occuper un banc de marbre au-dessus duquel s'arrondissaient en dôme le chèvrefeuille et la clématite.

— Mais que je te regarde encore, mon enfant! — s'écria M. de Montenai; est-ce bien toi, depuis quelque temps si pâle et si abattue, que je vois ce matin resplendissante de fraîcheur et de gaieté?

— Ne m'aimez-vous pas mieux ainsi, mon père? — demanda Louise en souriant.

— Méchante! — fit le vieillard avec un ton de doux reproche; — pourquoi Dieu permet-il que des enfants aient le pouvoir de nous faire passer, selon leur caprice, par toutes ces alternatives de bonheur et de chagrin! Hier, quand je voyais tes yeux s'alanguir, tes joues se décolorer, l'expression du chagrin remplacer le rire sur tes lèvres, c'était la tristesse qui me serrait le cœur; aujourd'hui, je te trouve, comme il y a six mois, légère, vive et rieuse, et je me sens tout prêt à pleurer de joie. Quel était le sujet de cette mélancolie qui m'alarmait? Quelle est la cause du changement inespéré qui me transporte d'aise? Est il possible que j'y comprenne rien? Je t'aurais vu sans surprise un air triomphant hier, lorsque tu te voyais sur le point d'avoir un des plus beaux noms et de prendre pour époux un des cavaliers les plus recherchés de la cour; mais j'avoue que l'à-propos m'en échappe au moment où tu sors d'apprendre à la fois la perfidie de M. de Monclar et la captivité de M. de Rouvière.

Louise avait pris entre ses deux mains une des mains de son père et, le regardant avec des yeux caressants, elle lui répondit :

— Me suis-je trompée, mon père, ou ne m'avez-vous point dit vous-même, il y a quelques jours, que vous aviez rendu un service important à monseigneur le régent et que sa reconnaissance n'avait rien à vous refuser?

— Il est vrai.

— La liberté de M. de Rouvière est donc assurée, et, ce sujet ne m'inspirant plus aucune inquiétude, il n'est pas surprenant que je n'y aie point trouvé un motif de tristesse.

— Fort bien; je conçois que ta confiance en mon pouvoir ait tranquillisé ton esprit; mais il y a loin de cette tranquillité au bonheur que je vois briller dans ton regard.

— Il y a plus loin encore, mon père, du naufrage au salut.

— Que veux-tu dire?

— C'en était fait hier du repos, de la vie peut-être de votre fille, si le ciel avait voulu que, au lieu d'avoir un cœur déloyal et traître, M. de Monclar possédât les qualités dont l'apparence nous avait trompés tous les deux.

— Pourquoi donc? — demanda M. de Montenai frappé de cette singulière contradiction.

— Parce qu'alors il n'y eût pas eu d'obstacle à notre mariage.

— En vérité, plus je t'écoute et plus je demeure saisi de surprise... Ce mariage eût donc fait ton malheur?

— Oui, mon père.

— Mais, cruelle enfant, n'était-ce pas de ton propre mouvement que tu y avais consenti?

— C'était de mon propre mouvement.

— Et, quoique j'eusse un vif désir qu'il s'accomplît, avais-je rien fait pour contraindre ta liberté?

— Non; vous m'avez toujours laissée parfaitement libre.

— Cependant c'était, dis-tu, ton repos, ton bonheur, ton avenir que tu sacrifiais ainsi volontairement et sciemment; où chercher l'explication d'un si étrange caprice?

— Ne la cherchez point, mon père, et laissez-moi me féliciter d'un événement dont le plus précieux résultat est que je ne serai point séparée de vous.

— Dieu me préserve de troubler une joie que je suis si heureux de voir reparaître enfin sur ta physionomie. J'ai l'espérance que je ne tarderai pas à l'accroître encore en t'apportant une agréable nouvelle.

— Elle ne viendra jamais trop tôt au gré de mon impatience.

— Dès hier au soir, j'ai écrit afin d'obtenir une prompte audience du régent, et mes instances étaient assez pressantes pour que j'aie lieu de compter ce matin même sur une réponse.

— Vous ne sauriez vous figurer de quel contentement le succès de vos démarches remplira mon cœur... non pas que je regarde le service que vous allez rendre à M. de Rouvière comme l'acquittement de la dette que nous avons contractée envers lui; bien loin de là; il faudrait qu'il nous mît bien d'autres fois à l'épreuve avant d'épuiser dans mon cœur le sentiment de la reconnaissance; veuillez le lui dire, mon père, lorsque vous lui porterez l'ordre de sa mise en liberté.

— Je suppose que tu ne seras pas fâchée d'avoir l'occasion de t'acquitter toi-même de ton message.

— Je le ferai certainement avec plaisir si M. de Rouvière vous accompagne à votre retour, — répondit Louise dont le visage reprit aussitôt une expression sérieuse et presque sombre.

— Il dépend de toi que tu n'attendes même pas si longtemps, — fit M. de Montenai qui ne s'aperçut pas d'abord de ce changement subit.

Louise regarda son père avec étonnement.

— Que voulez-vous dire?

— M. de Rouvière est ici.

— M. de Rouvière!

— C'est une histoire toute pleine d'intérêt qu'il ne tardera pas lui-même à te raconter; oui, ma fille, à peine m'avais-tu quitté, hier au soir, que j'ai vu entrer chez moi M. de Rouvière, évadé de la Bastille, et qui venait chercher un asile dans ma maison... Mais qu'as-tu donc? te voilà redevenue tout à coup pâle et rêveuse, et cela au moment où je t'annonce la présence d'un homme pour lequel tu professais à l'instant même une reconnaissance inépuisable.

— Vous avez raison, — répondit Louise d'une voix émue; — je devrais paraître heureuse de sa délivrance, et je le suis en effet!... mais... je voudrais... je souhaiterais... tenez, mon père, soyez bon pour moi... dispensez-moi de paraître devant lui... Je m'enfermerai jusqu'au moment où il aura pu quitter notre maison sans danger... Il sera facile de trouver une excuse; vous lui direz qu'une indisposition me retient dans mon appartement.

— Qu'entends-je? Tu refuses de voir M. de Rouvière! Mais que veux-tu que je pense de cette nouvelle bizarrerie?

— Mon père!

— Tu es émue, troublée... je vois des larmes rouler dans tes yeux... Louise, tu me caches un secret... tu manques de confiance en moi qui te suis si dévoué... Oh! c'est mal, c'est bien mal!

Louise passa ses bras autour du cou de M. de Montenai, et appuya son front sur son épaule.

— Voyons, mon enfant, — poursuivit M. de Montenai tout attendri, — ouvre-moi ton cœur; il n'est jamais trop tard pour se réfugier dans le sein d'un ami; fais-moi connaître tes souffrances... car tu souffres, je le vois.

— Oh! oui, mon père!

— Toi dont les désirs ont toujours été remplis aussitôt que formés!... Mais parle; quel que soit ton vœu, je te jure que s'il est en mon pouvoir de le remplir...

— Non, mon père, cela n'est pas en votre pouvoir.

— Qu'en sais-tu? Dis toujours.

— Oh! non, vous ne pouvez faire qu'il m'aime et qu'il n'en aime pas une autre.

— Qui donc? M. de Rouvière! — s'écria M. de Montenai dont une lumière soudaine éclaira l'esprit.

Louise ne répondit point; elle pleurait.

— Pauvre enfant! — reprit M. de Montenai en la pressant avec tendresse contre son cœur; — je comprends tout à présent, ton chagrin, les luttes où s'épuisaient les forces de ton âme, et ces caprices dont j'accusais l'inconséquence de ton caractère; tu combattais un amour sans espoir, tu voulais en fuir l'objet, et c'était contre ta faiblesse que tu cherchais une arme dans cette union qui t'eût rendue malheureuse... Pauvre enfant!... Hélas! quel dommage! — poursuivit-il après un instant de silence; — je me sentais si bien disposé à aimer ce jeune homme! j'aurais eu tant de plaisir à l'appeler mon fils! Mais, es-tu bien sûre?...

— Oh! mon père! avez-vous donc oublié le jour où il vous consulta sur cette malheureuse affaire qui l'avait amené à Paris? et, lorsque vous lui eûtes fait comprendre quels obstacles l'empêcheraient d'obtenir justice, ne vous rappelez-vous point comme un noble élan de son cœur trahit involontairement son secret?

— Oui, je me le rappelle en effet; tu as raison, ma pauvre Louise, car, en écoutant M. de Rouvière, je pensai moi-même qu'on n'embrassait pas avec tant de feu la cause d'une étrangère et d'une indifférente.

— Vous voyez donc bien que je dois l'oublier, et, pour l'oublier, il faut que je fuie sa présence.

— O mon Dieu! mon Dieu! — fit M. de Montenai en laissant tomber sa tête sur sa poitrine, — j'ai du pouvoir et de la fortune, et ce qui manque au bonheur de ma fille, ni la richesse ni le crédit ne peuvent me le donner!

Un domestique s'approcha; il apportait la lettre d'audience attendue par M. de Montenai.

Celui-ci se leva, et baisant Louise au front avec tristesse :

— Du courage, mon enfant, — lui dit-il, — du courage! et ne crains point de mettre à l'épreuve le dévouement de ton père : en quelque lieu que tu veuilles aller, je te suivrai : comme tu voudras vivre, je vivrai : solitaire ou dans le tourbillon du monde, ici ou au fond d'une campagne; choisis, ordonne, je mettrai mon bonheur à t'obéir; je n'ai plus qu'une ambition, je ne forme plus qu'un vœu, c'est de te voir tranquille et consolée.

Louise appuya ses lèvres sur la main de M. de Montenai qui essuyait furtivement une larme.

— Allons, — fit-il avec un soupir, — allons payer la dette de la reconnaissance, et, si mon enfant est dans l'affliction, tâchons d'oublier un moment que c'est à cause de lui.

Louise suivit des yeux quelques instants son père qui s'éloignait; puis, inclinant sa tête sur ses deux mains, elle tomba dans une profonde rêverie.

Tout à coup, à un bruit qui se fit entendre derrière elle dans le feuillage, elle se retourna et se leva en jetant un cri. Elle venait d'apercevoir un homme, et cet homme, c'était Guillaume.

Elle voulut fuir; mais il tendit vers elle ses mains suppliantes.

— Oh! je vous en conjure! — lui dit-il, — si j'ai été le jouet d'un rêve, si tout ce que je viens d'entendre n'était qu'une illusion, laissez, laissez le charme se prolonger par votre présence!

Louise fit encore un mouvement pour se retirer; mais son émotion était trop vive, l'énergie lui manqua; elle se laissa retomber sur le banc.

Guillaume fut bientôt à ses pieds, couvrant ses mains de baisers et de larmes, essayant d'exprimer les sentiments qui se pressaient tumultueusement dans son cœur, et ne trouvant que ces seuls mots cent fois répétés :

— Louise... Louise... je vous aime!

— Vous m'aimez! vous, monsieur de Rouvière!

Et Louise, qui avait enfin recouvré un peu de calme et de raison, essaya de dégager ses mains et de se lever.

— Je n'ai jamais aimé que vous! — s'écria Guillaume; — j'en atteste le ciel!

— Et c'est aujourd'hui seulement que vous me le dites! — reprit vivement mademoiselle de Montenai; — quand ma reconnaissance vous assurait tant de droits sur mon cœur, vous vous taisiez! Non, non, monsieur de Rouvière, vous me trompez; et puisque vous avez entendu l'entretien que je viens d'avoir avec mon père, vous devez savoir que depuis longtemps vos sentiments me sont connus.

— Vous vous êtes méprise, — répondit Guillaume d'une voix attristée par le douloureux souvenir qui se présentait à son esprit; — mais j'avais contribué moi-même à faire naître votre erreur en déguisant une partie de la vérité : je devais bien, hélas! ce ménagement à la pauvre enfant qui vivait encore.

— Quoi! cette victime d'un crime odieux?...

— Elle n'est plus.

Guillaume remit à Louise la lettre du conseiller.

— C'était votre cousine! — reprit Louise après avoir lu.

— C'était ma cousine et ma fiancée. Ainsi l'avaient voulu nos parents, qui n'avaient point songé à consulter nos cœurs; mais, à défaut d'un sentiment plus tendre, nous avions l'un pour l'autre une amitié fraternelle qui nous rendaient faciles la résignation et le dévouement. Aussi n'hésitai-je pas à lui promettre la réparation de l'offense qui lui avait été faite; et si je ne pouvais forcer M. de Monclar à lui donner son nom, elle devait porter le mien : je l'avais juré par le Christ.

Louise tendit sa main à Guillaume en fixant sur lui un regard plein d'admiration et d'amour.

— Obtenez, — lui dit-elle, — le consentement de mon père, et je serai fière de vous appartenir.

Ce consentement ne se fit pas longtemps attendre. M. de Montenai ne fut pas médiocrement surpris de trouver, à son retour, sa fille encore assise sur le même banc où il l'avait laissée en partant; sa surprise s'accrut à la vue d'un homme agenouillé devant elle; mais à cette surprise succéda la joie la plus fraîche lorsque, ayant reconnu Guillaume, il eut entendu de sa bouche les explications et les aveux qu'il avait déjà faits à Louise.

De son côté, M. de Montenai apportait à ses enfants son contingent de bonheur : il avait obtenu du régent la révocation de la lettre de cachet.

Ce fut au milieu de ces joies de famille, et pour y prendre, comme on le pense, une part bien vive, que se présenta maître Babylas, à qui Guillaume avait écrit dès le matin, ainsi que nous l'avons vu. Lorsqu'il eut donné à son contentement toute l'expansion que lui permettaient ses habitudes de gravité, le digne professeur dit à Guillaume :

— J'aime à croire, monsieur, que vous ne doutez ni de mon attachement ni de mon zèle; je me serais certainement empressé d'accourir au reçu de votre lettre si, par malheur, je n'avais été absent; et je dois ajouter qu'à mon retour une visite assez singulière est venue faire subir un nouveau retard à mon impatience.

— Une visite! Pour vous ou pour moi? — demanda Guillaume.

— Pour vous, monsieur de Rouvière.

— Quelque espion, sans doute, envoyé à ma recherche.

— Non; c'était une dame.

— Une dame!

— Toute jeune; malgré un certain air de souffrance facile à remarquer sur sa physionomie, je ne lui ai pas donné plus de dix-sept à dix-huit ans.

— Et c'est bien moi qu'elle a demandé?

— Si bien qu'elle a failli s'évanouir lorsque je lui ai répondu que vous étiez à la Bastille : je n'avais pas encore lu la lettre dans laquelle vous m'annonciez votre évasion.

— Quel mystère! — fit Guillaume qui cherchait en vain l'explication de cet incident.

— Enfin cette dame, après être restée quelque temps comme affaissée sous un coup inattendu, m'a demandé si je connaissais M. le marquis de Monclar.

— C'est étrange!

— Je me suis empressé de lui donner l'adresse de M. le marquis, et aussitôt elle s'est retirée en laissant apercevoir tous les signes de la plus grande agitation.

— Et son nom? — fit Guillaume avec vivacité, — ne lui avez-vous pas demandé son nom?

— Je le lui ai demandé; elle m'a répondu : « Si vous avez quelque moyen de communiquer avec M. de Rouvière, veuillez lui faire savoir seulement que Charlotte est venue. »

— Charlotte!

Le premier mouvement de Guillaume fut un mouvement de joie : sa cousine vivait!

Mais bientôt un nuage passa sur son front; un soupir étouffé s'échappa de sa poitrine; il leva les yeux sur Louise, et des larmes voilèrent son regard.

— Je comprends, — lui dit-elle, — ce qui se passe dans votre âme; mais n'oubliez point, monsieur de Rouvière, que vous avez un devoir sacré à remplir. Quant à moi, si je n'ai eu qu'un instant de bonheur, cet instant du moins a mis dans mon cœur, pour le reste de ma vie, un souvenir qui adoucira l'amertume de mes regrets.

— Que dites-vous donc là, mes enfants? — s'écria M. de Montenai; — vous séparer! me replonger dans le vide après m'avoir fait entrevoir tant de félicités dans l'avenir! je ne souffrirai pas que cela soit. Ce n'est pas à vous, Guillaume, c'est au coupable à réparer la faute. Grâce au ciel, le regent a encore besoin de mes services; lui-même il me l'a dit tout à l'heure. C'est de l'or qu'il lui faut; eh bien! j'en ai; qu'il me demande toute ma fortune, je la donnerai. Oui, mes enfants, vous serez heureux! Oui, Guillaume, vous serez délié du serment qui enchaîne votre liberté; il faudra bien que M. de Monclar obéisse à l'ordre de son souverain.

— Les morts n'obéissent point aux rois, monsieur de Montenai.

— Que dites-vous? Quoi! M. le marquis de Monclar...

— Je l'ai tué, — répondit Guillaume.

XX. — La Réparation.

Charlotte, arrivée au lieu que lui avait indiqué Babylas, n'y trouva qu'un monceau de ruines fumantes, devant lesquelles s'arrêtaient et grossissaient des groupes de curieux et d'oisifs, les uns questionnant, les autres répondant, et apportant chacun leur contingent de conjectures et de commentaires.

A la vue de cette scène de désolation, Charlotte crut s'être trompée; elle s'approcha d'un groupe et demanda l'hôtel du marquis de Monclar.

Une vieille femme lui répondit en étendant les mains vers les décombres :

— Hélas! ma chère enfant, voilà ce que sont devenus les beaux appartements et le riche mobilier de ce brave et galant seigneur.

Charlotte devint pâle et se sentit presque défaillir.

— Grand Dieu! — s'écria-t-elle, — un si affreux désastre!

— C'est en effet, — reprit la vieille, — un triste spectacle à voir; mais il y a dans ce que nous ne voyons pas des choses plus tristes encore.

— Mais, — demanda Charlotte avec anxiété, — M. de Monclar du moins est-il sauvé?

— Voilà justement ce qu'il y a de douloureux dans l'histoire, comme je vous le disais. Eh! mon Dieu! oui, il est sauvé, ce cher seigneur, mais il n'en vaut guère mieux.

— Blessé! — fit Charlotte.

— Oui, blessé; mais ce qui confond le raisonnement, c'est qu'il est impossible de deviner comment et par qui, vu que le feu n'y a été pour rien, ainsi que vous allez le comprendre. Si bien qu'au plus fort du ravage, il s'est trouvé là des braves gens qui se sont jetés au milieu des flammes, et qu'alors on a trouvé le malheureux marquis étendu sur le parquet; tout son sang s'échappait par une profonde blessure qu'il avait à la poitrine; il tenait à la main une épée dont la lame s'était rompue en deux morceaux, probablement dans sa chute; une autre épée, couverte de sang, était à quelques pas de lui; et personne dans la chambre! Il était seul, absolument seul! Et même il avait eu soin de s'enfermer; car il a fallu enfoncer sa porte pour arriver jusqu'à lui... C'est un mystère que personne ne peut expliquer. Cependant on est parvenu à le transporter, ce pauvre marquis, dans la maison que vous voyez là, de l'autre côté de la rue, auprès de la boutique du mercier; et puis on s'est mis à lui faire une foule de questions, sans pouvoir obtenir aucune réponse : il était si faible!... Et qui sait? peut-être bien aussi qu'il avait ses raisons pour se taire...

Mais la bonne vieille, s'apercevant qu'elle n'avait plus auprès d'elle l'unique personne qui composait son auditoire, ne jugea pas à propos de poursuivre sa narration.

Charlotte s'était dirigée en toute hâte vers la maison qui lui avait été indiquée par la vieille; elle y fut reçue par de bons et honnêtes artisans qui, jugeant à son visage pâle et défait qu'elle devait appartenir de près au blessé, ne firent point de difficulté de la laisser entrer dans la chambre où il reposait.

Un modeste bois de lit surmonté d'un ciel de serge verte, une armoire de chêne brunie par le temps, quelques chaises de paille, une croix noire sur laquelle était un Christ de bois grossièrement sculpté, des murs blanchis à la chaux, tel était l'ameublement de la pièce où agonisait l'un des plus brillants, des plus jeunes et des plus élégants seigneurs de la cour du régent.

Monclar sommeillait; mais ce n'était point de ce sommeil réparateur pendant lequel la nature prépare une crise favorable; sa respiration était inégale et sifflante; les pommettes de ses joues offraient une teinte pourprée et luisante, circonscrite à leur saillie, et qui contrastait avec la pâleur du reste de son visage; une sorte de rire convulsif grimaçait parfois sur ses lèvres blanches et desséchées; l'espérance n'était plus possible à l'aspect de cette tête fatalement marquée par la mort.

Qu'était venue chercher à Paris la nièce de M. de Rouvière? un protecteur, un appui dans son cousin; et Guillaume était à la Bastille!

Quel sentiment lui avait suggéré la pensée de se rendre chez le marquis de Monclar? l'espoir qu'il s'attendrirait enfin à la vue d'un malheur qui était son ouvrage, qu'il consentirait à donner un nom et un père à son enfant; et le marquis de Monclar était devant elle, luttant contre les suprêmes atteintes de l'agonie!

Et pourtant, dans ce moment de profonde misère où elle voyait s'évanouir jusqu'aux semblants d'espérance qui avaient eu jusque-là le pouvoir de l'attacher à la vie, ce ne fut point une pensée personnelle qui occupa l'esprit de Charlotte; il ne s'échappa de sa bouche ni un regret pour l'avenir, ni un cri de vengeance satisfaite; son regard s'abaissa, plein d'une sainte commisération, sur l'auteur de sa détresse; elle oublia le crime devant la grandeur du châtiment; elle s'agenouilla devant le crucifix, et la victime pria pour le bourreau.

Un léger bruit vint troubler Charlotte dans sa prière, elle se retourna et aperçut Monclar, qui, la tête appuyée sur une de ses mains, tenait fixés sur elle ses yeux où se peignaient l'étonnement et l'effroi.

Elle fit un mouvement pour se lever.

— Arrête, — dit Monclar; — ombre vengeresse, n'approche pas et laisse-moi mourir en paix!

Mais Charlotte continua de s'avancer vers le lit et alla s'asseoir auprès du chevet du malade.

— Etait-ce donc ainsi, monsieur de Monclar, que nous devions nous revoir!

Le son de cette voix si douce fit tressaillir le marquis; de la main qu'il avait conservée libre, il toucha la main de Charlotte, comme pour se convaincre qu'il n'était pas le jouet d'un rêve ou d'un fantôme.

— C'est elle!... oui, c'est elle!... Je suis bien éveillé.

Et retirant sa main avec une sorte de brusquerie :

— Qu'êtes-vous venue faire ici?... Jouir du spectacle de mes derniers moments?... Eh bien! regardez-moi, mademoiselle de Rouvière; voyez sur mes traits l'empreinte de la souffrance; écoutez ma voix à peine assez forte pour se faire entendre... regardez, oh! regardez-moi, et assurez-vous que ma position ne laisse rien à désirer à la vengeance la plus implacable!

Pendant que le marquis parlait ainsi, il y avait en effet une telle faiblesse dans sa voix, et dans ses traits une si profonde altération, que Charlotte fut vivement émue.

— Vous vous trompez, monsieur de Monclar, — lui répondit-elle; — ce n'est point une pensée de haine, un désir de vengeance qui m'a conduite ici. Je venais, au contraire, humble et suppliante, vous implorer... non pas pour moi, Dieu m'aurait fait trouver de la force dans ma conscience... mais pour un être innocent que vous condamnez à la honte et au mépris... Je vous ai vu souffrant, malheureux, je n'ai plus songé ni au passé ni à l'avenir; et, quand vous m'avez aperçue à genoux devant cette image du Christ, c'était pour vous que je priais.

— O mon Dieu! — fit Monclar dont les yeux se remplissaient de larmes, — est-ce donc possible? Ce regard plein de miséricorde, ce visage bienveillant, cette voix consolante, tout cela n'est-il point un songe? Oh! répétez, répétez-moi les douces paroles qui viennent de charmer mon oreille, afin que je meure plus calme et plus rassuré... car Dieu ne saurait repousser le coupable à qui l'ange a déjà pardonné.

Le marquis était si faible que le bras sur lequel il s'appuyait fléchit; sa tête retomba sur l'oreiller.

— Calmez-vous, monsieur de Monclar, — dit Charlotte; — calmez-vous, et ne vous laissez point dominer par cette pensée de mort qui jette le trouble et le découragement dans votre esprit; vous êtes jeune, Dieu permettra que vous viviez.

Un triste sourire effleura les lèvres du marquis.

— Je vous remercie, — dit-il, — d'en avoir formé le vœu; mais il n'est plus possible que je m'abuse, je le reconnais trop bien à l'épuisement de mes forces, au nuage qui obscurcit mes yeux, les sources de ma vie sont sur le point de se tarir; ce jour m'appartient encore peut-être, il n'aura pas de lendemain pour moi.

Mais à ces tristes paroles, si faiblement prononcées qu'à peine furent-elles entendues par Charlotte, succéda un long silence pendant lequel les traits de Monclar, offrant le reflet des pensées de son âme, se couvrirent peu à peu d'une remarquable expression de contentement et de sérénité.

Charlotte se méprit sur la cause de ce changement qu'elle regardait comme la conséquence d'un mieux physique, et elle s'empressa de faire part de son observation au marquis, afin de relever ses forces en ranimant ses espérances.

— Oui, — répondit Monclar dont la voix avait pris plus d'assurance et de fermeté, — oui, je me sens mieux, beaucoup mieux, non pas de corps, mais d'esprit; je viens de me réconcilier avec moi-même.

Jasmin entra; il apportait une potion ordonnée par le médecin. Comme il se mettait en devoir d'en verser la quantité prescrite dans un verre, Monclar lui dit, en faisant de la tête un signe négatif:

— Laisse, je ne boirai point cette potion; elle devait engourdir mes souffrances en provoquant le sommeil; laisse, te dis-je, les moments qui me restent sont trop précieux pour que je les emploie à dormir.

Jasmin voulut insister et Charlotte essaya de joindre ses instances à celles du valet de chambre.

— Au nom du ciel, — reprit Monclar, — ne contrariez point mes derniers désirs!... Jasmin, approchez; j'ai quelques ordres à vous donner et il faudra que vous les exécutiez sur-le-champ. Charlotte, laissez-nous seuls; mais, — ajouta-t-il en jetant sur elle un regard suppliant, — ne vous éloignez point de cette maison, je vous en conjure; bientôt je réclamerai votre présence; promettez-moi que vous ne refuserez point de venir à mon appel; c'est le vœu d'un mourant, vous n'y serez point insensible; songez qu'il y va du calme de son âme à son dernier soupir, et de son pardon lorsqu'il se présentera devant le tribunal de Dieu. Vous viendrez, Charlotte, promettez-le-moi.

— Je vous le promets.

Jasmin s'enferma seul avec le marquis et reçut ses instructions; ce fut l'affaire de quelques minutes; puis il sortit avec l'empressement d'un homme qui n'a pas un instant à perdre.

Le soir de ce même jour, la modeste chambre où se trouvait le malade avait pris un air de fête inaccoutumé; une tenture blanche, parsemée de guirlandes et de bouquets, recouvrait la nudité des murailles; il y avait sur la cheminée des vases remplis de fleurs et des candélabres garnis de bougies allumées, et, pour dissimuler la pauvreté du lit, on avait remplacé la courte-pointe de serge verte par un drap d'une grande finesse et d'une blancheur éclatante.

Sur ce lit on voyait le marquis de Monclar soutenu presque sur son séant à l'aide de plusieurs oreillers; il avait voulu qu'on lui passât son habit et qu'on lui fît une coiffure élégante comme en ses plus beaux jours. La fatigue avait couvert son visage d'une extrême pâleur; mais son regard était calme et pur; ses traits ne laissaient apercevoir aucun signe de souffrance; ses lèvres étaient même souriantes.

Si tous ces préparatifs n'avaient pas suffi pour indiquer qu'il allait se passer là quelque événement extraordinaire, le doute n'aurait plus été permis à la vue des personnes qui venaient de prendre place autour du lit de Monclar.

Ces personnes étaient M. de Montenai et Louise, Guillaume de Rouvière et Charlotte, et, dans un coin, maître Babylas, d'autant plus roide en son maintien qu'il luttait de toutes ses forces contre l'émotion où le jetait l'aspect de son ennemi mourant.

Heureux de voir que Jasmin avait réussi à rassembler pour ce instant solennel tous ceux dont il avait désiré la présence, Monclar, au milieu d'un silence religieux, prononça les paroles suivantes, d'une voix distincte quoique affaiblie :

— Je vous remercie de vous être rendus à mon invitation. Prê à quitter ce monde, où mon passage si court a été marqué par tan de fautes, j'ai souhaité de ne point paraître devant mon juge ave la haine de ceux que j'ai offensés; puissiez-vous être touchés d mon repentir, et ne point repousser mon dernier vœu!

Charlotte pleurait; M. de Montenai et sa fille se regardaien avec attendrissement, et Babylas, au grand détriment de sa gravité essuyait furtivement une larme avec la manche de son habit.

— C'est à moi, — s'écria Guillaume, — c'est à moi de vous té moigner mon chagrin; je ne me consolerai jamais de vous avoir mi dans l'état où je vous vois.

— Que dites-vous! — reprit Monclar, — c'est le ciel qui a condu votre main, et le ciel a été juste. Ne vous avais-je pas offensé mo tellement dans ce que vous aviez de plus cher, l'honneur et la co sidération de votre famille? Et quand j'aurais dû me trouver hono de vous donner la satisfaction que vous m'avez tant de fois et si n blement demandée n'ai-je pas insolemment repoussé toutes vos i stances, tous vos efforts de conciliation? Egaré par la jalousie lo que j'eus découvert que vous étiez mon rival, n'ai-je pas eu la lâcheté de solliciter la lettre de cachet à laquelle vous avez dû l perte de votre liberté? Hier, enfin, n'est-ce pas encore moi qui, da le transport d'une aveugle vengeance, ai provoqué, en vous pou sant à bout, le combat dans lequel j'ai succombé? Après tant d fautes, monsieur de Rouvière, laissez-moi tout le mérite du regr et du repentir; dites-moi seulement que vous me pardonnez.

Guillaume, vivement ému, tendit la main à Monclar; celui-ci pressa dans les siennes, tandis que ses yeux se levaient au ciel av une profonde expression de joie et de reconnaissance.

Au même instant, le son d'une clochette se fit entendre dans l'e calier; bientôt après on vit paraître, entre deux enfants porteurs flambeaux allumés, un prêtre revêtu de ses habits sacerdotau ayant entre ses mains le saint ciboire. Il était suivi d'un grand nom bre de fidèles. Ces derniers s'agenouillèrent au fond de la chamb et se mirent à répondre en chœur aux prières du prêtre.

Quand les prières eurent cessé, Monclar s'entretint quelques in tants avec le ministre du Seigneur; puis il lui dit :

— Hâtez-vous, mon père; car je sens à mon affaiblissement q j'ai peu de temps à vous donner.

Alors le prêtre fit approcher du lit Charlotte, dont il mit la ma dans celle du marquis. Tous les assistants se regardèrent avec su prise; mais l'émotion fut au comble lorsqu'on entendit cette que tion prononcée à haute voix :

— Gaëtan de Monclar, acceptez-vous pour épouse Charlotte Rouvière?

— Oui, — répondit le marquis en réunissant toutes ses for pour donner, malgré ses souffrances, de l'assurance à sa voix, e sa physionomie l'expression du bonheur.

Lorsque le prêtre eut achevé la bénédiction nuptiale, Monc tourna encore une fois son regard du côté de Charlotte.

— Une dernière prière! — lui dit-il. — Que ma faute soit igno de notre enfant, afin qu'il ne maudisse point la mémoire de son pè

— Je lui apprendrai à l'honorer et à le bénir, — répondit Ch lotte d'une voix couverte de larmes.

Et, comme elle saisissait la main de Monclar pour la presser d les siennes, elle jeta un grand cri en laissant retomber cette m sans mouvement que la mort venait de glacer...

Quelques mois plus tard on célébrait, dans l'église de Saint- main-des-Prés, le mariage de Guillaume et de mademoisell Montenai. Le vieux conseiller Rouvière et sa gouvernante Maria avaient fait pour y assister le voyage de Toulouse à Paris.

Babylas vécut assez longtemps pour compléter l'éducation, en f d'armes, du jeune marquis de Monclar et de deux charmants ca liers qu'on vit, à la cour de Louis XV, mettre en honneur le nom Rouvière, dont ils se montraient les dignes héritiers.

FIN.

Paris. — Typographie Walder, rue Bonaparte, 44.

www.ingramcontent.com/pod-product-compliance
Ingram Content Group UK Ltd.
Pitfield, Milton Keynes, MK11 3LW, UK
UKHW020406220726
13923UKWH00004B/1780